AS DUAS ÁGUAS DO MAR

FRANCISCO JOSÉ VIEGAS

AS DUAS ÁGUAS DO MAR

Romance

EDITORA RECORD
RIO DE JANEIRO • SÃO PAULO
2005

CIP-BRASIL. CATALOGAÇÃO-NA-FONTE
SINDICATO NACIONAL DOS EDITORES DE LIVROS, RJ.

Viegas, Francisco José, 1962-
V712d As duas águas do mar / Francisco José Viegas. – Rio de Janeiro: Record, 2005.

ISBN 85-01-07096-3

1. Romance português. I. Título.

04-3192 CDD – 869.3
CDU – 821.134.3-3

A editora optou por manter a ortografia do português de Portugal

Edição apoiada pelo Instituto Português do Livro e das Bibliotecas

Impresso no Brasil

ISBN 85-01-07096-3

PEDIDOS PELO REEMBOLSO POSTAL
Caixa Postal 23.052
Rio de Janeiro, RJ – 20922-970

"Nature ordains that we should begin with a sexual act."

FRANK RONAN, *A Picnic in Eden*

"Somewhere a man will touch his image and burn/ like a candle before it."

PADRAIC O'FALLON, *Yeats Tower at Ballylee*

"One can live in the shadow of an idea without grasping it."

ELIZABETH BOWEN, *The Heat of the Day*

É bom dizer-se, desde já, que qualquer semelhança entre personagens desta história e personagens supostamente reais não passa de mera coincidência. Uma história policial, se esta se pode designar assim, terá de levar este aviso, juntamente com um outro que nos alertará para o perigo de pensarmos, na nossa inocência, que a realidade não imita a ficção. Como sempre, isso não tem grande importância.

1 de Agosto de 1991, 6.00 horas

ESTA SERIA, PROVAVELMENTE, A ÚLTIMA PAISAGEM. A derradeira imagem do mundo que o seu coração recordaria; agora, pouco mais importava na sua vida, podia esquecer o passado, ignorar o futuro. Diante daquela imagem poderia morrer, o seu corpo não iria protestar e Deus, se existisse, poderia voltar ao seu sono eterno, apenas interrompido por alguns instantes para assistir a esta morte, à sua morte. Ou ao seu renascimento. Gastara alguns anos de vida a percorrer lugares novos, a conhecer os vários pontos do mundo onde pudesse habitar um dia, mais tarde, e aí pudesse erguer a casa, a sua casa — não era preciso grande trabalho para isso. Um lugar simples bastava, um lugar onde os laços do passado se unissem à passagem do tempo tranquila e sem desperdícios. Mesmo sem glória, até, mesmo sem nome, um nome que viesse a ser relembrado mais tarde por alguém que folheasse um álbum de fotografias de família e perguntasse "quem é?"; iria fazer-se um silêncio, ele sabia, teria de fazer-se um silêncio complicado, "um tio, não conheceste, desapareceu um dia". Tudo é muito simples quando se morre e, em certa medida, ele morrera já. Ninguém sabia dizer, nesse instante, onde ele se encontrava ao certo, em que cidade, em que país, em que hemisfério. Ou, até, se estava em algum lugar — porque não deixara nenhuma indicação, nenhuma suspeita, nenhum recado. Banira cuidadosamente todos os vestígios, todos os sinais que pudessem comprometer esta tranquilidade que agora experimentava, sentado na varanda, aguardando que a luz da manhã se tornasse subitamente quente, como sabia que iria acontecer daí a pouco, até crescer durante todo o resto do dia e deixar a península estreita — diante da baía onde os barcos entravam vindos do Atlântico —, submersa numa nuvem espessa de humidade e de calor, muito calor, tanto que a roupa se colaria ao corpo.

Iria a sua fotografia ficar retida em algum álbum de família, desses que reúnem bisavós, avós, pais, tios, primos, irmãos, noivos, amigos que frequentaram a infância, amigos ao acaso, amigos de instante, amigos eternos? Amigos eternos. Sorriu à ideia porque, um mês antes, em casa, tratara de tudo ou de quase tudo: fizera alguns telefonemas, sim, do género "parto amanhã, Madrid, não sei, férias, Mallorca", férias fugazes de uma vida já em férias. Férias de Verão. Receberiam uma carta quando tivesse passado um mês, aproximadamente, uma carta que esclarecesse o que havia para esclarecer — não uma mensagem que os aliviasse, pelo menos a alguns, desse peso que sabia que talvez viessem a sentir durante algum tempo, mas uma carta que, em poucas linhas, dissesse o que havia para dizer: estou vivo mas não pensem mais nisso; é como se não estivesse. Deixara essa carta entregue aos cuidados de um homem que não divulgaria o segredo da sua origem. Mesmo esse homem era difícil de encontrar e enviaria a carta de um lugar insuspeito, de modo a chegar a Portugal no dia que ele pensara ser o mais adequado. Uma pequena vingança. Mas uma vingança com instruções para ser bem recebida. Trouxera o indispensável para ele próprio compreender que um homem tem uma história, que essa história o persegue para onde quer que vá e que ninguém pode libertar-se dela por vontade própria. Voltaria a isso noutra altura, quando soubesse que tinha chegado a hora de voltar a pensar nisso. Por agora, ele recordava-se, havia o mar à espera.

Nunca conseguiria libertar-se dessa imagem, afinal, apesar de ser um lugar-comum, demasiado comum para que algum dia pudesse ser um momento glorioso da sua biografia. Só muito mais tarde, pensava ele, pude ver como tudo se iria reduzir às primeiras imagens, às primeiras palavras, ao primeiro amor, ao primeiro encontro. Gostaria de contar a história de tudo isto porque sou incapaz de amar e, por isso, há em mim uma certa alegria sem inveja ao ver os amores dos outros e aquilo que deles restou para eu viver. Como se tivessem acabado os grandes amores e as emoções que elevam um homem à altura dos anjos, dos pequenos pássaros que acompanham o recorte da falésia que se via há instantes desta varanda, porque era para lá que eu olhava, coisas que acontecem uma vez na vida durante os poucos minutos de lucidez a que temos acesso.

Gastei muitos dias, pensou ele. Muitos dias correram à minha volta e não vivi intensamente o perigo de eles acabarem repentinamente, acreditei sempre que alguma coisa os prolongava ou subtraía.

Por isso, também, esta seria uma das últimas imagens que poderia levar consigo. Todo este espaço à frente da janela está vazio e silencioso, as escadas para o jardim, que separa a casa, branca, da aldeia que há poucas horas era ainda uma festa (porque assim acontece nas noites de Verão, quando a aldeia recebe turistas), foram cuidadosamente limpas ao anoitecer e por elas se desce para o estreito caminho na floresta que irá dar à estrada principal; daí, é um pulo até à aldeia e os olhos dirigir-se-ão finalmente para o porto e, depois, para a marina de pesca que dá para a baía e para o grande mar. Fecharam as portas do bar que funciona junto do único hotel, seriam duas da madrugada, ninguém sai de lá agora. Aproveitaria então a primeira luz deste dia para um mergulho na água fresca (tão fria ainda, ele sabia bem) da baía, que daqui parece azul, limpa, e que aguarda outros corpos que chegarão depois, turistas de ocasião, visitantes habituais aos fins-de-semana. Depois dos últimos preparativos, de novo em casa, desceria com as malas e iria de táxi até ao aeroporto mais próximo, a cem quilómetros, o avião só partiria às onze horas. Teria de aproveitar esta última imagem da pequena aldeia, da baía que prolonga o mar e a linha fria e cortante de árvores junto à sua água. Respirar a derradeira humidade desta paisagem, as gotas de água na balaustrada da varanda, o derradeiro sabor da manhã, tão suave, os primeiros sons a caminharem na longínqua via de asfalto que vai dar ao outro lado da baía, atravessando um par de outras aldeias, e que se vê daqui como uma serpente negra acompanhando a água dos rios.

1 de Agosto de 1991, 6.30 horas

HÁ UMA VISÃO MUITO ESTREITA DO CÉU, SE OLHADO deste lugar. Nele voam os pássaros que acompanham o litoral da península, numa espécie de ritual que nasce com a luz do dia, como se surgissem no horizonte para homenageá-la. "Dá-me atenção, Deus, porque estes são os primeiros momentos da minha vida", disse ele, "os primeiros momentos de toda a vida, os instantes em que as crenças acabaram e o dia se abre, inteiro e cheio de luz, para consumir tudo o que resta de mim. Dá-me atenção porque esta é talvez a minha primeira oração e gostava que a ouvisses, e que tudo voltasse ao que era antes e antes de tudo ter começado em mim, que voltassem as marés e invadissem o deserto, e o molhassem, e refrescassem o rosto dos que têm calor e a boca dos que têm sede, e o dia terminasse sem medo nem súplicas. Não interessa o que os outros pensam, o que eles dizem à nossa volta, o que murmuram quando não estamos diante deles. Agora tudo talvez recomece, tal como na infância a vida recomeçava de vez em quando, quando se decidia que ela devia começar."

A estrada que desce na direcção da pequena baía é a mesma que passa pela aldeia e leva às praias. No dia anterior estivera numa delas e sabia-lhe o nome, a qualidade da areia, e reconhecera cuidadosamente a posição do Sol a cada hora. Digamos que poderia orientar-se pela posição do Sol que lhe servia como uma bússola. Reparara também nos seus vizinhos de praia, que estiveram deitados durante a maior parte da tarde, lendo jornais. Um homem sentado numa cadeira de plástico, propriedade do restaurante que se erguia defronte da praia e albergava turistas disciplinados que desciam para a areia a horas certas, sempre depois do pequeno-almoço. Um casal deitado na areia, ao sol do Verão, isso recordaria. A meio da tarde, o rapaz vestiu um fato de mergulho, negro, de borracha, como ele supôs, e foi para a água. A rapariga ficou a vê-lo entrar no mar, viu-o a mergulhar, muito ao longe, moldou de novo o seu corpo à areia, parecia ter adormecido, mas de vez em quando mudava de posição, colocando-se de forma a bronzear todo o corpo. Lembrava-se disso agora, que era muito cedo, ainda, o Sol começara há pouco a iluminar toda a baía, vira-a da janela do quarto, uma hora atrás. Nem tanto, se se pensar que gastou apenas o tempo de arrumar as malas junto da porta, de tirar o carro do pequeno refúgio nas traseiras da casa e de subir até ao alto da serra onde lhe parecia que a terra acabava diante do mar e da Costa da Morte. Havia uma ilhota à sua direita e fixou-se nela durante alguns instantes, como se quisesse levar parte daquilo que subitamente aprendera a amar. Decidira, portanto, que esta seria a sua casa. Não soube dizer, na altura em que a descobriu, por quanto tempo o seria. Seria pelo tempo que considerasse irremediável.

A idade vale de pouco, sobretudo quando temos consciência dela. A esta hora outros pensariam em coisas semelhantes, ninguém é realmente excepção nas inquietações que nos assaltam como sinais de perigo ao longo de uma estrada pela montanha. Por si, já teria recordações que bastassem; poderia, um dia, se quisesse, escrever um livro sobre as suas recordações, se alguém pensasse que poderia valer a pena. Defendera poucas coisas, mas aquilo que defendera, ao longo da vida, valores, ideias, ou tão-só nomes vagos para valores e ideias, talvez merecessem que os tivesse defendido da maneira como afinal fizera. Quem iria julgá-lo por isso?

Caminhou pela estrada que ia dar ao promontório inclinado sobre o mar. O edifício abandonado do farol, uma construção anódina, lembrava-lhe outros faróis iguais e os naufrágios, os barcos que tinham percorrido aquela costa em busca de refúgio, e também isso era belo porque se tratava apenas de uma recordação. Teria a carta chegado ao seu destino? Escrevera-a à mesa da sala da sua casa, em Portugal, enquanto bebia um último café. Nessa manhã, levou depois o carro para o aeroporto, mas, antes, passara por uma estação de correios e selara o sobrescrito já endereçado. Não era esse sobrescrito que chegaria, no entanto, ao destino que ele escolhera para a sua carta, mas sim um outro que ia dentro daquele que depositara na caixa destinada a receber o correio nacional. E esse outro sobrescrito seria enviado já de fora de Portugal. Mas tudo isso fora há um mês, de facto. Há muito tempo.

Voltou a entrar no carro depois de ter deixado para trás o farol e de apagar o cigarro. Desceu suavemente pela estrada que passava pela aldeia, pela antiga igreja ao lado do cemitério, pelo único hotel e, finalmente, depois de atravessar algumas ruas desertas, chegou à praia, naturalmente solitária àquela hora. Olhou para o relógio: seis e vinte, o primeiro sol, a vida renasce lentamente à volta da baía, o som dos passos na areia confunde-se com o arrastar das folhas das árvores vizinhas da estrada, daqui vê-se a aldeia, inteira, adormecida, o pequeno porto parece dependurado das suas ruas por amarras invisíveis. Lembraria esse brilho das águas do porto, os voos desordenados das gaivotas, seriam gaivotas?, em torno dos barcos. Lembraria também a cor suave da paisagem, que agora acordava. E a cor do céu, não esqueceria a cor do céu. A cor de um céu azul aguardando a hora do calor, a intensidade da luz a meio da manhã, o voo dos pássaros a rondar as ondas. Não esqueceria a cor do céu. Nem o som dos seus passos na areia muito limpa e ainda húmida.

Foi, aliás, esse som que o fez suster subitamente a respiração e interromper a caminhada. Ficou de pé, parado, à escuta do ruído do mar, do voltear das ondas, pequenas e brancas, e apercebeu-se do som dos passos na areia, na mesma areia, embora estivesse parado. Mas não foi o último que ouviu, porque logo de seguida, quando se deu conta desse facto, o de continuar a ouvir o som de passos na areia, como um eco da sua caminhada, lenta e passeante, outro ruído se sobrepôs, embora mal tivesse tido tempo de o escutar inteiramente, ou de lhe prestar atenção. Pareceu-lhe um estampido, qualquer coisa vaga e ridícula, nada mais que isso. E, depois, uma dor profunda e intensa, uma queimadura a que outras duas se juntaram de seguida nas suas costas, não bem nas suas costas, mas no lado esquerdo do peito, de lado, realmente, porque se virara de repente para verificar a origem de outros passos naquela areia. Viu então alguém atrás de si, dez metros talvez, não teve a certeza, poderiam ter sido vinte até, não prestou a devida atenção porque se dobrou para trás no exacto momento em que viu a outra figura atrás de si, empunhando aquilo que poderia bem ser uma pistola. Não teve a certeza, nem teve tempo, nem saberia dizer, naquele momento, se não se esqueceria desses pormenores nos segundos que se seguiriam, quando tombou na areia e viu a cor do céu, e isso sim, não esqueceria, não esqueceria a cor do céu.

31 de Julho de 1991, 18.30 horas

— As ILHAS NÃO SÃO BOAS PARA O TURISMO — DISse Jaime Ramos, segurando no copo e aproximando-se da balaustrada. — Favorecem a melancolia. Vê este céu, nunca vi nenhum céu como este, nenhum céu que me lembrasse que estou fechado numa ilha. E que me tirasse tanto o apetite.

— No Verão o apetite chega muito tarde, quando o Sol começa a esconder-se.

Filipe Castanheira passara os últimos dias mergulhado num estranho e desconhecido silêncio. Jaime Ramos notara-o e atribuíra isso ao céu das ilhas, sobretudo ao céu de São Miguel, quente e húmido, e por isso decidira que o seu último dia de férias ali, antes de regressar ao Porto, teria como momento culminante um jantar que ambos preparariam. Filipe conseguira arranjar-lhe uma casa para quinze dias de férias junto de Porto Formoso, na Praia dos Moinhos. Uma casa de dois quartos, cozinha ampla, casa de banho, varanda apontada ao mar da pequena baía, tranquila entre dois rochedos que a distanciavam da aldeia, inclinada sobre o mar. Fizera pouco, Jaime Ramos, durante esses quinze dias, e poderia dizer que o abatimento de Filipe o contagiara até certo ponto. Dormira menos que o habitual, também, porque as noites eram húmidas e demasiado tranquilas, e da casa se ouvia o ruído do mar e os outros ruídos de animais que habitavam no canavial durante a noite — um canavial que sobe da Praia dos Moinhos até à estrada principal, a cerca de dez minutos de caminhada, que leva à Ribeira Grande. Por isso, aproveitara as manhãs de praia e as tardes na varanda para pequenos períodos de sesta, recusando-se a ler os dois livros que levara ou a fazer mais exercício além daquele que o obrigava a dirigir-se à pequena mercearia da aldeia, a cerca de quilómetro e meio, ao lado de uma taberna onde tomara o pequeno-almoço algumas vezes. Peixe frito e vinho tinto fresco, esclarecera. Filetes de abrótea, pão e o *Açoriano Oriental* na sua edição de doze páginas pareceram-lhe uma receita adequada para as manhãs em que Rosa ficava a dormir na cama e ele saía silenciosamente, pelas oito horas, na esperança de repousar aquilo que o sono nocturno não tinha oferecido como devia. Insónias, queixara-se. Sonhos. Pesadelos e recordações que invadiam o sono e as noites húmidas da ilha. Ao fim da tarde, Filipe Castanheira chegava de Ponta Delgada no seu carro e bebiam cerveja na varanda, mas Jaime Ramos mantivera-se silencioso durante a primeira semana, murmurando desculpas e procurando no calor uma desculpa plausível para tudo.

Decidira que vinha passar as férias à ilha depois de Filipe Castanheira insistir e prometer conciliar uma das suas semanas de férias com a última da sua estadia. Nesta última semana, a crise de Jaime Ramos acrescentou-se ao seu silêncio. Quando chegou o derradeiro dia e o Sol se toldou momentaneamente de nuvens, ao fim da tarde, Jaime Ramos e Filipe Castanheira passearam pela praia, descalços. Prolongaram o passeio até ao rochedo que ficava à esquerda da baía, regressaram duas horas depois, quando o Sol se escondia por entre nuvens no fio do horizonte.

— As ilhas não são boas para a alma — acrescentara Jaime Ramos. — Fica-se triste. Tenho quarenta e cinco anos e percebo que já não tenho idade para me queixar. Estou a ficar velho.

— Fica-se velho mais cedo, hoje em dia.

— Mas agora é que se notam as consequências. Reumatismo. Dores de cabeça. Já não são as gripes de Inverno, mas são coisas ruins no corpo. E pena de não ter filhos, nem uma casa de família, um lugar onde possa passar fins-de-semana a dormir sem me preocupar. Uma casa com quintal. Uma ilha.

— Há tempo. Há tempo para tudo.

— Não, não temos assim tanto tempo. A vida vai ficando perigosa e difícil, se fazemos de duros damo-nos conta disso muito melhor e muito mais cedo. Envelhece-se, a Rosa tem medo, nota-se que tem medo. Devia casar. Ou ela ou eu, devíamos casar. Ou os dois ou cada um por seu lado.

Filipe soubera durante anos da sua própria vida que um dia iria dizer precisamente aquilo. Na sua opinião, Jaime Ramos estaria dez anos atrasado para aquela conversa, um diálogo que ele tinha por vezes consigo próprio.

— E o maior perigo não se vê. São os sonhos, os pesadelos que vão e vêm, agora este, depois aquele. Os sonhos dão cabo de nós, como as ilhas.

Coisas tão banais, pensara Filipe Castanheira há cerca de duas semanas, depois de uma visita ao médico, dessas de rotina que as revistas femininas aconselham. É como ir à igreja de vez em quando, mesmo que não se seja religioso. Coisas do corpo, tão traiçoeiro corpo, tão fácil de nos corromper, de perder, de deixar abandonado em nós próprios. O médico explicara — fumar, beber, comer, o problema do açúcar no sangue, os pecados de toda a carne e de algum espírito que se lhe agarra como uma pele necessária, indispensável e, no entanto, insuficiente. "Se quiser deixar de fumar, vai conseguir, basta querer." Eu não quero, sinto-me prejudicado naquilo que sempre fui, naquilo que sempre quis ser. "Há mais perigos." A vida não é menos perigosa. Refiro-me aos aspectos gerais, claro, aos acidentes de automóvel, uma queda nas escadas de casa, um dia cai-me um vaso na cabeça, desses vasos de barro com sardinheiras ou manjerico. Morrerei de outra maneira, nem menos nem mais heróica que a outra forma de morrer — morrer saudável, com oitenta e quatro anos, rugas tratadas, a tensão arterial medida às segundas, quartas e sextas, nem mais um grama de comida em excesso ao jantar, constituído por uma chávena de chá e alguns biscoitos, coração afinado na medida do possível. "E é preciso cortar nas gorduras." Eu sei.

Quem não sabe isso? A adrenalina e a noradrenalina libertadas para o sangue. A nicotina que envelhece e se pega aos dedos, exactamente entre os dedos médio e indicador. "Quantos cigarros fuma por dia?" Vinte. "Não minta." Quarenta, aproximadamente. "É preciso parar, ou reduzir. Que marca fuma? Lights?". Não. *Além-Mar*, sem lights, cigarros normais, desses que se fumam por acaso e que nos devolvem alguma vida quando se precisa dela. "É preciso reduzir." Drasticamente? "Drasticamente." Tão miserável corpo. E o estômago? "Cuidados, muitos cuidados a reter com atenção. Mais saladas e cereais. Uma cura. Quanto mede?" Um metro e oitenta e dois centímetros. "O peso ideal é de oitenta e quatro a oitenta e cinco quilos, aproximadamente. É preciso perder peso." E beber? "Menos, beber o menos possível. O papel do álcool nas doenças cardíacas é grande, mas impreciso, você sabe. Depende de vários factores, mas o álcool ajuda. Depende de si." O que não depende? "O álcool aumenta o nível de colesterol, os triglicerídos depois aparecem, com as gorduras aumenta o risco de arteriosclerose, o peso sobe. E não alimenta, fuma-se mais, bebe-se mais café. E o stress, claro, fica-se mais dependente de coisas como o tabaco, o álcool, a comida." Paraísos artificiais, estou a ver. "Mais ou menos. Evite beber depois, logo depois do trabalho, evite ir todos os dias ao seu bar preferido, reduza o consumo do álcool. Não se sente melhor se não beber tanto?" Talvez. Desistirei de fumar. Deixarei de beber. "Não é preciso tanto. Seja moderado." Nunca encontrei nada tão ridículo na vida como a moderação, o meio-termo. "Não seja radical, claro que pode beber, e fumar, e comer. Mas não seja radical." Mas a vida é radical, sobe-me aos olhos pela manhã esta imagem da vida, é a única que conheço, funda, profunda, vem de uma raiz que não conheço e que nenhum de nós conhece, que nenhum de nós conhecerá. Tenho medo dela. E tenho prazer em encontrá-la, e ela repete-se-me, repete-se sempre à minha frente como uma imagem surpreendente. "Vá de férias. Mude de sítio, precisa de coisas diferentes." Como uma terapia? "Como cura. Veja pessoas diferentes, às vezes precisamos disso." Todos precisamos, não é preciso um médico para o sabermos, para tomarmos consciência disso, há surpresas que procuramos e nunca temos. "Não, não precisa de tomar nada. Quantos anos tem?" Trinta e cinco. Ou talvez mais. "Vive sozinho?" Vivo sozinho, tenho algumas plantas com sede, na varanda, dois pés de azália domesticados, alguns livros, discos, fotografias, uma cana de pesca. E saudades. "A saudade não é uma doença." Mas é disso que eu me queixo, é isso que me dá insónias.

Tudo se conjugara, naqueles meses, para que o Verão chegasse rapidamente, antecedido de uma vaga de calor que o levara a fazer os mesmos passeios de sempre nesta altura do ano, procurando praias ao longo da ilha. Saíra do consultório do médico à hora a que as lojas fechavam, mas teve tempo, ainda, de telefonar a Isabel e de completar os preparativos de um jantar que reservara para os dois.

— E que jantaremos? — perguntou ela.

— Há tempo para qualquer coisa especial.

— Chego tarde, tenho muito trabalho. Não tenho andado bem.

— Eu sei. Às nove e meia.

— Devo chegar atrasada.

— Eu espero.

Preparou cuidadosamente a sala. Isabel não visitava aquela casa há muito tempo, e ultimamente, essa era a verdade, não se encontravam muito. O Verão não facilita os encontros e torna as pessoas mais frívolas. As paixões de Verão, por isso, são sempre frágeis e demasiado passageiras, prendem-se preferencialmente aos olhos e aos sentidos — e Isabel andava muito ocupada com o trabalho, que lhe levava horas de sono e alguns fins-de-semana. "Não ando bem." Pensara muito nisso ao longo dos últimos dias, nesse mês de Julho. "Não ando bem." Talvez devessem encontrar-se mais vezes, falarem mais, passarem um grande fim-de-semana noutra ilha, talvez viesse a propósito uma viagem ao Faial ou às Flores, ou a Santa Maria. E passeios pela praia, conversas delicadas, tratarem-se como velhos amigos, beberem vinhos leves e deitarem-se cedo num quarto com as janelas abertas por onde a noite entrasse dócil e lentamente — para que evitassem essa frivolidade estival que confunde corpos e sentimentos, abandonos, lassidão, entusiasmos.

Preparou a sala, por isso. Escondeu os jornais antigos, alinhou os livros na estante, limpou o pó nas mesas, abriu as janelas. Deitou fora dois postais ilustrados colados na parede e enviados por outra mulher. E entrou na cozinha com a tranquilidade que serviria para alimentar uma boa conversa. Talvez devesse casar de novo, dúvida permanente e idiota. Talvez devesse pensar nisso, afinal, sem pressa, sem drama.

Era um prato delicado e amava-o, menos por isso, de ser delicado, do que por ir prepará-lo para Isabel. Cortou em rodelas finíssimas duas cebolas novas, de que o suco, jovem e saboroso, alimentaria de forma mais suave um refogado ligeiro e sem pecado. Dispôs algumas das rodelas, de seguida, numa caçarola grande onde já tinha vertido azeite e, sem deixar que aloirasse o conjunto, juntou os pedaços de peixe já escolhidos e temperados desde o fim de tarde. Abrótea de boa espessura de que tinha escolhido o melhor lombo. Tiras de tamboril temperado de pimenta-da-terra e noz-moscada para perder o habitual sabor quente e ácido, segundo ele pensava. Carpa vinda da Lagoa das Sete Cidades. Juntaria depois os mexilhões e os mariscos escolhidos e preparados com paciência. Quando sentiu o ruído do refogado a ganhar cor e consistência, juntou duas folhas de louro ainda pouco seco, dentes de alho esmagados, uma pequeníssima quantidade de estragão e um copo de vinho branco. Encheu novamente o copo e bebeu um gole, embora soubesse que o vinho branco não era recomendado para o seu estômago e talvez não fosse, afinal, recomendado para o seu fígado, porque pressentiu que em breve chegaria uma azia ligeira, condensada, a apertar-lhe o coração. Mas resistiu a essas dúvidas e bebeu o vinho enquanto partia fatias de pão de milho, não muito finas, e as colocava numa pilha junto ao fogão. Depois iria fritá-las com suavidade, para que não ficassem demasiado rijas. Quando sentiu que a caçarola merecia mais atenção, destapou-a e sacudiu-a para que o peixe, que já libertara os seus líquidos e absorvera o vinho branco, não se colasse ao fundo. Do estufado, ligeiro e curto, resultara um caldo muito espesso, onde descobriu os sabores de cada qualidade de peixe. Sabia que a carpa de Verão era a melhor, depois da desova, que ocorria nos finais da Primavera. Preparara os lombos da carpa com algum vinagre, a fim de fazer desaparecer o sabor incómodo e triste do lodo e das águas mansas da lagoa onde fora pescada e pensara, nessa altura, um dia atrás, que talvez devesse destiná-la para assar ou utilizá-la num preparo que misturaria assadura e refogado, com cerveja, ou ainda numa fritura lenta que absorvesse o aspecto carnudo (embora esta que comprara não fosse de tamanho superior) e lhe realçasse os temperos a juntar na preparação. Pensara também em recheá-la de cogumelos, anchovas e talvez algumas ervas, mas não estava disposto a afrancesar um peixe que por acidente se introduzira nas águas calmas da Lagoa das Sete Cidades. Sentara-se muitas vezes num dos bancos de madeira que povoam as suas margens e pensara, não nas carpas, mas no segredo escondido sob as águas azuis e verdes da concavidade, sob os declives que separavam a pequena aldeia, dos Mosteiros de um lado, com a Ponta da Bretanha a ameaçar o céu cinzento, e de Ponta Delgada do outro. Sempre ouvira falar desse segredo e julgara, na sua inocência de ignorante, que a Lagoa talvez pudesse ter sido um dos magníficos altares da Atlântida.

"É recente, a Lagoa", dissera-lhe um vulcanólogo da ilha. Muito recente? "Milhares de anos, talvez. Mas ninguém explica os vestígios mais antigos que andam por lá, pedaços de madeira do Alto Egipto, rochas que não sedimentaram, vegetação estranha, um ecossistema diferente." Mas havia mais, pensou. Havia aquelas nuvens de poeira voando de uma montanha a outra, a luz intensa que adormecia a certas horas do dia.

Para além disso, também o tamboril o preocupara, é certo, dado não ser fácil obtê-lo. Mas Isabel merecia-o, sem dúvida, de modo que, sem apurar mais o caldo inicial, escorreu os pedaços de peixe para uma frigideira onde já colocara manteiga e alho e deixou que ganhassem a consistência de pequenas frituras que adquiririam, entretanto, cor e novo sabor, com uma lentidão amorosa que sabia ser necessária para se cozinhar com o mínimo de perfeição. Depois, levou de novo ao fogo a caçarola com o caldo, de onde retirara as ervas já utilizadas, acrescentando apenas um ramo com algumas folhas de hortelã verde e uma medida curta de brandy, à falta de um conhaque realmente digno, e, finalmente, a manteiga quente onde o peixe fritara durante cinco minutos. Retirou o peixe para uma caçarola de barro, tapando-o de seguida e, na mesma frigideira, sem limpar, depositou algumas rodelas de cebola crua que tinham sobrado do refogado anterior, e a gordura necessária para um outro refogado ainda mais ligeiro, seguido de nova fritura. Mas, agora, em vez de peixe, introduziu mexilhões frescos, algumas amêijoas que tivera de abrir antes, e camarões descascados, sentindo quase de seguida o odor estranho de marisco a fritar, coisa que sempre lhe pareceu tropical, uma imagem do Verão das ilhas; agitou bem a frigideira, viu as peças marítimas alourarem e largarem os seus sucos, que rapidamente se transformavam em molho que ligava com a gordura que os recebera. Cinco minutos, e não mais, devia demorar esta etapa, para que o peixe permitisse que se formasse, na sua caçarola de barro, um vapor condensado e aromático; seria sobre ele que lançaria o marisco, reservando a gordura para fritar as pequenas fatias de pão de milho, cortadas antes. Quando Isabel chegasse, o pão estaria amolecido, conservando no entanto a textura estaladiça do seu exterior, já depositado sobre o conjunto, obrigando o preparado a reter os sabores e os aromas. Assim fez: colocou, com cuidado, os pedaços de pão sobre os mariscos e o peixe, deixou em cima um polvilhado de coentros frescos, pouquíssima salsa e algumas folhas de hortelã picadas muito miudamente. Tapou de novo a caçarola, que embrulhou num pano húmido. Para servir, teria apenas de sujeitá-la a uma passagem rápida pelo fogo, e de fazer acompanhar o delicado conjunto com batatas cozidas em pouca água.

E que reservaria para beber? Tinha já tratado disso, ao mesmo tempo que descascava nêsperas para preparar uma salada a que juntaria apenas um cálice de Porto, limão e pedaços de meloa bastante madura: recordava-se de um vinho raro arrancado às colinas do rio Douro, perto do Pinhão, um *Quinta dos Ciprestes*. Seria esse, pensou. Seria um vinho notável vindo dos barrancos que desciam para o rio, a que se juntaram também uvas provenientes do breve planalto que entra pela Beira dentro, Sebadelhe, Touça, Mêda. Um local de eleição, terras de bruxaria e céu rosado.

Foi então, ao estender os pratos e os talheres sobre a toalha branca e bordada de azul, que teve um pressentimento raro. Olhou para a caçarola embrulhada no pano de cozinha e não resistiu a querer observar o seu conteúdo, embora se recordasse dele com exactidão, com rigor, até. Sabia que pedaços estavam sobre que pedaços. Atravessou a cozinha, dirigindo-se ao fogão, abriu o pano, retirou a tampa de barro, conferiu os ingredientes, o composto paciente de peixe, mariscos, pão, molho docemente preparado, ervas ainda verdes lutando para conservar a cor e a frescura junto à fonte de calor, e notou ali uma estranha perfeição, não uma obra de arte que um artista possa apreciar devidamente, mas uma perfeição que se encaminhava na sua direcção como um objecto de culto e de rigor, construído com a grandiosidade que só uma paixão é capaz de suportar ou consolidar — e talvez com a paciência que outra paixão obriga. Ou nem tanto uma paixão. Uma memória, uma doçura infiel, uma mulher, uma voz e também uma dedicação. Teve então pena, muita pena, não de si próprio como autor daquele resultado provisório que aguardava para depois ser consumido, mas de uma espera que o levara àquele pressentimento e àqueles momentos. Sabia perfeitamente do que se tratava e o sentimento não era novo — a única diferença fora a forma como se manifestara, através de um pressentimento tão raro e tão vadio, de modo que a sua súbita tristeza invadiu toda a casa, abafou o som dos grilos que se ouviam a descer a pequena e estreita rua, fê-lo acender novo cigarro, como se tivesse a certeza de que o seu pressentimento não tivera nenhuma justificação e, apesar de tudo, no essencial de tudo e daquele momento, estava correcto só de olhar para a forma como o conjunto de peixe e marisco repousava sem esforço na caçarola de barro, quase obra de feitiço, recordação do que em si havia de mais atento.

Ao longo da noite fumaria mais cigarros, este e outros mais, e sentar-se-ia na varanda, não a respirar a suavidade da noite abafada e quente, nem o silêncio que se abatia sobre a baía de Ponta Delgada, mas a tentar que fosse a noite a respirar uma perturbação que vinha do centro do seu próprio corpo, uma inquietação também ela perfeita, e triste. Naquele instante soube que Isabel não viria nessa noite. Não veio nessa noite nem nas noites seguintes, embora telefonasse para se desculpar. Filipe resmungou, ao telefone, não falou do jantar nem lhe deu importância. Na verdade, ficara sentado na varanda, devassado pelos ruídos da noite que lhe pareceu pequena para tudo o que acabara por revelar na sua atmosfera abafada que não chamaria húmida embora a recordasse alagada por uma melancolia que supunha só sua. Só voltaria a vê-la, a Isabel, no dia da chegada de Jaime Ramos, quando as luzes do aeroporto os tingissem de novo de frieza e lhe lembrassem, a ele, alguma saudade. E adormeceu, nessa noite, muito tarde, quando as palmeiras de um jardim vizinho deixaram de tremer.

31 de Julho de 1991, 21.30 horas

ESSE FOI O PRIMEIRO PRESSENTIMENTO E, NA VERDADE, aconteceu por acaso. Não valia a pena explicá-lo nem emprestar-lhe grande significado. Ele próprio já sabia que se preparava uma espécie de sismo que abalaria a ilha, talvez apenas a sua ilha particular onde desconhecia os limites e os contornos. Fora um momento demasiado rápido, apercebeu-se dele em fracções de segundo quando, ao começar a preparar a mesa, recordou a perfeição do prato que cozinhara e nessa recordação veio, colada como se fizesse parte integrante dela, a imagem de uma outra e quase desconhecida perfeição incompleta. Não havia maior entrega do que um alimento transformado em cerimónia e ritual de consagração de outra coisa mais intensa. Esperara por aquele momento e tudo falhara. Isabel sabia que isso o poderia magoar, porque conhecia a importância que Filipe atribuía a momentos como aqueles. Não porque exagerasse o contexto ou o significado dos rituais ou dos momentos em que eles se encenam, mas porque o prazer constitui, ele aprendera-o, e ela sabia também à sua medida e à sua maneira, um dos últimos redutos do homem civilizado, se encenado e partilhado na procura de um sentido que não se esgotasse na sua realização simples. Talvez fosse essa, aliás, a razão que o levara até às ilhas anos atrás, em busca de um reduto que não precisasse de ser aprovado por mais ninguém. Aprendera aí a relatividade das coisas, porque, retirado de um continente onde a fuga e a viagem são mais possíveis ou mais frequentes, reconhecera a importância da sujeição ao equilíbrio, de uma experiência de tranquilidade e de submissão àquilo que poderiam ser os grandes ciclos do seu corpo, da sua saúde, do próprio tempo. Nenhumas palavras o explicariam, ele sabia. Nada podia explicar os sismos senão o movimento profundo da terra e, sobretudo, da terra que se move sob os mares e que é irreconhecível, invisível.

Nos dias que se seguiram, Filipe evitou telefonar a Isabel, talvez para não ferir aquilo que ele próprio sabia constituir uma conversa que ambos tinham praticado cada um por seu lado e que se assemelhava, também, a uma tentativa de explicação de outros sismos, os sismos que habitavam o interior de um corpo e o alteravam sem razão aparente.

Teve outros pressentimentos, mas calou-os. Deve existir uma idade do silêncio, um tempo para calar todas as circunstâncias e para revelar todos os receios. A chegada de Jaime Ramos ajudou-o um pouco a preencher esse silêncio, porque aquilo que na verdade ele evitava romper era um silêncio sobre o futuro da sua vida. Mas também Jaime Ramos pareceu contagiado por esse silêncio e por algumas dúvidas.

— As ilhas não são boas para o turismo — tinha então acabado de dizer, no fim de tarde dessa quinta-feira. Nunca vira a baía de Porto Formoso tão tranquila, um território simples onde se podia passear de um lado ao outro da praia, sem dizer uma palavra, acompanhando o rumor do canavial quase suspenso sobre as areias negras.

— Um dia as coisas desaparecem sem darmos conta. Com o vento.

— O meu avô conhecia os ventos.

— Toda a gente conhecia, nessa altura. Toda a gente, é uma maneira de dizer, claro, uma maneira rápida de dizer. Mas quase toda a gente. Não a maneira como se forma o vento, isso também não sei, nem me parece que tenha importância. Vamos para o jantar.

— Não cozinho hoje.

— Porquê?

— Ando sem mão — disse Filipe Castanheira. — Não tenho a mão preparada, e tu sabes que é preciso afiná-la, para cozinhar como deve ser.

— Tens comido o quê?

— Pouco. Em casa, há comida congelada, comida feita por mim, claro. E há o Alcides, um bom restaurante, provavelmente o único restaurante de Ponta Delgada, e uma tasca ao pé do aeroporto, a caminho do Norte. E o Gabriel. Fora isso, tenho comido pouco.

— Isabel não recusou a tua comida, recusou ir jantar naquela noite. És um dos poucos cozinheiros que gosto de ver cozinhar.

— Mas cozinhar não é uma coisa que exista no ar, cozinha-se por causa de alguma coisa, há que dar-lhe um sentido, e eu não tenho nenhum, agora. Nem para comer aquele jantar. Congelei-o, está guardado em casa, bebi só o vinho, um excelente vinho. Mas o jantar não. Não era para mim, está guardado, talvez um dia o descongele ou atire fora.

Jaime Ramos ofereceu-lhe um cigarro, dos que levava no bolso da camisa, e passou-lhe o braço esquerdo pelos ombros, puxando-o atrás de si ao longo da praia.

— Vou cozinhar uma coisa leve, ensinaram-me na taberna da aldeia — disse então. — Uma coisa com sentido: ser leve. Rosa vai gostar porque é leve e a ajuda na dieta que vai fazer quando chegarmos ao Porto, amanhã. Estou a ver: saladas, peixe grelhado, receitas de baixas calorias, sumo de cenoura, água, muita água, e leituras desagradáveis, coisas aborrecidas. Devias ir lá, agora, passar as férias. Uns dias de descanso a sério, de sono. Não tenho jeito para médico, mas arranjava-se uma canja, pêra cozida. Não gosto, mas arranjava-se isso, e saídas de vez em quando. Devias ir.

Olharam-se então. Não sabiam se iriam interrogar-se sobre a amizade que os unia ou sobre os destinos que tinham prometidos, mas começaram a caminhar na direcção de casa, onde Rosa os esperava. Subia-se por uma escada de cimento que começava ainda no areal e que ia dar ao pequeno terraço da casa alugada por quinze dias; na mesa havia ainda copos com restos de cerveja e um cesto com compras para o jantar.

Anoiteceu tranquilamente, anoiteceu em toda a ilha até que a única luz que se debruçava sobre eles era a de um luar límpido e triste, de despedida. Só muito mais tarde, quando a loiça do jantar tinha sido recolhida e os três se sentaram nas cadeiras de lona já manchadas da humidade nocturna, Jaime Ramos se levantou e, de copo na mão, apontou para o mar.

— Falaste desta ilha durante anos, durante muito tempo, e nunca acreditei que viesses para cá, e vivesses cá, e morresses cá um dia. Ninguém sabe do futuro, é verdade. Amanhã vamos embora, mas hei-de voltar porque parece um paraíso que alguém arrancou de algum lado. Não sou tipo para discursos, mas é isso.

— É como estar num filme — disse Rosa.

— Mas as ilhas não são boas para o turismo — repetiu Jaime Ramos, enquanto se viam as luzes de um carro a avançar na direcção da Maia e do Nordeste. Fez uma curva e depois outra, desapareceu por instantes no meio do arvoredo, voltou a aparecer, afastou-se lentamente na estrada até se perceber só uma mancha minúscula de luz a rasar a água do mar, ao longe, muito ao longe.

1 de Agosto de 1991, 10.45 horas

NÃO GOSTOU DAQUELA IDEIA, NEM DAQUELA IMAgem, apesar de ter passado várias vezes naquele lugar. Descia-se para lá por um caminho de pedra que imitaria, vagamente, uma escadaria desalinhada e que poderia ser classificada de natural, talhada pela água e pelo vento, e sobretudo pelo tempo, que se encarregara de polir as rochas negras encostadas à água, à zona de rebentação das ondas. Esperara qualquer coisa desse género, quando lhe tinham dito para pegar no carro e percorrer aqueles quase sessenta quilómetros. Eram nove horas da manhã, nessa altura exacta em que José Silveira Enes entrou no gabinete, poisou um papel na sua secretária e lhe estendeu outro onde estava assinalado este lugar (num mapa da ilha, fotocopiado, desses que abundavam na secção da polícia local) — e, tinha notado, embora sem espanto, uma neblina azulada na linha do mar, depois de levar Rosa e Jaime Ramos ao aeroporto e de esperar que o avião descolasse. Fingiu dizer-lhes adeus, de dentro do carro que já estava aquecido pelo sol apesar de serem ainda oito horas e de a vida do litoral ser apenas visível pelo voo das cagarras que acompanhavam a estreita linha de terra negra e verde na direcção da Bretanha. A neblina notou-a depois, à medida que ia entrando pela cidade — fê-lo pela marginal, junto ao porto, contornou o Hospital, seguiu em frente, àquela hora conseguiria facilmente um lugar para estacionar o carro.

Normalmente, descia a pé a sua rua, por volta das nove horas, parava alguns minutos na Tabacaria Açoreana para comprar os jornais e os cigarros — *Açoriano Oriental, Correio dos Açores* e *Além-Mar*. Não tomava café, de manhã, pelo menos ali; sim em sua casa, quando a boca pedia um sabor mais amargo. Reservava o café para o final da tarde, sobretudo se era Verão, refugiado na sala interior da Tabacaria Açoreana, sentado a uma mesa tranquila, folheando jornais, livros, uma revista, fumando um cigarro, vida pequena, vida simples, encontros ocasionais, escrever cartas aos amigos, gastar o tempo, tão pouco, tanto tempo.

Nessas tardes, quando se despedia do trabalho e entrava na Tabacaria Açoreana, que guardaria para sempre como um dos mais perfeitos lugares das ilhas, talvez sentisse um pedaço de si, o mais perturbador, mergulhado numa saudade daquilo que vivera antes. Antes de ter decidido fixar-se ali. Ao longo de três anos conhecera São Miguel, talvez já conhecesse toda a ilha, e parte de todas as ilhas, tornara-se ilhéu por afeição, talvez por gosto e, pensava algumas vezes, também por vingança.

Lisboa ficara para trás há muito tempo. Recordava-se da sua casa junto da pequena estação ferroviária, de algumas noites que ficaram a marcá-lo ou, tão-só, a sorrir-lhe, como uma lembrança fria na pele, uma lembrança de que abdicara ao decidir mudar-se para ali. José Silveira Enes tinha emagrecido visivelmente nos últimos tempos, e isso afectara-lhe parte da boa-disposição, pensava Filipe Castanheira. Enes tinha sido o seu primeiro contacto em Ponta Delgada, quando entrara, em Agosto de 1988, no edifício branco e soturno da Polícia Judiciária local, ao lado da Câmara. Aconselhara-o. Falara-lhe de uma ilha que, sabia agora, não mudara nunca, não mudaria nunca, porque as ilhas raramente mudam senão no seu volume e na sua forma exterior, conforme a vulcanologia e a sismologia explicam. Mas não naquilo que as distinguem como ilhas, como territórios isolados e fermento de ideias. De qualquer modo, Enes entrou no gabinete, alinhou a gravata lisa sobre a camisa de riscas verdes e de mangas curtas, e estendeu-lhe um papel que deixou cair na sua secretária. Depois, entregou-lhe um mapa, e ele percebeu do que se tratava.

— Para mim?

— Para si. Telefonaram há quinze minutos da Guarda, do posto do Nordeste. Você sabe, convém ir depressa, o mais depressa que puder, há que ter em conta que eles podem estragar o lugar, começar a mexer, a tocar nas coisas.

— Há um corpo?

— Claro que há um corpo. Um corpo, uma coisa simples, não sei mais que isso. Foi encontrado às sete e meia da manhã, telefonaram só agora. Coisas do Nordeste, sabe como é, e você precisa de uma viagem.

— Afogamento?

— Talvez. Algum turista que foi nadar para aquele sítio de madrugada.

— Ninguém vai nadar para aquele sítio de madrugada.

— Pois não. Ninguém nada naquele sítio, ninguém devia nadar em sítio nenhum, se quer que lhe diga, sem fazer uma requisição, um pedido de autorização. Devia haver licenças para isso. Nadar é um perigo — respondeu José Silveira Enes. — Duas coisas: primeiro, parece ser afogamento. Segundo: aquele sítio.

— Quem vai comigo?

— Escolha, leve a sua equipa. Mas não me parece. Não me parece necessário, queria eu dizer. Se houver problemas, diga que é preciso fazer autópsia já. Claro que não se pode, mas diga isso, você sabe. É uma chatice. Um morto no Verão só dá trabalhos, e é quando há mais.

— Há nome, identificação? Disseram alguma coisa?

— Nada. Nem nome nem mais nada. Ninguém conhece, ninguém sabe quem é, diz o sargento de lá do sítio. Turistas, digo-lho eu. Alguém de fora, pelo menos. Telefone a dizer alguma coisa, se vir que há necessidade.

Filipe viu, depois, que não havia necessidade de telefonar. Um corpo abandonado não tem muita necessidade de telefonar, e ele também não. As coisas correriam o seu ritmo. De resto, apresentou-se no local indicado daí a quarenta e cinco minutos, e, ao fechar a porta do carro no pequeno parque de estacionamento que servia o miradouro, mesmo ao lado do jipe da Guarda, soube que a *ideia* de José Silveira Enes sobre o sítio onde fora encontrado o corpo estava certa. Avançou no caminho de terra batida, com João Dionísio ao lado, até chegar ao limite do miradouro. Daí podia ver-se claramente o fundo da falésia, o pequeno grupo de barcos de pesca abandonado sobre a areia e, sobretudo, o recorte do farol sobre o mar.

— Teve um trabalhão para chegar ali — disse João Dionísio.

— Um trabalhão. Tens a máquina?

— Tenho.

— Tira uma daqui. Quero uma fotografia a ver-se isto tudo à volta. Tira várias, ao alto e ao baixo, e depois vai tirando algumas à medida que a gente desce.

Era preciso desviarem-se agora à esquerda e tomarem o caminho que descia vertiginosamente para o pequeno porto já abandonado há muitos anos, protegido pela luz nocturna do farol e pelas suas cores, branco e vermelho, como um sinal de contraste com o verde e negro do litoral. Serviria ainda de muito, aquele farol? Salvaria barcos de algum naufrágio? Resistiria ainda muito tempo às ventanias daquele lado da ilha? João Dionísio parava de vez em quando para novo enquadramento e Filipe ouvia o som dos disparos da máquina fotográfica atrás de si, fixando exactamente aquilo que ele não iria esquecer durante muito tempo.

Quando chegaram ao fundo da escadaria imperfeita, uma rampa escorregadia e incerta, os do pequeno grupo que rodeava o corpo olharam para trás. O sargento estava sentado na pequena amurada e atirou o cigarro fora, voltando a pôr o boné cinzento, que estava assente sobre os joelhos.

— Aqui só morreram pescadores, que eu saiba. Ninguém vem para aqui divertir-se, muito menos de noite. Que alguém caia ali da frente, da Ponta da Madrugada, no meio de alguma foda, vá que não vá, mas isto não é sítio para alguém vir foder. Está tudo cheio de pedras e há sempre vento. E frio.

— Hoje em dia fode-se em qualquer lado — disse João Dionísio, enquanto Filipe estendia a mão ao sargento. Os dois soldados desviaram-se para que os homens de Ponta Delgada vissem melhor aquilo que eles já tinham visto antes e acabaram por tapar com uma manta rasgada que agora estava ao lado do corpo, poder-se-ia dizer semi-nu, de uma mulher.

— Azul. Está azul de frio.

— Quem é que a vai levar para cima? — perguntou Filipe.

— Os bombeiros. Devem estar a chegar. O único condutor da ambulância estava com o gado, na serra, e foram chamá-lo há meia-hora. Deve estar a chegar.

Idade. Nome. Não, não seria assim. Antes o contrário: nome e, só depois, idade. Filipe acocorou-se junto do corpo e olhou para as mãos abandonadas sobre as pedras. A mulher vestia uns calções de caqui, uma camisa branca rasgada em vários pontos, não usava soutien e calçava uns sapatos de lona da mesma cor dos calções. Altura. Um metro e setenta e cinco centímetros. A água fria enrugara-lhe a pele, ele sabia, mas ela não era magra. Feridas nos joelhos, notavam-se feridas nos joelhos. Estendeu então a mão para os bolsos dos calções, que estavam vazios, os da frente e os de trás. O bolso do peito da camisa estava também vazio, desviou o colarinho, alargou o decote para observar o pescoço. Nenhuma marca demasiado negra, nem no pescoço nem nos braços, apenas arranhões mais ou menos profundos na cintura, marca de uma queda, um rasgão provocado por uma pedra. Levantou a camisa, tocou a pele fria e rígida, teve um sobressalto, era sempre assim, nada de especial, só um sobressalto na sua própria pele, quente, junto de uma pele que, para todos os efeitos, tinha deixado de existir. Cuidados clínicos, pensou ele, enquanto observava se o fecho de correr dos calções estava entreaberto ou não. Não. Rigorosamente fechado, até cima, embora um cinto, estreito e fino, de tecido castanho estivesse desapertado. As unhas. São importantes, as unhas. Dir-se-ia que estavam limpas, lilases, roxas, azuis. Azul de frio, como dissera o sargento. E os sapatos? Não calçava meias, obviamente, e reparou que a camisa branca era demasiado larga, talvez lhe assentasse bem se estivesse viva, mas assim não. Levantou de novo o colarinho para ver a marca da camisa. Nada que não suspeitasse antes, uma marca que Isabel também usava. Não se compravam estas camisas em São Miguel, ele sabia. Além do mais, em São Miguel uma mulher usaria soutien, sobretudo com estes seios. Envergonhou-se de pensar nisso, mas teve de reparar que, apesar do frio, da água fria do mar, os seios conservavam volume e, naturalmente, estavam rígidos. Viu-os através da camisa molhada enquanto ouvia mais disparos da máquina fotográfica atrás de si. Olhou para João Dionísio e viu-lhe a cara que não escondia uma certa náusea. Por ele, só por agora, sabia, tratava-se de um corpo abandonado.

Idade?, perguntou de novo a si próprio. Entre trinta e dois e trinta e cinco ou trinta e seis anos, difícil de dizer. Puxou uma madeixa em contacto com o chão e verificou que não havia nenhum cabelo branco no meio dessa madeixa de cabelos que se aproximavam do ruivo e do castanho claro, pelo menos à primeira vista.

— Sabe-se quem é? — perguntou aos soldados.

— Não — respondeu um deles. — Nenhum de nós sabe quem ela é.

— Há estrangeiros no Nordeste?

— Só uma inglesa, que tem uma quinta com uma casa na serra e um supermercado cá em baixo, na vila. Chama-se Sara.

— Recebe visitas?

— Não sei. Às vezes vem um homem, parece que não é bem marido dela, mas é o único homem que se lhe conhece. Tem um filho, um miúdo que anda na escola.

— Encontraram algum carro abandonado por aqui perto?

— Não. Quer dizer, viemos para cá e não demos por nada, não vimos nenhum. Nestes dois miradouros não há nenhum.

— João, vai ver. Deve haver sinais de pneus ali em cima. Fotografa, se houver alguma coisa. Fotografa de bem perto, pedaço a pedaço.

João foi subindo a encosta, lentamente, com a câmara a tiracolo. Filipe levantou-se então e ficou a vê-lo subir, esticou-se para trás, para descontrair os músculos, sentiu os joelhos queixarem-se dos minutos que estivera ali, de cócoras.

— Estragou-nos a manhã — disse o sargento. — Um afogamento é chato. E aqui.

— É sempre chato — respondeu Filipe Castanheira, que olhava para o céu azul, mesmo para o alto, onde nenhuma nuvem interrompia o seu olhar que caiu depois para o mar. Aí encontrou a mesma neblina que vira nessa manhã, ao sair do aeroporto. Uma neblina que rasava a linha do mar, exactamente no ponto em que já não se via nada mais que uma linha azulada e onde o branco da neblina fazia supor que haveria, teria de haver, alguma ligação entre uma coisa e outra.

1 de Agosto de 1991, 14.30 horas

A LIGAÇÃO VEIO TEMPOS DEPOIS. ALGUM TEMPO DEpois. Não inesperadamente, como soubera prever naquela manhã. O corpo fora transportado para Ponta Delgada por uma ambulância e Filipe Castanheira vira o carro afastar-se, fazer a última curva antes de desaparecer na direcção de Faial da Terra e Povoação, onde a ilha se ajoelha diante do mar. João Dionísio, durante essa tarde, investigara o que normalmente se faz nestes casos, conforme assegurou no dia seguinte, quando o corpo foi requisitado pelos familiares e Filipe Castanheira entregou a José Silveira Enes o relatório que as circunstâncias exigiam. Um relatório simples no qual se indicavam as razões (pareceram-lhe depois apenas prováveis, embora na altura fossem as únicas plausíveis) para a morte de Rita Calado Gomes, nome vulgar constante de um bilhete de identidade e de um passaporte encontrados numa mochila de pano num quarto do Hotel Bahia Palace, Praia de Água d'Alto, Vila Franca do Campo, onde entrara no dia 29 de Julho. Dentro da mala, preta, viu Filipe Castanheira ao fazer a primeira visita ao quarto 521, estava um livro de endereços e telefones, referido depois, no seu relatório, como "Objecto nº 2", sendo o "Objecto nº 1" o passaporte castanho indicando que Rita Calado Gomes nascera a 24 de Maio de 1960, em Lisboa.

O quarto não estava propriamente desarrumado, quando ele entrou lá pela primeira vez. A cama estava desfeita, como se alguém tivesse dormido nela, e Filipe verificou que, entre os lençóis, havia apenas cabelos semelhantes àqueles que tivera entre os dedos nessa mesma manhã, ruivos, aproximando-se do castanho-claro, curtos, lisos. Surpreendentemente lisos, como pensaria depois, ao ver uma fotografia que retirou cuidadosamente de uma carteirinha de couro que encontrou sobre a mesa-de-cabeceira, junto ao candeeiro que ainda estava aceso a esta hora. Ninguém entrara no quarto, que a recepção do hotel soubesse, desde as dez e meia da noite do dia anterior, quando Rita Calado Gomes entregou a chave na portaria e partiu, não sabia o porteiro em que direcção, num carro de que se servira nos dias anteriores, alugado em Ponta Delgada. Mas deixara o letreiro "não incomode" pendurado na porta, pelo lado de fora. Nenhum telefonema fora feito para o quarto 521 durante o dia anterior, assegurou-se Filipe Castanheira. E, segundo os registos de um computador situado junto do quadro de telefones da recepção do hotel, nenhum fora efectuado a partir desse quarto.

— Veio sozinha. Exactamente há quatro dias. Aqui está o registo de entrada — mostrou-lho o rapaz que estava atrás do balcão brilhante da recepção. Não havia hóspedes a caminhar ao longo do corredor do bar, nem nas varandas da piscina, nem no caminho relvado que levava à praia. Filipe gostava dessa praia e frequentava-a aos fins-de-semana, se não arriscasse uma viagem para o norte da ilha ou, mais para diante, na direcção da Povoação.

— Reserva conforme o habitual, aqui está. Voucher. Fax da agência, do dia anterior. A reserva foi efectuada no dia anterior, exactamente. A senhora chegou no avião das oito da noite, que é o mais utilizado por turistas, havia um carro no aeroporto, mas não foi tratado connosco isso do carro. O check-in às vinte e cinquenta, como vê. Veio directamente do aeroporto para aqui, já de carro, pelos seus meios.

— Entraram mais pessoas nesse dia?

— Mais pessoas?

— No hotel.

— Não, não entraram. É caro, não há muitos clientes.

— Há um registo de despesas que ela tenha feito?

— É como o senhor vê. Nada de especial. Pequeno-almoço às nove da manhã. Um jantar. Fez dois telefonemas no dia seguinte à entrada no hotel. E várias bebidas, no bar ou na esplanada da piscina.

— Costumava vê-la?

— Eu? Às vezes. Uma mulher sozinha, já se vê, a gente pensa sempre por que é que uma mulher vem sozinha para uma ilha, e, claro, para um hotel destes. Devia ter dinheiro, claro.

— Não tinha falta de dinheiro.

— Não. Que fazemos às coisas dela?

— Nada. Não tocam em nada sem haver autorização.

Filipe Castanheira reparou também, ao abrir uma mala de viagem, grande e preta, numa máquina fotográfica. De um rolo de filme tinham sido utilizadas dezoito fotografias e talvez fosse bom revelá-las. Reparou também nos livros pousados sobre a mesa da sala-de-estar do quarto, folheando-os ao acaso. Estava mal de leituras, não conhecia aqueles romances, um deles em inglês. Voltou, enquanto vigiava a praia com o canto do olho, a consultar a carteira de pele escura que servia de albergue a cartões de crédito, cartões de visita, algum dinheiro, e um papel quadriculado, rasgado e dobrado em quatro, com duas frases escritas a tinta azul, já gastas pelo tempo. Fixou as frases, "Às vezes é difícil olhar para ti, porque te aproximas muito do céu, como um pássaro. Telefona-me logo que puderes.", nenhuma assinatura, Filipe pensou que havia uma vírgula mal colocada na primeira frase e que era um bilhete de amor, e que não haveria mais bilhetes de amor para Rita Calado Gomes, profissão não mencionada em qualquer dos documentos que encontrou na sua mala, solteira, trinta e um anos de idade, natural de Lisboa, filha de Luís Andrade Gomes e de Margarida Silveira Ramos Calado, bilhete de identidade válido até ao dia 14 de Maio de 1994. Passaporte com carimbos de saída do aeroporto da Portela, um carimbo, só um e sem convicção, de chegada a Heathrow, Londres, apenas com um ano de uso. Roupa de Verão, naturalmente, um blusão de ganga azul-clara, blusas leves, cores suaves, roupa interior normal. Filipe pensou que seria roupa interior normal, soutiens brancos, t-shirts brancas, verdes e rosa, largas, duas delas com frases escritas em inglês, champô para cabelos normais, alguns cremes, loções e frascos a que não atribuiu importância. Um polícia devia estudar as coisas de mulheres, pensou ele. Havia jeans, uma saia, dois vestidos que Filipe classificou de "compridos" no seu relatório, um preto e outro branco, sendo que o branco tinha um cinto da mesma cor, de uma tela finíssima. Não soube dizer que tipo de tecido. E havia um secador de cabelo, pequeno, esverdeado, batom cor-de-rosa, um pijama amarelo, uma touca de banho, uma toalha de praia verde e azul que não fora lavada depois da última utilização, e que cheirava a sal e a bronzeador. Espreitou para o bronzeador, dentro de um saco de lona que seria, naturalmente, o seu saco de praia, verificou o grau de protecção prometido pelo creme, havia um livro de Sidney Sheldon cheio de areia, uma escova de cabelo, óculos de sol, um jornal de há três dias. Caminhou ao acaso pelo quarto e sentou-se na cama, que estava desfeita, verificou que Rita Calado Gomes usava chinelos de quarto, estavam na varanda, abriu a máquina fotográfica, retirou o filme, que meteu ao bolso. Gostaria de ver aquelas dezoito fotografias.

1 de Agosto de 1991, 22.30 horas

CALOR, CALOR, O IMENSO CALOR DA ILHA COBRINdo-a como uma nuvem espessa, de veludo, carnal, sensual, mais densa que a neblina, mais pesada que a morte, pensou Filipe Castanheira. O ruído dos aviões sobrevoa o aeroporto, o movimento das placas da Terra sob os mares, o som de uma música estranha e delirante a envolver, por sua vez, todo o céu. O Hotel Bahia Palace parece uma construção indefesa e fantástica recortada como um recife frente ao mar.

Filipe Castanheira caminhou ao acaso, ao longo do parque de estacionamento da praia de Água d'Alto, na direcção do edifício do hotel, ignorando os carros que passavam na estrada, no sentido de Vila Franca ou de Ponta Delgada. Em frente estava outra ilha e, em dias de céu bastante limpo, poder-se-ia ver Santa Maria aparecer como uma visão escura e nebulosa ao fundo daquilo que o mar deixa perceber como o seu próprio limite. Retirou do bolso um pacote de fotografias — as fotografias do rolo que nessa manhã recolhera da máquina que Rita Calado Gomes tinha transportado consigo numa mala de viagem. Passou os olhos por elas, uma a uma, aproveitando a luz fraca de alguns candeeiros do Hotel Bahia Palace. Coisas que já não existem. Ou que existem mas não têm quem as veja desta forma, exactamente da forma como Rita Calado Gomes as veria se pudesse e se o seu corpo não estivesse guardado para depois ser enviado rumo a Lisboa, requisitado pela família, que chegaria no primeiro avião da manhã.

Nesta tarde encontraram o carro que Rita Calado Gomes alugara em Ponta Delgada, no aeroporto. Um Fiat Panda é igual em todo o lado, e este era branco como quase todos, quase vazio por dentro, segundo João Dionísio:

— Tudo calminho, janela aberta, um chapéu de pano no banco de trás e areia no banco da frente, dois jornais de ontem e de anteontem, e uns óculos de sol.

— Outros?

— Só vi estes — disse João Dionísio pelo telefone. — Óculos bons.

— De homem ou de mulher?

— De mulher, pelo aspecto. Parecem duas asas castanhas, óculos da moda, modernos. Iguais a outros, se calhar. Óculos de sol.

— Graduados?

— Não reparei, mas vou ver. Garanto é que são óculos, normalíssimos, sem marca, parece-me. Talvez sejam graduados, sendo assim, mas vou ver.

Um inquérito, recordou Filipe Castanheira, deve conduzir-se com lentidão. Engraçado como relembrava as lições mais simples de cada vez que iniciava um trabalho. Com lentidão, rememorando cada pormenor, verificando se há impressões digitais no carro — mesmo que não haja suspeita de crime, suspeita a sério — mesmo que Filipe Castanheira soubesse a razão por que José Silveira Enes o enviara à Ponta do Arnel. Ele sabia, sim, a Ponta do Arnel é um lugar perigoso, inóspito, quase inacessível. E, mesmo que não soubesse nada de nada sobre o estado de um corpo a iniciar a caminhada triste da decomposição, ou sobre a forma como um corpo vem dar à praia, Filipe reconhecia, agora, que Rita Calado Gomes saíra do carro (de um Fiat Panda alugado em Ponta Delgada) na Vila Nordeste, num lugar estranho, talvez ainda mais estranho que a Ponta do Arnel — de que só frequentara, antes, o miradouro inclinado sobre o mar. O local era mal iluminado à noite.

— Ninguém anda por ali à noite — garantira o sargento. — Ninguém, que a gente saiba. De vez em quando um carro ou outro. Sabemos de quem é, rapazes e raparigas. Não digo que seja putedo. Não, mas aparecem uma vez por outra, à noite, a meio da noite, carros que vêm da Maia quando a discoteca está aberta, ao fim-de-semana. De dia sim, mas, já se vê, gente que vem às piscinas. Gente do dia, porque à noite ninguém está seguro em nenhum lado. A noite é isso mesmo. Que ela tenha deixado o carro ali é esquisito.

A distância entre Vila Nordeste e a Ponta do Arnel é de cerca de quatro quilómetros, por estrada, a que sai da vila e avança até Pedreira, Ponta da Madrugada, e depois desce até Fenais da Ajuda, Faial da Terra, Água Retorta e Povoação.

— Terra de ninguém — acrescentou o sargento. — De gente que vá lá para foder ao ar livre, isso sim, mas de dia. A comunhão com a natureza é uma coisa louvável.

José Silveira Enes tivera razão, sim. A Ponta do Arnel não é lugar para ninguém morrer, porque é um lugar assustador à noite — ou seja, parecia-lhe, a Filipe Castanheira, à primeira vista, que era um lugar para alguém aparecer morto, mas não um lugar para morrer. Devem assaltar-nos algumas ideias neste sítio, de certeza, com o ruído lento do mar, ao fundo da falésia. Um ruído que se repete por séculos, se não houver tempestades entretanto. Talvez fosse bom procurar um lugar mais calmo para morrer, mas Rita Calado Gomes não o fez, porque esse ruído lento do mar é, apesar de tudo, exasperante, entontece, acompanha-nos durante horas, se o ouvimos durante muito tempo.

— As marés só dificilmente a poderiam levar para ali — garantiram-lhe. — Não se cai ao mar na Vila para depois aparecer na Ponta do Arnel. Só pelo ar, indo de um lugar a outro.

Procurando em todos os papéis deixados por Rita Calado Gomes, Filipe Castanheira deu mais uma vez razão a José Silveira Enes, porque não havia nenhum sinal de que ela tivesse um encontro que fosse, e fosse com quem fosse. Em nenhum papel, em nenhuma agenda, em nenhum dos cantos de jornal que ela abandonara no carro abandonado na Vila Nordeste, junto às piscinas. Nenhum recado, nenhum número de telefone, nenhuma indicação de um nome, às tantas horas em tal sítio, assinado Jorge, Rui, Artur, Vítor. Nada que ajudasse a determinar se havia, afinal, razão para que Filipe Castanheira pudesse trabalhar ou não num caso que não se sabia sequer se existia.

Filipe Castanheira estava agora sentado a uma mesa do bar do hotel, ao ar livre, não propriamente concentrado na noite que descia, grande e escura, sobre a baía de Água d'Alto. Escolhera aquela mesa por dali se poder ver melhor o promontório aguçado da Caloura e por isso ser uma imagem que lhe lembrava o corpo de Rita Calado Gomes, encontrado nessa manhã na Ponta do Arnel, misturado com o areão frio da pequena enseada que antes fora mais porto de pescadores que agora.

Temia isso mesmo, deixar-se envolver pela melancolia do início de uma investigação, pelos passos principais que teria de dar em torno de uma biografia. Sabia que não poderia deixar de se apaixonar por um corpo abandonado. Sempre acontecera isso consigo, era costume apaixonar-se pela biografia de um morto, dos seus mortos, daqueles que se habituara a registar nos relatórios preenchidos com dificuldade e entregues depois, sempre fora de horas, a José Silveira Enes, que os lia com concentração e delicado rigor. Um coração bate trinta e sete milhões de vezes por ano, em média, os impulsos nervosos deslocam-se, no nosso corpo, a cerca de trezentos e vinte quilómetros por hora — como poderia isso não ser importante para o seu trabalho? Poderia tratar a morte como um facto? Poderia tratar o seu trabalho como um tempo frio, meticuloso, anestesiado, residual? Sabia bem que não, e que essa melancolia acabaria por descer sobre si próprio, como a noite, húmida e abafada, prenúncio de uma tempestade, por certo.

Tirou então o pacote de fotografias do bolso e começou por olhá-las uma a uma pela quarta ou quinta vez nesse dia. Mandara revelá-las num laboratório perto do Largo da Matriz, em Ponta Delgada, e prometera a si próprio devolvê-las mais tarde ao disperso volume de objectos pessoais de Rita Calado Gomes.

Seria honesto da sua parte, reconheceu José Silveira Enes, quando lhe disse que encontrara o rolo de fotografias por revelar.

— E depois diga-me se há alguma coisa. Claro que diz, eu sei. Diga-me logo, queria eu dizer.

Disse. Nada de especial, à primeira vista. Das dezoito fotografias, oito foram tiradas em São Miguel e eram relativamente banais, paisagens, declives das montanhas, florestas do norte da ilha, o mar muito azul, o céu negro de Santa Maria ao longe. Nove, eram fotografias do interior de uma casa. Uma, a restante, era a fotografia de um homem, um retrato escurecido pela falta de luz que havia no cenário circundante.

Um namorado, pensou. Observou-o mais uma vez. Um homem de quarenta e cinco anos para a frente, ainda que não chegasse aos cinquenta, talvez, roupa desportiva, riso de fim-de-semana, barba por fazer, o olhar directamente fixado na câmara, atrás da qual, com toda a probabilidade, se encontrava Rita Calado Gomes. Uma sweater de algodão azul comprada ao acaso de saldos, quando se vai pela rua fora, numa loja de circunstância, o braço do homem pousado sobre o braço do sofá, um sofá castanho. Da sua mão pendia um livro mais ou menos escondido pela penumbra, interrompida pela luz que entrava, filtrada, por uma janela ao fundo da sala. E essa sala, reconheceria Filipe Castanheira, era um dos compartimentos da casa que estava reproduzida em oito versões diferentes nas nove fotografias restantes, sendo uma delas praticamente idêntica a uma outra. Digamos que numa delas a luz entrava de forma a dar outro aspecto a um quarto de tons azuis cuja principal figura era uma cama larga, onde um edredão amarrotado denunciava ocupação recente.

— Um fim-de-semana noutra casa — sugeriu José Silveira Enes. — Sexo e lassidão, uma casa cheia de sombras. Pelo menos é o que se vê.

Sim, isso via-se. Talvez sexo e lassidão, pensamos sempre nisso, primeiro em sexo e depois, logo em seguida, em lassidão, uma casa em oito versões e um ocupante anónimo, pelo menos anónimo para Filipe Castanheira, que olhara com melancolia o olhar do homem, o riso de sábado ao fim da manhã. Somos sempre tão anónimos nas fotografias, tão anónimos. Salvo se nos reconhecermos por um instante.

As fotografias de uma casa, pensou então Filipe Castanheira, deviam conservar-se como num museu, respiram através dos anos, talvez sejam um testemunho, porque uma casa é como uma fortaleza erguida contra o tempo, contra o ruído, contra a morte. Rita Calado Gomes morreu, restam dela estas fotografias, talvez de sua casa, talvez de outra casa onde ela esteve há pouco tempo. Uma a uma passam as fotografias pelos seus dedos, como um desenho sobreposto a outro, depois a outro e a outro ainda.

As fotografias de uma casa deviam pertencer a um museu. Um dia deveriam reunir todas as fotografias de todas as casas e constituir um museu, uma espécie de reduto terminal para as memórias de casas, de todas as casas. A forma como se abrem as janelas para as ruas, a forma como o pó se acumula sobre os móveis e debaixo dos móveis, a maneira mais ou menos rápida como a cor de uma sala acaba por mudar e transformar-se. Talvez então tivéssemos uma visão mais ou menos séria do que é uma casa e da sua mudança — de como uma cor se muda em outra, a forma como a porta do frigorífico se abre a meio da noite e ilumina um rosto, um candeeiro visto pelo lado de fora da janela, o lugar onde uma família coloca a televisão, a forma como se morre numa casa, o lugar onde se vão colocando as fotografias dos mortos.

Estas eram as imagens que assaltavam Filipe Castanheira à medida que ia arrumando as fotografias que de novo retomavam, uma a uma, o seu lugar no pacote de papel pardo de onde só voltariam a sair mais tarde, se fosse caso disso. De quem era esta casa, fotografada por Rita Calado Gomes? Quem era este homem que sorria numa das fotografias de Rita Calado Gomes? Onde parariam as perguntas, se ele as não detivesse agora, enquanto era tempo e os factos se resumiam a factos simples, factos sinceros, quase puros, distantes, sem afecto?

Um fim-de-semana noutra casa, de sexta a segunda-feira, ou até ao domingo à noite, o modo como o sábado de manhã é confuso e pode ser trágico se se acorda numa cama estranha. A sua idade tinha passado lentamente sobre esses momentos, e aprendera, sem tristeza e com alguma resignação, que os fins-de-semana noutras casas deixam feridas pequenas, manchas negras na pele onde se podem desenhar calendários furtivos, usam-se toalhas que não são nossas, só uma partilha instantânea e frívola, depois tudo recomeça mais tarde, se recomeçar, um dia vejo-te, telefona, dirá um deles, um dos dois, telefono, diz a convicção do outro. O sistema de acasalamento de alguns animais sempre o interessara, nomeadamente o dos pombos, resumido à vida tranquila de uma relação mais ou menos eterna. As doninhas, por exemplo — um único acasalamento. Um fim-de-semana noutra casa é sempre uma coisa triste mais tarde, se se é capaz de recordar alguma coisa.

Mas o tempo passa muito devagar, pensou Filipe Castanheira. De outras vezes, disse ele baixinho, passa muito depressa, mas nós nunca sabemos ver a velocidade de cada dia, de cada minuto, amontoam-se uns e outros sobre nós, cavam um fosso em redor de nós, avançam e recuam, causam dores de cabeça. Geralmente passam muito depressa os minutos. Quantas fracções de segundo estão acumuladas nestas fotografias? A imagem aparece fixa na película, os tons claros aparecem escuros, os tons escuros aparecem claros, há uma representação invertida dos objectos, de cada um dos objectos, quando se acciona o obturador, uma determinada quantidade de luz atinge a película antes, o diafragma abre-se, uma diminuta fracção de segundo reflectida como um momento que a eternidade irá desfocar e julgar, ele sabia. O homem está encostado ao sofá, onde três almofadas, ao canto, se acumulam umas sobre as outras, há uma pequena mesa diante dele, na qual está um cinzeiro, um tapete de riscas coloridas no chão, um maço de cigarros sobre o sofá, ao lado das almofadas. Por detrás do sofá, uma estante, branca, e livros arrumados. Ao lado, uma pilha de jornais, alinhados, vê-se ainda a mão do homem segurando o livro, não se vê o título, Filipe não o reconhece. Mas o observa os jornais, estão alinhados uns sobre os outros, jornais de sábado de manhã, desses que se compram para se irem acumulando sábado e domingo, fora alguns artigos que se vão lendo ao longo da semana. Filipe reconhecera-os, eram por certo os habituais instrumentos de leitura de uma mulher como Rita Calado Gomes, e ele já o identificara e datara, pedira cópias desses jornais na Tabacaria Açoreana ao fim da tarde. E há outra fotografia, vê-se uma janela e diante dela está uma cadeira, uma pequena mesa onde cabe apenas um candeeiro com *abat-jour* azul, espaço suficiente para se verem duas molduras com fotografias, uma mulher ri numa delas, na outra uma mulher está a posar de perfil, e Filipe reconhece o rosto fino e o cabelo liso e arruivado de Rita Calado Gomes e reconhece-se, afinal, nessa fotografia, um grande silêncio, um silêncio a que é difícil dar um nome, um lugar, uma palavra que reúna as perguntas que Filipe gostaria de fazer agora, tais como "quando foram tiradas estas fotografias?", "quem tirou estas fotografias desta casa?", "a quem pertence a casa?", e muitas outras, todas as outras.

Estes são os pedaços que se reúnem ao longo de uma investigação, fotografias de casas abandonadas subitamente devido a uma morte inesperada, tão inesperada como a vida, um retrato tipo passe guardado numa carteira e recortado de um antigo cartão de estudante, nota-se nele o carimbo, o selo branco impresso num dos cantos a atestar uma veracidade que nunca mais regressará, papéis soltos e recolhidos com mérito e sem método, fotocópias de documentos oficiais, bilhete de identidade, passaporte, certidão de óbito, relatório da autópsia realizada horas depois de o corpo ser recolhido. Investigação de luxo, por oposição àquela que manda que se dêem dois bofetões em alguém que se interroga, um murro no nariz, doloroso mas não tão violento que possa fracturar um osso, e depois outras coisas dolorosas, uma joelhada nos tomates, um puxão nos cabelos, um homem pendurado de cabeça para baixo durante minutos muito longos, o resto de um cigarro apagado na palma da mão, um soco no estômago, um empurrão contra uma parede, um bastão usado com perícia nos rins, se é uma mulher pode prometer-se uma violação colectiva à laia de ameaça, pergunta-se-lhe se fode muito, depois uma gargalhada, outra gargalhada ainda, se ela baixa os olhos, o importante é humilhar um pouco a princípio, dar a ideia de que há sempre uma salvação, é preferível que sejam dois ou três a interrogá-la, "onde é que o gajo te deu o pó?, onde é que o guardavas?, quanto ganhavam?", investigação de luxo, esta: colecção de restos e de dejectos, ninguém para meter na prisão, para interrogar às onze da noite quando chega o primeiro sono e os rostos são mais disformes, estão cansados, há olheiras em alguns deles, e súplicas, e tristeza até, e um polícia está farto de olhar para aquele rosto, e empurra-o com violência, agarra o homem pelo pescoço, esse gesto deforma o rosto do homem, apetece estrangulá-lo, "meu filho da puta", o homem cala-se, ou ri, se é corajoso, mas a coragem vai abaixo um dia, a uma certa hora do dia, o interrogatório começa às onze da noite, mas a primeira pergunta só chega muito mais tarde, à meia-noite e meia, entretanto os três polícias entretêm-se a fumar um cigarro cada um, a contar uma anedota, "já vais ver, tu, filho da puta", e então é a primeira pergunta, a segunda, a terceira, a quarta, por aí adiante, depois a trigésima segunda volta a ser a primeira e o homem diz "eu já respondi a isso", "responde outra vez, não te faz mal nenhum", e ele responde, e o polícia diz "ouve lá, isso já disseste há bocado", "pois disse", diz o outro, "onde é que lhe roubaste a faca, meu cabrão?", "onde é que fizeste a tropa?", "andaste na escola?", "a tua mulher ataca naquele bar?", "é uma pechincha para ti", o homem cala-se, abre-se-lhe a boca com um soco no estômago, dói realmente, os polícias são em número de três, "levanta-te", diz um, o homem levanta-se. Filipe Castanheira nunca teve pena de nenhum desses homens, agarrou na cabeça de um ou de outro e bateu com ela na parede, aconteceu várias vezes, e apeteceu-lhe continuar a bater até desfazer algumas delas, e naqueles instantes supôs que era isso mesmo que lhe apeteceria fazer, e um último esforço que ele sabia que viria sempre obrigá-lo-ia a fazer sentar o homem em que algumas nódoas negras se notavam no rosto, antigas e recentes, e alguma cicatriz, e depois mandava-se embora, ele sabia que o homem estava inocente, mas que era preciso assustá-lo, aproveitar aquele instante, fazer magoar, magoar realmente, ameaçar, agarrá-lo pela camisa e arrancar-lhe dois botões, e aí outro diz "não me pode fazer isso", é o pior que podem dizer nessas alturas, Filipe sabia-o bem, o pior, "não me pode fazer isso", "posso fazer o que me apetecer, ouviste?", Filipe tomaria um duche ao chegar a casa, sentar-se-ia na varanda e diria, nada de reflexões, nada de pensares sobre o que aconteceu, não eras tu que lá estavas, outro qualquer seria, não tu, tu não saíste daqui, e não te rias se pensares a seguir que nunca saíste mesmo da tua sala, em casa, onde os livros são acolhedores, e podes pôr um disco a tocar e beber uma cerveja enquanto a noite cai lentamente ou apressadamente, nunca saíste daqui, outro por ti esbofeteou o garoto que roubou a motorizada e vendia cocaína à saída do bar, outro por ti empurrou o homem contra a parede da sala e empurrou-o outra vez contra a parede, não foste tu, era outro, a verdade é que não saíste nunca destas paredes, escorres por elas abaixo, como a humidade, estás pendurado nas molduras, alinhado nas estantes, guardado nas gavetas, sentado na varanda, numa cadeira de pano amarelo, e quando vem a noite, silenciosa e húmida, és tu que adormeces, exactamente em tua casa, em nenhum outro sítio, e talvez fosse aqui que aparecesse o cadáver de Rita Calado Gomes, catalogado indiferentemente, tão indiferentemente como as marés regulares da Ponta do Arnel quando há neblina na pequena estrada do Nordeste e os passos de alguém, aí, se assemelham a um ruído de pedra em toda a solidão das colinas verdes rasantes ao mar, à tristeza, ao mar outra vez, porque é o mar que aparece permanentemente nos sonhos — o mar e o medo, um medo grandioso como a vida toda que desaparece em cada cadáver que alguém cataloga. Há um mar infinito que rompe pelas mesas estreitas da morgue, um mar infinito que entra pelas janelas da casa, um mar infinito na voz da cidade, a esta hora, a todas as horas. Ninguém vai acreditar, mas estes são os pedaços que reunimos ao longo de uma investigação, fotografias de papel, minúcias, recortes de jornal, fotografias que só existem se as recordamos, porque nunca foram fixadas nem outra pessoa as recordará alguma vez mais. O mundo está demasiado silencioso, repousa em silêncio sobre o cadáver de uma mulher encontrada hoje de manhã, às primeiras horas do dia, à vista do mar, de um mar infinito e cinzento.

3 de Agosto de 1991, 15.00 horas

UM PRIMEIRO CLARÃO ILUMINOU O RECORTE FRIO da falésia junto à qual João Dionísio estacionou o automóvel. Nos dias seguintes, recordaria Filipe Castanheira mais tarde, um mês mais tarde, choveu o bastante em toda a ilha, o que não o impediu de viajar até aos Mosteiros pela estrada da Lagoa das Sete Cidades quando o torpor do domingo de manhã invadiu toda a casa e a encheu de um silêncio impossível de respirar. Telefonou a Isabel, mas não obteve resposta das três vezes que ligou o número a que se habituara. À necessidade de esclarecer o silêncio de Isabel juntou-se também o silêncio da sua própria casa, uma angústia interminável e quase infinita que o ajudou a despertar totalmente e a verificar, naquele momento em que a chuva recrudesceu por instantes, que eram oito horas da manhã. O que faz um homem sozinho nestes instantes e nestes dias? Irá ao café, comprará o jornal, almoçará com a família, trabalhará um pouco em assuntos que a semana deixou adiar, deitar-se-á de novo no sofá da sala a observar o ritmo mais ou menos regular da chuva?

Levantou-se sem esforço nesse domingo. É um dos hábitos mais salutares de um homem que vive sozinho durante anos. Às vezes chegam as maiores depressões, ou só as menores, o sabor ácido e salgado do medo de morrer sozinho. E chegariam dias sobre dias, dias em que a chuva deixa um odor morno e triste sobre Ponta Delgada, sobre os seus telhados musgosos. E dias em que o Sol invadiria as ruas de empedrado irregular que sobem desde a marginal, como aquela em que vivia. E haveria pássaros nas árvores dos parques, e na estrada cinzenta entre Ponta Delgada e a Ribeira Grande, quando se devolve à terra o prazer de defrontar todo o mar do norte da ilha. E dias em que se pensa que se vai escorregar ao sair da banheira e se pode morrer dessa pequena queda, e então o corpo só vai ser encontrado dias mais tarde, dias depois, quando alguém estranhar uma ausência pouco habitual no emprego. E, apesar de tudo, há esse hábito — o de se levantar sem esforço, sem ser impelido pela necessidade de cumprir um horário ou uma obrigação.

E recordou também os domingos cinzentos e tristes das Furnas, do parque do Hotel Terra Nostra, do pequeno restaurante onde se comia mal e a humidade de Setembro, quando viesse, se infiltraria na roupa e na pele, e recordou também que Outubro se aproximava e que iriam desaparecer as flores das pequenas roseiras ao longo da estrada que sobe da Maia para a serra de onde se vê o vale das Furnas. E recordou então todas as coisas de que se deveria recordar, embora não fosse a sua ocupação preferida nem, tão-pouco, aquilo que deveria fazer, como se as recordações matassem lentamente qualquer coisa de vivo, de alegre e de intenso, que havia em si. Recordou os grupos de famílias que almoçavam juntos ao domingo, em restaurantes húmidos e cheios de fumo, abafadiços. Recordou a carcaça de um velho cargueiro, fundeado e naufragado diante da Povoação, e a forma como a ferrugem não comera ainda a totalidade do vermelho daquele casco disforme e abandonado. Recordou as filas alinhadas das casas da Povoação e a maneira como a estrada sobe, íngreme, na direcção do Nordeste e o mar é, dali, uma imagem fria. Recordou as brincadeiras de infância, os campos de trigo ondulantes à volta da sua aldeia, uma bicicleta verde arrumada na garagem de casa, e recordou as vozes de uma manhã antiga quando os seus avós estavam vivos e alguém caminhava na varanda de onde desciam as escadas para o jardim, e sabia que nessa manhã era já Primavera e o sino da capela ao cimo da aldeia tinha tocado muito cedo, não se lembrava agora porquê, mas talvez fosse domingo então. E recordou-se de uma noite em que Isabel acabava de arrumar a cozinha e veio até ele o cheiro de uma memória muito longínqua, talvez a do carvão com que se alimentavam os ferros-de-engomar que passavam lentamente sobre a roupa que secara num pátio, e Isabel trouxe duas chávenas de chá, e repararam que estavam em casa há algumas horas, e sorriram sem cumplicidade nem motivo, nem justificação, e ficaram sentados na sala porque era ainda Inverno, ficaram sentados sem escolher um disco para ouvir, sem escolher um livro para ler, ficaram sentados e sorriram de novo, e lembrou-se então da forma como Isabel arrumava a cozinha depois do jantar, e como choveu depois, mais tarde.

Recordaria as trovoadas de infância, vistas da varanda que dava para o rio, e os clarões seriam talvez semelhantes a estes que interrompem a escuridão que pousara sobre o recorte frio da falésia, exactamente quando João Dionísio estacionou o automóvel junto ao muro que separava a pequena estrada do hotel de um caminho estreito, de terra batida, que seguia até à praia.

— São duas caixas que devem estar na recepção — disse Filipe Castanheira. — Podes ir buscá-las, eu espero aqui, já estou farto deste hotel.

Filipe sabia que João Dionísio estava de certo modo ligado à sua vida. Ao investigar a morte de António Gomes Jardim, há três anos, fora ele quem recolhera os dados referentes à ligação deste com Isabel Câmara Neves. Filipe chegara do Faial e naquela tarde também trovejara e ele tinha um jantar marcado com Pedro Noronha, um político local que lhe indicaria um nome, um nome que o levaria a terminar o seu trabalho. Nunca esqueceria a folha azul onde João Dionísio dactilografara os dados que o levariam a Isabel e, depois, ao encontro com ela em Santa Maria: nascida a 16 de Março de 1961, Vila do Porto, Santa Maria, Açores, solteira, estudos liceais em Ponta Delgada até 1979, depois Lisboa, universidade, sociologia, emprego em Ponta Delgada, departamento de pessoal de uma empresa, selecção de quadros, competência, tes-

tes psicotécnicos, relatórios, pareceres, um metro e setenta e sete centímetros, óculos, cabelo frisado nas pontas, militância trotsquista fugaz em Lisboa, viagens à Europa, inter-rail até Amesterdão, Londres, Edimburgo, Copenhaga, haxixe, um Citroën 2CV vermelho, multas de estacionamento passadas pela polícia de Ponta Delgada, prometida em casamento a Júlio Medeiros, estudante de medicina, especialização prevista em imunologia, não fora aparecer o cadáver de António Gomes Jardim, membro da comissão política do PSD local, abandonado junto à praia do Pópulo, em São Roque.

Isso era uma biografia? Como a de Rita Calado Gomes, uma biografia cujos restos estavam agora depositados em duas caixas de cartão que João Dionísio trazia para o carro e meteria no porta-bagagens?

— Amanhã dás isso tudo para ser entregue em Lisboa. Aos pais dela. Acabou-se tudo — disse então.

No dia anterior, José Silveira Enes ditara o seu veredicto. À falta de outros indícios, a morte de Rita Calado Gomes seria considerada acidental.

— Não vale a pena gastar mais tempo com isto. Você já deu as voltas que tinha a dar, o relatório da autópsia é francamente claro, nada de anormal. Afogamento. Caiu à água, não se sabe onde, ninguém foi visto, ela também não. Descanse uns dias, ou faça as suas férias. Você é um chato.

— Dizemos que foi por milagre?

— Não — explicou Enes. — Os milagres geralmente restituem a vida. Não a tiram. Você gosta mais de biquini ou de mailot? Em mulheres, claro.

— Não tenho grande ideia.

— Imagine. Nunca pensou nisso? Como é que gosta de ver uma mulher na praia? Topless?

— Fato-de-banho. Porquê?

— Porquê, pergunto eu. O mailot não deixa ver nada. Há mulheres que vale a pena ver em topless, ou em biquini. Quase todas, aliás — murmurou José Silveira Enes. — Veja você o caso desta: encontrámos um mailot, um biquini, e três calcinhas de biquini. O que quer dizer que ela praticava as três coisas. Não acha estranho?

— Não.

— Em São Miguel ninguém faz topless, infelizmente. Dá mais alegria à praia, não que vá lá muito. Mas quando vou quero ver coisas, é para isso que serve a praia — disse ele enquanto rubricava o relatório que Filipe lhe levara ao gabinete. — Anda a perder qualidades. Vá à praia. Eu acho preferível, até.

4 de Agosto de 1991, 2.30 horas

PAI, ESCREVEU FILIPE CASTANHEIRA, NA SEMANA PASsada houve mais uma noite de insónia. Nos últimos tempos evito adormecer para não ter pesadelos. Se adormeço muito cedo, como o médico tem recomendado, há mais tempo para que os sonhos me acordem a meio da noite, cerca da uma hora da manhã; depois, tenho dificuldade em voltar a adormecer de novo. Mas, se fico acordado, também não é bom, porque os pesadelos antigos vêm à memória. Era quinta-feira, noite de quinta para sexta-feira, e adormeci muito tarde, só quando a primeira luz do dia entrou pela janela. Deixo-a sempre aberta, a janela, sobretudo no Verão, mas mesmo durante o Inverno fica aberta muitas vezes. Avisa-me da chuva, do vento, do sol, dos primeiros ruídos, é a minha única companhia durante a noite. Ultimamente tenho olhado para a janela e agradeço-lhe essa companhia modesta.

Na manhã de sexta-feira acordei tarde, mais tarde do que o costume, e fiquei surpreendido quando me vi ao espelho porque me apercebi, subitamente, de que estava cada vez mais parecido contigo. Nunca te disse, mas eu não aprecio muito essa perspectiva. Reparei, de repente, que tinha mais cabelos brancos e que isso não era muito agradável. Doía-me o estômago, um pouco, e senti-me cansado, e ao olhar-me ao espelho vi-te a ti e não gostei, porque tu és tu e eu sou eu e o contrário custar-me-ia muito. Há coisas em ti que amo profundamente e trocaria quase todas as coisas que amo e não entendo e talvez nunca venha a entender por essas que amo profundamente. A tua caneta Parker, por exemplo. A arrumação das gavetas no teu pequeno escritório que raramente usas. O candeeiro da tua secretária. As folhas de papel almaço quadriculado em que me ensinaste as primeiras operações de aritmética básica. O carro antigo que já esqueceste e eu lembro, cinzento e branco com um banco corrido à frente e mudanças junto do volante. Tinha uma grade metálica no tejadilho. Um baralho de cartas incompleto com ilustrações do paquete Infante Dom Henrique. Um fato preto com riscas finíssimas, castanhas. Uma úlcera no duodeno aos trinta e dois anos, lembro-me bem, eu era muito pequeno e tinha inveja das tuas comidas de dieta. Foi quando comecei a gostar desmedidamente de peixe cozido. Uma chave de parafusos de cabo amarelo. Duas garrafas de aguardente de muita idade, guardadas num armário da cozinha. Uma caixa de charutos canarinos praticamente secos a esta hora. O exemplar encadernado de *A Nossa Vida Sexual*, do Dr. Fritz Kahn. Os vinte volumes da *História Universal* de Carl Grimberg. O mapa da cidade do Porto. Um gravador de fita magnética em bobine, já sem conserto. Uma cana de pesca amarelada e o jogo completo de apetrechos, chumbos, fio de seda, bóias, iscos de plástico, boné de pala americana, canivete de Palaçoulo com cabo de madeira de sabugueiro. Uma bicicleta que já não existe. A caneta Parker outra vez. Uma espingarda de caça Beretta, de dois canos sobrepostos, cartucheira, e outra mais modesta, inglesa, de um só cano, de que nunca decorei a marca. A assinatura anual das *Selecções do Reader's Digest*. Uma caixa de ferramentas, metálica, azul, desdobrável, e tudo o que cabe lá dentro. Um saco de viagem de cabedal castanho escuro, envelhecido, e uma pasta também de cabedal, estreita, com fechos metálicos, laterais. Um lenço azul-escuro que costumas usar no bolso do blaser de domingo. A colecção quase completa de gravatas que usavas na altura em que me matriculaste na escola primária. Os sapatos pretos de atacadores que calçavas nos Invernos de vinte anos atrás, quando recebias, pelo correio, *O Primeiro de Janeiro*. Um isqueiro a gasolina que já pertencia ao avô.

A falar verdade, dói-me o estômago de vez em quando, só de vez em quando. Ultimamente tenho fumado muito mas resisto a ter demasiada pena de mim próprio. Tento levantar-me cedo, escuto as notícias na rádio. A tua última carta, só a abri duas semanas depois de a ter recebido — tinha medo que dissesse qualquer coisa verdadeira que me pudesse assustar.

Quando me olhei ao espelho, nessa manhã, já te disse, vi que tinha mais cabelos brancos que no ano passado exactamente nesta altura, e pensei que tinha envelhecido mais depressa do que tinha prometido a mim mesmo. Tu sabes, tenho trinta e cinco anos, quando tu tinhas trinta e cinco anos eu já tinha nascido e andava na escola e não sonhava que ia ser o que sou. Não digo que quisesse, nessa altura, ser outra coisa, mas não fazia ideia do que eram cabelos brancos porque tu não tinhas cabelos brancos, quase ninguém tinha cabelos brancos, que eu me lembre, salvo o bisavô, que morreu mais ou menos por esse tempo, porque era velho e aborrecido, creio eu.

Pai, não é que a vida se tenha tornado desinteressante, e eu não gosto muito de parecer frágil demais. Sinceramente, não gosto, e também eu prefiro os vencedores, aqueles que são ágeis e até, muitas vezes, aqueles que são velozes nas decisões, rápidos, corajosos. Creio que também eu sou assim, pelo menos na maior parte das vezes. Aliás, precisava de encontrar alguém que não fosse isso exactamente.

Desde há duas semanas ou três que estou a emagrecer e noto-o porque a roupa antiga volta a servir-me outra vez, não é que me sinta mais leve, mas dizem-mo, e isso não é por acaso.

Entretanto, falaram-me de umas termas onde as pessoas se recolhem, e dormem tranquilamente, e conhecem outras pessoas, e passeiam ao longo de um rio cujas margens estão povoadas de plátanos, e tomam banhos de lama e de água fria, e a mim apetecia-me passar lá algum tempo, não sei quanto tempo mas algum tempo, até perder o medo de dormir e de acordar. Tento ser disciplinado, compro todos os dias o mesmo jornal, gosto de ir sempre aos mesmos sítios, de beber a mesma bebida, de ocupar o mesmo lugar na cama. Às vezes durmo acompanhado, mas procuro ocupar o mesmo lugar na cama, e quando durmo acompanhado penso que é bom dormir acompanhado e não gostava de dormir de outra maneira. Gostava de ir para essas termas durante algum tempo, um mês devia bastar para curar estas insónias, exterminá-las.

Não sei o que é ter um filho, mas penso que nesta altura já deves ter pressentido que não te é fácil suportar que eu possa pensar o que estou agora a pensar. Não são boas coisas, mas algum dia eu teria de pensar aquilo que tenho pensado nestes últimos dias.

Tento ser disciplinado, já te disse. Nunca te dei grandes preocupações, embora hoje pense que gostaria de tas ter dado.

4 de Agosto de 1991, 5.30 horas

O SONO NÃO VEM PORQUE NÃO QUER, DEVE EXISTIR um mecanismo que regula a vontade de dormir e, mesmo que o mecanismo seja accionado, mesmo que o corpo te exija sono, horas de sono, não és capaz de dormir. Há uma sombra a encobrir a noite, se está clara. Há uma luz a interromper a noite, se está escura. Tudo fica ao contrário, nessas noites de insónia.

O miradouro de Santa Iria está apontado ao mar como a quilha de um barco, como um retrato da Terra pendurado no céu, mesmo no limite daquilo que é e não é imaginação. Mas a noite está clara, do interior da terra poderiam chegar vozes estranhas, imagens que vacilariam diante das aves nocturnas, espécies migratórias quase irreais, o seu ruído é descontínuo, prende-se à folhagem das criptomérias que se agitam por vezes, à passagem do vento.

Filipe Castanheira parou o carro exactamente no fim da estrada, um pequeno caminho de empedrado que serve o miradouro, uma clareira na vertente norte da ilha. Há imagens que vêm ter connosco a horas incertas, quando não as queremos. Não respondem a nada, não trazem senão inquietação, querer uma coisa medíocre, ressentida de ser medíocre, nua como a noite. Vê tu os recantos iluminados a esta hora pelo céu. Livra-nos da morte, disse ele, livra-nos da ida ao dentista, livra-nos de adormecermos nas noites de Verão quando não queremos o que temos e desejamos sempre outra coisa. Quererás sempre outra coisa, a coisa mais bela, outros te dirão que não é essa a que nasce seja do que for.

Outros inventam por ti o medo, a morte. Tens medo da morte? Imagina o cadáver de Rita Calado Gomes, tão simples, é um corpo que jamais verá este recanto da ilha, jamais verá seja qual for o recanto que mostres a ti próprio durante esta noite. Em breve virá a luz do dia, anuncia-a a claridade que rompe agora vinda do Norte, além mais ao fundo, se te debruças um pouco sobre o miradouro. Livra-nos da morte, disse ele, livra-nos da indiferença, livra-nos do medo, do som dos automóveis em filas compactas de trânsito nas cidades, livra-nos das zangas de família, da chuva do Outono, que é triste, livra-nos de acordar cedo demais quando se é alertado por um pressentimento, por uma fome rara, por um frio dentro do coração.

Tão simples entrar na vida de alguém, tão simples. Entras no quarto de Rita Calado Gomes pela última vez, visitas o quarto de hotel como se fosse um santuário, uma obra de sonho, o espelho de uma vida inteira que ela poderia ter transformado em apenas três dias de permanência arriscada, anódina, impessoal. Havia ainda um saco de objectos vulgares, a um dos cantos. Folheias os papéis que há, abres a agenda pessoal, os números de telefone, há um papel dobrado na badana, "Rui", e depois um número de telefone do Porto, e um cartão, dois, três, seis cartões de visita ao acaso, e um deles pertencente a Rui Pedro Martim da Luz, Porto, o número de telefone é o mesmo do papel ocasional, e há uma frase escrita, "Querida Rita: não me esqueças, depois telefono-te ou vou ter contigo aos Açores, Rui Pedro", a vida revela-se-nos tão poucas vezes, tão raramente. Mas o mais surpreendente é a letra, pequena, arredondada e incerta e Filipe Castanheira já a viu escrita antes, num outro papel de ocasião, um papel que andava na carteira de Rita Calado Gomes, "Às vezes é difícil olhar para ti", esse mesmo. Filipe recorda a letra, compara mentalmente as duas caligrafias, chegou a um ponto em que encontrou um fio de ligação.

— Não significa nada — disse Enes, pela manhã. — Nada. Se quiser até eu me posso chamar Rui Pedro Martim da Luz. Raio de nome, comprido.

— Ele disse que vinha aos Açores.

— Não veio.

— Como sabe?

— Não está aqui. Poderia vir. Deixe essas coisas assim, entregues ao seu destino. O sofrimento dos outros não entra no nosso trabalho. Nunca entra.

— Pensa isso?

— Não. Mas digo-o, porque precisamos de nos defender. De nos defender da morte dos outros, quanto mais da nossa, que é inevitável. Raio de nome, parece açoriano, tão pomposo.

5 de Agosto de 1991, 10.30 horas

DEPOIS DE TER DITO CINCO VEZES A PALAVRA "SIM", Jaime Ramos desligou cuidadosamente o telefone, o que ia contra os seus hábitos. Pousou-o delicadamente, com a ponta dos dedos, ouviu um estalido, encolheu os ombros e levantou os olhos para o tecto. Geralmente, as suas conversas telefónicas eram monótonas e esforçava-se por fazer ver, fosse quem fosse que estava do outro lado, que lhe desagradava falar ao telefone e, na maior parte das vezes, deixava cair o auscultador sobre o aparelho propriamente dito de uma altura que oscilava entre os cinco e os dez centímetros. Essa oscilação dependia de vários factores: com quem falava; do seu grau de irritação; e, na maior parte das vezes, da hora do dia; de manhã, desligava-o com brusquidão — mas isso acontecia sempre; à tarde, desligava o telefone com irritação, já liberto que estava do pudor matinal.

Rosa, por esse motivo, raramente lhe telefonava, para casa ou para o trabalho, e atribuía à aversão de Jaime Ramos pelo telefone alguns desencontros e desentendimentos na sua relação flutuante. A verdade é que Jaime Ramos nunca entendeu a familiaridade entre as mulheres e o telefone — e pensava que Rosa, que passava horas ao telefone, sofria de um mal muito comum a que ele chamava o excesso de comunicação. Rosa gostava de saber novidades. Ao chegarem dos Açores gastou uma tarde junto do aparelho, efectuando ligações, marcando números registados numa agenda minúscula mas com grande número de páginas.

Quando Jaime Ramos soube que Rosa instalara em sua casa um atendedor automático de chamadas que pedia para "deixar a sua mensagem depois de ouvir o sinal", passou a telefonar-lhe apenas quando era provável que ela estivesse em casa. Quando lhe acontecia ligar e ouvir, gravada, a voz da sua vizinha e amante, desligava e, só depois, dizia um palavrão. Poucas vezes deixara palavras suas gravadas para Rosa e numa delas, lembrava-se perfeitamente, a única em que não ficara atrapalhado diante do sinal que lhe indicava a obrigação de debitar uma frase, fora para lhe pedir que descesse alguns lances de escada e o visitasse. Estava então de cama, retido com uma gripe de Inverno, e nesses dias usou bastante o telefone, deitado no sofá da sala, diante da televisão sempre desligada. A partir daí, contra todas as expectativas, Jaime Ramos passou a detestar ainda mais o telefone, pois relacionava-o agora com a doença e com a necessidade de suprir uma falta a que a doença condenaria o género humano.

Em assuntos de trabalho, Jaime Ramos sabia-o bem, e aprendera-o ao longo dos anos em que desvendara alguns segredos e conhecera muitos outros que não quereria dar a conhecer, a necessidade de usar o aparelho negro estacionado na sua secretária era limitada por vários factores, um dos quais a confidencialidade de algumas conversas. Jaime Ramos sabia muito bem como se podia escutar uma conversa pelo telefone, sabia que várias vezes tivera absoluta necessidade de o fazer (e, devia confessá-lo, algumas vezes fizera-o, mas na maior parte das vezes impedira-se ou fora impedido de o fazer). Era outra das razões por que não gostava do telefone.

No entanto, naquela manhã pousou o auscultador cuidadosamente sobre o aparelho. Já o tinha desligado intempestivamente a todo o género de pessoas e, por isso, sempre que soava a campainha do aparelho, imaginava, nos brevíssimos segundos que demorava a atender a chamada, quem estaria a pensar incomodá-lo. Isaltino de Jesus recebia grande parte dos seus telefonemas, anotava o essencial em folhas de um bloco apropriado e levava-lhas depois à secretária.

Mas, embora tivesse pedido para conduzirem as chamadas para a extensão de Isaltino de Jesus, com a promessa de que depois atenderia os recados, o telefone acabou por tocar na sua secretária. Tinha regressado na sexta-feira anterior, de férias. O avião depositara-o num aeroporto ensolarado a que tinham mudado o nome de forma brusca e injusta. Pareceu-lhe, mesmo assim, que valia a pena regressar à sua cidade ou, pelo menos, à cidade onde se habituara a viver desde há muitos anos. Reconheceu-a do céu quando o avião rondou a foz do rio e atravessou, por cima, a paisagem verde junto ao aeroporto. Sabia que ali estavam partes essenciais de si e dos aromas que reconheceria para sempre, a luz brilhante do rio, as estações do ano, de qualquer ano. Ao longo do tempo desligara-se do campo. Melhor, aprendera a desligar-se do campo, da província, do cortejo de acontecimentos que lhe assaltavam a memória muitas vezes e a povoavam de rostos que reconheceria, se se aproximasse muito, mas que já não eram as suas cores. A família foi desaparecendo, acontece mais tarde ou mais cedo que a família desapareça, qualquer família, todas as famílias. Ficara limitado a memórias e, mais do que a memórias, ou menos do que a memórias, a recordações, não diria fugazes, mas ocasionais; às vezes vinha-lhe à boca um sabor, o do pão, ou o do alimento antigo, qualquer coisa que já não o emocionava nem lhe acrescentava grande coisa à biografia.

Rosa insistira algumas vezes para que viajassem, os dois, ele e ela, um dia, num fim-de-semana, até à sua aldeia. Na verdade, ele até gostaria de percorrer a estrada que sobe do Pinhão para o Norte, e de reconhecer parte do seu passado. Mas o passado não vale grande coisa, se apenas se reconhece. O passado requer muito trabalho.

— Ir lá como turista? — perguntou Jaime Ramos a Rosa.

— Não fazia mal nenhum.

— E levar máquina fotográfica e caixas de chocolates para as tias? Deixavam-nas estragar. Guardavam-nas durante anos e anos, abriam a caixa uma vez por ano, na Páscoa, para oferecerem um chocolate a um afilhado. Não. Não preciso de ir lá.

Mas ia. Foi algumas vezes, mas nunca com Rosa. Regressava com embrulhos, presentes e enfado. Não melancolia. Não. Enfado. Por causa da viagem, do adro da aldeia, da empada de tomate e sardinha que se comia em casa, da missa de domingo e do cheiro que habitava na antiga taberna.

O passado requer muito trabalho, paciência e até tolerância para com as coisas que renascem de repente a partir dele. A voz da mãe, os irmãos, o pai que vira morto há muito tempo. As cidades, pelo contrário, não exigem tanta resignação. Existem, limitam-se a existir e a sobreviver aos planos de urbanização, às eleições locais, às zonas de prostituição, às complicações do trânsito, à preguiça da vida. São corpos que se conhecem a si próprios, as cidades, com as suas redes de esgotos, as ruas húmidas de Inverno, os prédios em desfalecimento, autocarros urbanos de cores normalizadas. Não há sobressaltos tão grandes, apesar de tudo. Talvez mais perigosas, talvez. E mais seguras, simultaneamente. Gostava da sua rua? Do seu bairro? Porque havia de gostar? Reconheceu-os do céu, quando o avião se aproximou e os sobrevoou lentamente. Os carros passeavam ao longo do rio. A manhã era igual a outra qualquer. Não havia queixas a fazer, nenhum presidente da câmara iria mudar esse pequeno destino; as cidades crescem, os presidentes da câmara gerem esse crescimento. Não, não era democrata; publicamente, não tinha necessidade de o dizer e, na intimidade, não se perguntava sobre isso. Passava o dia em casa, nessas alturas, não iria ganhar nem perder eleições.

As férias em São Miguel, reconhecia, compensaram-no de algum esforço anterior, do trabalho vulgar, da sua vida naquela cidade. Amaria o Porto? Amaria Rosa? Amaria a sua casa?

Não era nisso que pensava, no entanto, quando estendeu a mão para o telefone, naquela segunda-feira de Agosto, regressado de quinze dias de férias. Onde iria passar os restantes quinze?

— Sim?

A outra voz ouvia-se distintamente e impunha ser escutada com atenção.

— Ainda bem que já está ao serviço.

Um director gosta de reconhecer isso, é a verdade.

— Duas palavras, só. No meu gabinete, evidentemente. Um corpo acaba de chegar, quero dizer, um cadáver. Gostava que se encarregasse pessoalmente do assunto. Pode?

— Sim.

— Digamos que é um caso a estudar com muita precaução. Neste momento há a considerar algumas limitações da nossa parte. Digamos que é necessário proceder em colaboração. Com ligações a outros departamentos. Entende?

— Sim.

— Pode deixar os seus rapazes fora disto, para já?

— Sim.

— Óptimo. Dê um salto cá acima. Vejamos. Daqui a meia-hora, às onze. Está bem para si?

— Sim.

Foi então que desligou cuidadosamente o telefone. O tecto estava a precisar de pintura há muito tempo. Já chamara a atenção para isso há meses atrás. Deram-lhe uma resposta fatal, nessa altura:

— Sim.

5 de Agosto de 1991, 11.00 horas

JAIME RAMOS ENCOLHEU OS OMBROS QUANDO O OUtro lhe perguntou pelas férias.

— Férias são férias — acrescentou o homem, que continuou sentado atrás da secretária, um tudo nada igual à de Jaime Ramos, embora arrumada e limpa. — A família toda quer ir para a praia no fim do mês. Lá havemos de ir para descansar. Agora anda toda a gente nisso. Uns dias no Algarve, naturalmente, praia e família. Onde passou as suas?

— Açores. São Miguel — respondeu Jaime Ramos, sentando-se.

— Bonito. Sempre me disseram que era bonito. Nunca lá fui. Está com bom aspecto, inspector, muito bom aspecto, as férias fizeram-lhe bem. Bronzeado. Não emagreceu.

— Não.

— Pedi-lhe para vir aqui porque se trata de um caso mais ou menos bicudo. Não que seja confidencial, estritamente confidencial, embora convenha tratar disto de forma discreta, de modo a não envolver mais ninguém no trabalho. De qualquer maneira, não somos os principais interessados no assunto. Devemos tomar conhecimento da maior parte das coisas, no caso de eles nos chamarem lá de cima. A verdade é que o caso passa mais pelos militares e pelas Informações. É delicado.

— Até que ponto?

— Quase tudo — disse o outro, puxando para si um bloco que abriu para consultar e fechar de novo. Jaime Ramos conhecia o gesto: dar a impressão de que está tudo anotado, abrir um bloco-notas para ganhar tempo, ou para afastar a ideia de que há pormenores que se devem ao acaso. — Trata-se de um homicídio, e o problema é que não foi aqui. Naturalmente, pelos canais normais fomos avisados e devidamente informados do que se tratava, de quem se tratava, como é que a coisa se deu, onde, essas coisas, o inspector sabe que há informações para dar e outras que nunca se dão. Pessoalmente, o caso diz-me respeito porque conhecia o homem.

— Era seu amigo?

— Conhecido. De há muito tempo, você sabe, colegas de faculdade, por aí fora. Há muito tempo que não o via nem ouvia falar dele, salvo em setenta e nove ou oitenta, mais ou menos há onze anos, quando se começaram a normalizar as relações com as Informações. Nessa altura eu não estava aqui. Você sabe, só vim há cinco anos, vim de baixo e tinha percorrido as coisas do costume. Mas voltando ao caso. Era um tipo com interesse, tem a sua idade, mais ou menos, e a minha, claro. Repare que não quero um trabalho rotineiro, regular, quero só que faça algumas perguntas, que saiba algumas coisas. Só para o caso de sermos chamados oficialmente. Até agora fomos notificados por telefone, mandaram-nos uns papéis, o normal. Mas há o meu interesse pessoal, que não conta muito, e em todo o caso gostava que isto corresse de forma muito discreta. O ideal seria a discrição absoluta, enfim. O homem chamava-se Rui Pedro Martim da Luz. Digo-lhe o nome completo porque ele gostava muito que lhe pronunciassem o nome como deve ser, completo. É um nome a sério, famílias a sério, antigas, Martim da Luz, está a ver. Rui Pedro Martim da Luz, tome nota. Foi morto na Galiza quinta-feira de manhã. Ou na sexta, não sei bem. Depois se vê. Três tiros, uma praia mais ou menos deserta, porque era cedo. Foi encontrado e mandado para Portugal anteontem. Já chegou e o funeral é hoje. O complicado de tudo não é isso, evidentemente. Digamos que ele esteve ligado às Informações, de setenta e seis até há coisa de um ano. Bom, claro que ninguém se desliga das Informações só por querer desligar-se das Informações, mas podemos dizer que ele já não trabalhava para eles, já não havia muito para informar, se quer saber. Ele era advogado, advogado de empresas daqui e de Lisboa, e fazia uma perninha nas Informações, creio que nada de especial, dicas sobre empresas, as ligações de uns e de outros, coisas que lhes interessam e que nós sabemos melhor a gastar só metade do dinheiro que eles estoiram. Seja como for.

— Informações militares, portanto.

— São sempre, no fim de contas. Ou ligadas a militares. A tropa está em todo o lado, de resto. Neste campo. Nós só sabemos da missa a metade, coisas pequenas. O caso é que ele foi morto e isso se tornou numa espécie de desvario para a malta lá em Lisboa, que mandou os do Porto para Espanha logo de seguida, a vigiar as operações, de longe. Para os das Informações, claro. Penso, tenho a ideia, que ele andava, talvez nos últimos tempos, a trabalhar num caso qualquer que lhes interessava e suspeitam que isto pode ter ligação com o assunto. Isto, a morte, evidentemente. O facto é que não sei nada dele desde há mais de dez anos para cá, senão isso de se murmurar que andava metido com as Informações. Não era uma coisa pechisbeque, do género de vender dicas à mesa do Procópio, em Lisboa, não. Você sabe o que é o Procópio?

— Uma chafarica.

— Um bar em Lisboa. Mas essa actividade foi sempre uma coisa bastante rasca, e se ele fosse um desses miúdos que na altura, por volta de setenta e cinco ou setenta e seis, andavam a vender informações por vinte contos às mesas do Procópio, já hoje tinha seguido novo rumo. Ou era secretário de Estado ou conselheiro do Cavaco, ou então tinha sido ignorado de todo e nunca mais o deixavam entrar no circuito. Você sabe, dar informações é um risco, é preciso ter um esquema todo montado, uma rede de contactos bem fornecida e séria. Se você se mete com gente que também tem a sua rede de negócios no meio, está liquidado, porque só se pode trabalhar para um dos campos. Na altura, em setenta e cinco, havia o comunismo, a CIA, um bando de rapazes do MRPP[1] que estava ligado à CIA depois, gente que tinha as suas relações, e o KGB actuava como se esperava e com agentes seus por aí. Grande parte dos miúdos da altura foram parar à CIA e, depois, andaram pelo governo, e foram à América. Não que tenham entrado para o circuito da CIA mas, vá lá, uma estadia na América, uns dinheiros, favores políticos. Toda a gente sabe como essas coisas se fazem.

— O senhor fez?

— Eu? Não. Sou um homem de Direito, você sabe. Um polícia que esteve na faculdade. Tenho família, filhos, e nunca me interessei muito pela política. É verdade que nem só de política se tratava nesses encontros e nem só de política viviam os informadores. Havia outras coisas: movimentações de empresas, vendas a que países. Por exemplo. E até quem dormia com quem. A mulher deste andava com aquele, e o outro dormia com a senhora que estava em determinado posto na televisão. Você sabe, inspector, informações sobre tudo.

— Onde é que o mataram?

— Galiza. Numa terra pequena, uma aldeia chamada Finisterra, Corcubión parece-me que é a aldeia mais importante ali à volta. Na zona da Coruña, a meio caminho entre Coruña e Pontevedra, mas no litoral, uma aldeia sem ninguém, ou quase ninguém, mesmo agora no Verão. Três tiros.

---

[1]MRPP, Movimento Reorganizativo do Partido do Proletário, partido comunista de tendências maoístas.

— Isso já me disse. E as balas?

— Nada. Quer dizer, não nos disseram nada ainda. Não temos nenhum relatório, oficialmente.

— E sem ser oficialmente?

— Sem ser oficialmente temos, mas não podemos usar — disse o outro, olhando para os papéis arrumados sobre a mesa, e Jaime Ramos sabia que as coisas se iriam passar assim, na semi-obscuridade. — Três tiros a sério, no peito. Beretta. Beretta, calibre vinte e dois.

— Não acha estranho? A arma.

— Não muito. Arma pequena, está bem, uso para diversos fins, calibre vinte e dois. Você sabe.

— Muito pequena, esconde-se num casaco sem problemas.

— Os tipos do Mossad usam-na para coisas sérias. Aquilo que poderiam ser exercícios reais, para aprendizes de ofício.

— O que se sabe sobre a morte dele?

— Seis e meia da manhã, mais ou menos, ao nascer do sol, na praia da aldeia. Os papéis da polícia espanhola, a Guardia Civil, tome nota que é a de Muros, Muros, uma vilória do litoral, os papéis, dizia eu, não esclarecem grande coisa. Alguém ouviu um tiro, parece, mas nada. O corpo foi transferido para o Porto numa ambulância da polícia, aliás, porque alguém se pôs em marcha no meio da história, parece. A família soube da morte logo nessa manhã, pelo que sei. Foram eles que me avisaram. E convém que você vá ao funeral. Há outro pormenor a ter em conta.

— Um pormenor.

— Um pormenor. Ele tinha desaparecido de circulação há coisa de um mês. Deixou uma carta à família, para que não o procurassem e foi para um sítio onde ninguém o descobria, pensava ele. Apanhou um avião para Madrid. Aí, perdeu-se-lhe o rasto, dizem os das Informações. Isto não é oficial, naturalmente.

— Sabe-se porque é que ele desapareceu?

— Nem uma pontinha. Desapareceu, deixou papéis em ordem. Bom, tinha quarenta e sete ou quarenta e oito anos, deve ter ido procurar alguma coisa. Eu isso não sei. Já lhe aconteceu uma coisa assim? Procurar.

— Na imaginação, senhor director. Evito dar muitas asas à imaginação.

— E o que pensa nessas alturas?

— Penso no fumo que sai das chaminés das casas da aldeia. E num par de viagens que hei-de fazer.

— Onde?

— A Cuba. E à Guiné. Gostava de lá voltar, à Guiné.

— Seja como for, convém que você vá ao funeral. Eu não posso, hoje é segunda-feira, tenho ginástica ao fim da tarde e reuniões até lá.

— Faz ginástica?

— Dia sim, dia não. Segundas, quartas e sextas, ao fim da tarde, num ginásio perto de casa. Sauna, massagem subaquática, ténis ao domingo de manhã. Você faz ginástica, inspector?

— Em casa.

— Halteres, bicicleta, movimentos?

— Não. Subo e desço as escadas todos os dias.

— Não faz nenhum desporto?

— Futebol na televisão e uma cerveja para acompanhar, às vezes.

— Tem que idade?

— Estou novo ainda, quarenta e seis anos.

— Devia fazer ginástica. Você sabe, o sangue, a circulação, os pulmões. Fuma?

— Agora só charutos, desde que os descobri. São mais suaves do que pensava. Demoram mais a fumar, sabem melhor, não é preciso andar sempre a meter moedas na máquina dos cigarros.

— Precisa de cuidar de si. Come muito? Como é que consegue?

— Normalmente. Levanto-me, há o pequeno-almoço, o duche, o jornal no quiosque, o trabalho depois. E, às vezes, quando jogo cartas até tarde, uma ceiazita rápida. Conforme.

— Joga quê? Poker, king, bridge?

— Bisca lambida, senhor director. Ou sueca, em calhando. Somos quatro, de vez em quando, ao canto da sala, dois homens e duas mulheres, uma bebida, ao sábado à noite, quando não vou ao cinema.

— Tem de ter cuidado — avisou o director. — Um homem, aos quarenta e seis anos já não é uma criança, precisa de ter cuidado com a alimentação, com o tabaco. O que toma ao pequeno-almoço?

— Restos do jantar muitas vezes, porque tenho apetite logo de manhã. Às vezes tortilha de batata e presunto de Trás-os-Montes. Percebo que o senhor se preocupe com a saúde, mas eu não tenho razões. Um dia ando bem, no outro ando menos bem, mas sei que a vida é assim mesmo. E pesco na ria, em Aveiro, se o Sol chega no fim-de-semana, como deve ser. Mas nunca me preocupei muito com a saúde, de facto. Ela é que deve preocupar-se comigo.

— A sua mulher não se queixa do tabaco?

— Quando há uma mulher lá em casa, talvez, se tiver tempo para se queixar de alguma coisa.

— Já não tem idade para isso, inspector. A minha mulher começou por queixar-se de que eu ressonava. O álcool e o fumo têm muita importância, favorecem o ressonar. Quando ela descobriu isso, passou a querer que eu deixasse de fumar e, depois, de beber. Que não era bom exemplo para os filhos, que não me fazia nada bem, que devia pensar no coração, parecia um anúncio na televisão.

— E deixou de fumar, e de beber? — perguntou Jaime Ramos.

— Não logo. Dei-lhe um tempo, você sabe, não se lhes deve dar muita importância sempre que dizem alguma coisa. Um dia, quando ela andava na mó de baixo por causa de não sei o quê, pois bem, aí deixei de fumar. Como se fosse uma prenda, está a ver. Gostou, ficou contente e disse "agora é só deixares de beber". Ela dizia para deixar de beber tanto, e eu não bebia por aí além, um whisky agora, outro logo, normal, você sabe. Mas eu sabia que se ela me dizia para eu não beber tanto, isso queria dizer que eu não deveria beber fosse o que fosse. Reduzi muito. Reduzi quase ao mínimo. Um whisky depois do jantar. Depois, ela começou a dizer "Jorge, não bebas" de cada vez que eu bebia um whisky depois do jantar. Pronto, passei a não beber, nem mesmo depois do jantar. Já agora, disse eu, completo o tratamento: ginástica, jogging de vez em quando. Mas o jogging deixei logo. Andar a correr por aí, pelas ruas fora ao sábado de manhã... Massagem subaquática, sim. E ginástica, musculação. Às vezes tenho saudades de um charuto depois de almoço. Ao domingo, em casa, numa tarde de sol e Primavera, com uma sesta. Mas resisto sempre, porque, se se recomeça, é muito difícil deixar de novo a coisa. Um charuto e, às vezes, não o nego, uns copos. Uma noitada. Você bebe uns copos?

— Raramente. Não gosto da expressão, senhor director.

O outro ficou espantado. Jaime Ramos tinha fama de dar más respostas e de ser brusco, e não tinha ainda escutado uma resposta dessas. Mas Jaime Ramos explicou:

— É como alguém nos convidar para ir para a cama. A resposta é "não me apetece dormir". Mas bebo, bebo o normal, senhor director. E não me arrependo, porque bebo só o que gosto.

— De modo que não se sente mal.

— Verdade — concluiu Jaime Ramos.

— Mas tenho algumas saudades, não o nego. De um charuto, e de uns copitos. Não que me tenha tornado abstémio, não, isso não. Um copito de vez em quando, numa festa, um vinho branco, isso sim. Mas nada de exageros. O estômago ressente-se.

— Desabituou-o.

— Desabituei-o?

— Sim. Ao estômago. Antes de cortar com isso tudo não tinha problemas. Ou tinha?

— Não. De facto.

— Agora passou a tê-los. É a vida. Quando quer que comece?

— A dieta?

— Não. A trabalhar no caso.

— Não há nenhum caso, inspector. Gostava que estivesse atento ao evoluir da situação e que se preparasse para actuar, se fosse preciso. Oficialmente, a coisa deve chegar amanhã, portanto não deixe de ir ao funeral, nem de falar com as pessoas. Bom, não com as pessoas. Com a antiga mulher dele, acho que sim. E cheire, veja se acontece alguma coisa. Mas numa base de inquérito absolutamente preliminar. Pelo menos até chegarem os papéis lá de baixo. Não desvie nenhum trabalho por causa disto, para já. E diga-me se houver alguma coisa importante hoje no funeral. É natural que os jornais falem no caso. O *Notícias* deve trazer alguma coisa lá dentro, ainda não vi.

— Traz.

— Grande?

— Pouquinha coisa, senhor director. Uma notícia, só.

— Então, já sabia? Não me disse nada.

— Há mortes todos os dias.

Jaime Ramos levantou-se, olhou para as paredes azuladas do gabinete do director e lembrou-se de que ali não se fumava, que o pó desaparecia todos os dias de cima da secretária e que os seus pés não faziam ruído no chão. Dirigiu-se para a porta, depois de apertar a mão que o outro lhe estendia.

— Obrigado. E lembre-se: não é necessário divulgar nada disto. Nem o meu interesse pessoal na história. Fui amigo dele há muito tempo, na faculdade. Era um homem interessante, da facção intelectual da gente de Direito. Acho que escreveu uns artigos, filosofia, cinema, literatura, não me lembro bem. Diga-me alguma coisa depois.

Jaime Ramos acenou com a cabeça, prometendo avisá-lo de alguma coisa, abriu a porta e, num último momento, voltou-se e meteu a mão no bolso do casaco.

— As saudades são o pior que há — disse então, estendendo-lhe um charuto por cima da secretária. Pousou-o junto das pastas contendo relatórios a aguardar leitura. — Mesmo que não o fume. Só para se lembrar da forma deles.

5 de Agosto de 1991, 16.00 horas

— CLARO QUE HÁ CAIXÕES MUITO DIFERENTES — disse o homem. — Não digo que de todas as cores, enfim, porque a morte é uma coisa séria. Mas há-os de todas as formas e feitios. Uma urna é uma coisa complicada, é o último transporte que nos fornecem.

— É a verdade — disse Jaime Ramos. — Para mim, quero um simples, barato, de boa madeira.

— As madeiras são importantes. E um caixão requer cuidado, muito cuidado. O entalhe. O encaixe. Mesmo as ferragens têm de ser cuidadosamente escolhidas. Para não falar do forro.

— A madeira do meu caixão tem de ser boa para arder.

O outro mordiscou um pouco do cigarro e olhou para Jaime Ramos com mais atenção.

— Quer ser cremado?

— Tenho pensado nisso. Uma vez por outra penso nisso.

— Não gosta do seu corpo? Quer livrar-se dele?

— Não se trata disso. Um corpo não é grande coisa, é verdade, mas não é por causa disso. Não fico cá a fazer nada.

— É um processo mais simples. E está na moda, se quer saber, embora possa ficar mais caro por vezes. Depende do sítio onde se morre, claro. Não há cremações em todo o lado.

— Vou morrer por aqui — disse Jaime Ramos com convicção triste.

— Pois é uma solução. De contrário é uma despesa. Transporte, tratamento, marcações, cerimónia, tudo. E é preciso ter cuidado porque nem todos cuidam dos mortos como deve ser. É uma despesa, sempre lhe digo.

— Se fosse possível marcar a data da morte, era mais fácil.

— Não tenha dúvidas. Mas olhe se morre em Castelo Branco. Em Bragança. Em Mogadouro.

— Ou em Mirandela.

— Ou em Mirandela, diz bem. Em qualquer lado. Tudo fica mais caro.

— Não quero cerimónia nenhuma. Uma coisa simples.

— Pois, uma coisa simples. E as cinzas?

— Por aí. Não quero palhaçadas depois de morto. Que as enterrem num lameiro ao pé da minha terra. Não bem na minha terra, mas perto, para ver o rio. Lembro-me de um muro de que gostei sempre, pode ser aí ao lado. Não quero nada disso de as atirarem ao mar, ao vento. Nada disso, não sou grande coisa.

— Ainda bem.

— Mas podia ser.

— Pois podia. Sem ofensa. Um senhor de Espinho, de que nós tratámos, quis que a família espalhasse as cinzas junto a Lourenço Marques, em Moçambique. Pois foi uma trapalhada. Eles não tinham problemas de dinheiro, mas era complicado, com as licenças, os trâmites legais, como se costuma dizer. Lá foram as cinzas no avião, com um filho e a mulher para Moçambique, tudo tratado. Só que no avião houve problemas, a embalagem não aguentou.

— A embalagem?

— A caixa das cinzas. Abriu uma fenda, ainda estou para saber porquê, um caso inexplicável. Não sei se se perdeu algum bocado do homem ou não, mas quando atiraram com a cinza ao mar, ao Índico, é o Índico, não é?, pois nessa altura, como compreende, já a coisa estava a dar para o torto. E para quê no mar, tão longe?

— Uma razão sentimental, se calhar.

— Pois deve ser. Mas as razões sentimentais devem ser estudadas com cuidado antes de as pormos em marcha, de as levarmos à prática. Isto foi em setenta e nove, acho eu, com as complicações todas da revolução. As cinzas esperaram aí uns seis meses antes de seguirem para lá. Mas se o senhor não quer esse tipo de coisas, é mais fácil.

— Nada de palhaçadas — confirmou Jaime Ramos.

— Pois pode arranjar-se uma coisa como deve ser.

— Mas não morro para já.

— Nunca se sabe. Não leve a mal, mas nunca se sabe. Há quarenta anos que trabalho nisto, neste negócio, e vi as coisas mais estranhas. Novos, velhos, magros, gordos, altos, baixos, homens, mulheres, morenos, amarelos. A morte é assim. Quando menos se espera.

— Pode falar-se de um formato normalizado?

— Formato europeu, formato universal. Não, não se pode falar disso, mas, na verdade, os formatos são praticamente idênticos. A gente calcula. Claro que perguntamos o tamanho, se virmos que há necessidade, mas não vale a pena. Uma olhadela na altura basta. Somos muito iguais depois de mortos, muito iguais.

— Se o diz.

— E tenho razões para isso. Já vi muitos mortos, e somos todos iguais, ficamos rígidos, ou mirramos de repente, fecham-nos os olhos. E pronto.

— Talvez eu escolha um caixão, antes de morrer. Pago a prestações, claro.

— Pode ser.

— E se engordo muito e depois não entro nele? — perguntou Jaime Ramos olhando para o estômago do outro, apertado por um cinto de cabedal negro.

O homem da agência funerária fitou-o com surpresa e pareceu medi-lo de alto a baixo.

— Faça uma dieta nessa altura. Mas não acho que possamos chegar a esse extremo.

— É como nos seguros de vida? — voltou Jaime Ramos. — Nos seguros, eles querem saber como vai a nossa saúde. Mas imagine que de hoje para amanhã começo a engordar. A engordar muito. Tanto, que deixo de caber na urna que encomendo, para a qual escolho madeira, decoração, quero dizer, enfeites, embora eu não queira nada de vistoso. Uma coisa discreta.

— É uma hipótese remota. Mas, se fizer a compra, é claro que se pode ter isso em conta.

— Por quanto fica?

— Depende. Bom, há um preço médio, que lhe posso dar. E há extras, claro. Entalhes, ferragens, o que o senhor quiser. Tudo isso para quê? As voltas que dá um corpo, antes e depois de morto, dentro e fora da urna, dentro e fora da terra. Mas o senhor não fala a sério.

— Falo a sério. Claro que falo a sério. Uma vez pus-me a pensar nisso. Quem me enterra, se eu morrer?

— A sua família, claro.

— A minha família foi-se. É melhor ser eu a tratar de tudo antes. E quem me garante que respeitam as minhas vontades?

— De facto, não há garantias.

— De facto.

— Mas deixe escrito. Um papel sempre é melhor, é uma segurança.

— Já ninguém lê, hoje em dia. Não se preocupam com essas coisas.

— O melhor é o senhor não engordar.

— Havemos de fazer negócio, um dia telefono-lhe.

O jardim era uma espécie de caixa onde não entrava nenhum som, nenhum murmúrio. Jaime Ramos aguardava a sua vez de ser atendido e, enquanto de dentro de casa vinham alguns ruídos, sons de passos e vozes, reparava no grupo de homens e mulheres silenciosos que aguardavam também, nas escadas que davam para a varanda. Mas eles aguardavam o funeral, e Jaime Ramos aguardava que a casa se fosse esvaziando para que pudesse falar com quem queria falar.

Caminhou ao acaso, rondando os automóveis estacionados e alinhados rente aos canteiros de relva e flores bem tratadas. Chegava ali o rumor do mar como um som longínquo, distante, de Verão tranquilo.

O homem da agência funerária continuava encostado ao carro onde a urna teria de entrar para ser levada para o cemitério.

Apesar de tudo, pensava ele, não havia muita gente.

— Não quiseram pôr anúncios. No jornal — explicara o homem dos enterros. — Tudo é muito familiar, só gente de família. Também é natural, porque uma morte destas é estranha.

— Aquela ali é da família?

— Não. Já não é. É a antiga mulher dele.

Vestia de azul, e caminhava na direcção de um carro, naturalmente o seu. Era uma mulher alta, Jaime Ramos calculou que tivesse cerca de quarenta e cinco anos, embora não lhe visse os olhos, tapados por óculos escuros. A saia era curta, de veludo escuro. A blusa era larga, azul. Quando estava a meio do caminho que a separava do carro, abrigado à sombra de uma árvore, olhou para trás, para a escadaria, e acenou. Alguns responderam, e Jaime Ramos notou isso antes de se dirigir a ela e à buganvília frondosa.

5 de Agosto de 1991, 17.30 horas

— FOI MAIS OU MENOS NO VERÃO PASSADO QUANDO fiz quarenta e seis anos. Sou caranguejo, toda a gente diz que é um signo sem interesse. Sabe alguma coisa de astrologia? É interessante. E comecei a fazer contas, a somar anos e anos da minha vida e decidi que ela tinha de começar nessa altura, porque até aí só tinha sobressaltos a incomodarem-me, coisas que se metiam na minha vida como ervas daninhas a que eu precisava de dar um destino, ou arrancá-las definitivamente. Uma das coisas era o Rui Pedro.

— Uma erva daninha? — perguntou Jaime Ramos.

— Mais ou menos. Não aguentou bem a crise dos quarenta. Dos quarenta e tal anos, quando o corpo se transforma, e decidiu ele próprio transformar-se, mudar-se para outro lado. Era uma boa pessoa, mas, para mim, era já uma erva daninha. Tudo o que eu tinha como recordação do meu passado era uma erva daninha, precisava de recomeçar. Talvez até de casar de novo, de viver outra aventura. Acha que sou velha?

Jaime Ramos escutava-a com atenção, sobretudo porque não queria distrair-se com a visão da saia de veludo negro que subia pela perna de Antónia Seixas Luz, como rezava, lembrava-se ele, o pequeno rectângulo que identificava o condutor do carro em que ela tinha partido do funeral, na Granja. Primeiro, foi a saia, mas, depois, os joelhos, sendo que a saia não parava de subir à medida que Antónia Seixas Luz se mostrava simpática. "Rosa, quando eu morrer, mesmo que já não gostes de mim, não vás ao meu funeral com uma roupa destas", pensou ele. "Leva uma coisa mais sóbria, escura, simples, ver-te-ei bem, hei-de olhar para ti, se estiver bem deitado no caixão que vou comprar um dia destes para não incomodar ninguém depois."

— Ninguém é velho — desculpou-se ele. Mas a verdade é que ela não era velha. Desciam pelo seu rosto algumas rugas que marcavam delicadamente a pele, junto ao nariz, a partir dos olhos. Uma pele com rugas não é uma pele velha. — Dorme-se menos à medida que os anos passam, mas mais nada. Mais nada desse género. Claro, o costume.

— O costume, claro — confirmou ela. — Dorme-se menos mas dormimos melhor, e eu nunca tive uma vida assim, como tenho agora. Mas, quanto a ele, acho que não aguentou a crise dos quarenta, via os cinquenta a aproximarem-se e partiu, é isso.

— Acontece com toda a gente?

— Mais ou menos, não tenho a certeza. Que idade tem o senhor?

— Quarenta e seis, suponho — disse Jaime Ramos, que reparou que era a segunda vez que lhe perguntavam a idade no mesmo dia. — Quarenta e seis e penso chegar longe. Não sofri muito com os quarenta.

— Sofre-se sempre — disse ela. — Rui Pedro separou-se de mim por volta dessa altura, há oito anos exactamente. Não tínhamos filhos, e isso facilitou as coisas.

— Não o via há muito tempo?

— Há um ano, mais ou menos. Tínhamos vidas diferentes, muito diferentes. É verdade que ele às vezes me irritava, porque andava com mulheres mais novas, não devo esconder-lhe isto, mas ele andava com mulheres mais novas, raparigas até. Um dia disseram-me que ele ia viver com uma rapariguita que podia ser filha dele e que teria aí uns vinte anos, que andava na faculdade, a tirar arquitectura. O Rui Pedro não aguentaria. Nem comigo aguentou, se quer saber, porque achava que eu era estouvada. Talvez fosse um bocado, no que se refere a coisas sem importância, às coisas da casa. Mas o Rui Pedro não aguentaria porque nenhum homem feito aguenta uma miúda que quer ir dançar noite sim noite não para as discotecas onde há miúdos, e que não sabe fazer uma omelete.

— Acha a senhora que ele era um homem muito conservador?

— Um pouco. Prefiro "parado". Sempre muito pensativo. Mas custa-me falar disso depois de ele morrer. Por isso é que me irritava saber, então, que ele andava com miúdas. E uma mulher, nestas coisas, não tem idade.

— Seja no que for, uma mulher não tem idade, minha senhora. Mas o que eu gostava de saber eram coisas mais simples, digamos mais recentes da vida do seu ex-marido. É verdade que ele tinha relações com gente da política?

— Com alguma, sim. Havia uma geração de advogados do Porto que andava toda na política. Digamos que a geração do Sá Carneiro[2], por exemplo, e a que se lhe seguiu, para imitarem o Sá Carneiro. Eram advogados de empresas, advogados de figuras importantes. O Rui Pedro também tratava de casos muito importantes, era advogado de várias empresas, relacionava-se com gente do PSD, naturalmente, toda a gente era do PSD, sobretudo entre os advogados dessa geração.

— Da de Sá Carneiro?

— Da que se lhe segue. Ele era mais novo. Mas todos queriam imitar o Sá Carneiro, já lhe disse. Sei pouco dessas coisas. Via. Via-os lá em casa, via-os em casa deles, onde íamos. Sabe como é o Porto, naturalmente.

— Era militante do partido?

— Não.

Jaime Ramos não tirava notas, limitava-se a conservar os ouvidos virados para a conversa com Antónia Seixas Luz e os olhos escapavam-se de vez em quando para as pernas que tinha diante de si. Talvez ela as desviasse. "Minha senhora, tire-me essas pernas do meu olho esquer-

---

[2]Francisco Sá Carneiro, primeiro-ministro português, fundador do PSD, Partido Social-Democrata, morreu num acidente de avião em 1980. Até hoje há dúvidas sobre se foi um atentato político.

do", poderia ele pedir? Os cortinados esvoaçavam, isso ele viu e registou uma pequena perturbação.

— Ele viveu nesta casa?

— Não.

— Nunca veio cá?

— Claro que sim.

Nesta altura, Antónia Seixas Luz fez descer a saia e os joelhos agradeceram.

— A senhora nunca mais viveu com ninguém? Não pensou em casar?

— Já lhe disse sobre isso o que tinha a dizer.

— É verdade. Nem é a altura dessas coisas. Como compreende, não é por isso que eu me interesso — pareceu concluir Jaime Ramos. — No seu entender não havia nada de perigoso com que o seu marido lidasse e que pudesse, enfim, levá-lo a ter sido assassinado? Se posso dizer assim.

— Não. Nada. Não foi uma surpresa, se quer que lhe diga, mas não há razão nenhuma para isso. Para não ter sido uma surpresa.

— Uma mulher.

— Não. Quer dizer, não sei. Não eu, evidentemente. Nenhuma das mulheres com quem ele andou, que eu saiba, era suficientemente mulher e suficientemente interessante para o ter matado.

Ela levantou-se então e deu três passos, os necessários para chegar junto dos cortinados. Pegou na ponta de um deles e afastou-o. Ficou suspensa daquele olhar, e Jaime Ramos notou-o com impaciência, porque não estava disposto a esperar, a esperar fosse por que coisa fosse. Sentiu no estômago o afluir de uma acidez conhecida, aquela que trazia à garganta os sabores diluídos de uma comida e de uma bebida, a recordação mental de um almoço que não se deveria ter prolongado. A mulher, por quem ele ia ganhando uma aversão maior à medida que o tempo passava e atrasava o seu regresso ao Porto, voltou-se para ele, quando Jaime Ramos se preparava para se levantar. Falou ela, então:

— Nunca falei consigo antes e não sei se o senhor é de confiança ou não. Provavelmente não será, porque é o costume nas pessoas, não serem de confiança. Poderia dizer-lhe muitas coisas sobre o meu ex-marido. Poderia dizer-lhe, mesmo, que tive pena e que sofri algumas horas ao saber que ele morreu. O senhor pensa de mim aquilo que a generalidade das pessoas pensa das mulheres como eu, divorciadas, ou abandonadas por um homem a meio de um casamento que não se concluiu ou que estava condenado a não se concluir, a não ter sequência. Por isso, podia arrumar a questão rapidamente e dizer-lhe que sofri bastante e que gostaria que ele estivesse vivo agora. Mas acho que já chega. Não lhe digo nada disso porque não é verdade e não lhe faz mal nenhum, a ele, saber isto. Não me faz diferença nenhuma, não sinto falta dele, não sei quem o matou, não sei quem o quis matar, mas a si digo-lhe que o Rui Pedro não era boa peça. Eu sei que agora todos vão dizer-lhe bem dele, e que lhe vão gabar os sentimentos, que eram altíssimos, como são os dos mortos. Não me parece nada disso. Já não gostava dele. Era uma erva daninha nas minhas memórias. Sei dele o bom e o mau, mas não quero dizer nem bem nem mal dele. Simplesmente, não me interessa. Ele ia ficar zangado, se ouvisse isto, porque tinha a mania que era muito bom, que estava sempre por cima. Não estava. Muitas vezes não estava. Não digo que fosse um atraso de vida, um inútil. Mas era isso mesmo, em certa medida. Não tinha ambições. Não se interessava por muitas coisas. Às vezes eu pensava se ele teria vida própria ou se se deixava ir na conversa. Se se deixava ir simplesmente. Chegava a ser mauzito. E há mais. Sempre me irritou, porque andava com muitas mulheres depois de se ter separado de mim. Não são ciúmes, mas pena. Muita pena da figura que ele fazia, a jurar coisas que não sentia por ninguém, porque ele gostava sobretudo de si próprio. Fazia de coitadinho junto das mulheres. E enganava muitas com isso. Mas a mim já não. Passou. Morreu ou foi morto, a mim não me interessa nada disso. Se não apanharem o culpado, tanto me faz. Não tenho nada a ver com o assunto. Nada.

5 de Agosto de 1991, 20.00 horas

VEJAMOS, PENSOU O INSPECTOR JAIME RAMOS, SENtado à sua secretária cujas gavetas estavam abertas para deixar perceber vários volumes no seu interior, caixas que, por sua vez, tinham sido também abertas para que se visse o seu conteúdo, constituído por vários tipos de charutos. Sobre o tampo negro e gasto da sua secretária (uma película plástica a imitar cabedal preto e onde se acumularam riscos de tinta, golpes de canivete, manchas de vários líquidos que tinham passado por ali), uma régua de trinta centímetros, transparente. Agarrou na régua e num dos charutos que retirou de uma das caixas e ajustou este à escala centimétrica da régua

Um *Monte Cristo nº 3*, mede, em média, catorze centímetros vírgula dois e tem um diâmetro de dezasseis milímetros. E anotou o número numa folha branca. *Romeu y Julieta*, churchil, dezoito centímetros e meio, mas demasiado seco. Vejamos os *Joya de Nicaragua*, uma caixa de vinte e cinco robustos maduros. Pegou num deles e mediu:

quinze centímetros e meio, diâmetro de doze milímetros. Vejamos os sagrados *Ramón Allones*, robustos: quinze centímetros exactos, corpo aveludado, maduro, doce, treze milímetros de diâmetro, cinta amarela. *Bolivar* demi-tasse, de onze centímetros vírgula oito. Agora, os *H. Upmann* lonsdale. Retirou um deles da embalagem individual, de metal, desatarrachou a tampa e olhou o charuto com ternura antes de o medir: dezassete centímetros. Voltou a colocar a tampa e a devolver à caixa o charuto dentro em sua embalagem castanha de letras amarelas. Agora estes, e olhou para o charuto que retirara de uma caixa de madeira sem gravação exterior ou rótulo. *Monte Cristo A*, vinte e três centímetros e meio, diâmetro de dezoito milímetros. Ele sabia que guardara para o fim os seus charutos preferidos, numa caixa de madeira revestida de papel branco, negro e castanho, "*legítimo tabaco de Cuba, La Habana*" e abriu a caixa do *Vegas Robaina* com a ponta de um canivete de cabo vermelho para ajudar a levantar a tampa, ligada ao corpo principal por um pequeno prego, minúsculo, que garantia o fecho correcto da embalagem. Levantou depois a folha de papel *couché* que tapava os charutos e, cerimoniosamente, retirou um deles, que elevou à altura dos olhos, para o observar mais de perto, analisando com cuidado a cinta que rodeava o corpo sensual e suave do figurado de *Vegas Robaina*: mediu-o com algum cuidado, com atenção, com ternura, sentindo-se invadido por um discreto sentimento de pudor e, ao mesmo tempo, julgando que violava a intimidade de um objecto de culto, quase sagrado. Vinte e dois e meio, exactamente vinte e dois centímetros e meio. Passou os dedos pelo papel que envolvia o charuto escolhido, suavemente, olhou de perto a forma como as folhas de tabaco exteriores envolviam a cuidada mistura do seu interior, aproximou-o do nariz, mas não sentiu senão o fraquíssimo odor de um charuto que um papel de seda protegia na sua totalidade.

Tinha já efectuado essa operação com outros charutos, mas ele sabia que o *Vegas Robaina* se aproximava dessa perfeição que um fumador exigente conhece apenas de vez em quando, muito raramente — o cuidado invólucro de tabaco, em folhas húmidas que aderem ao corpo liso do charuto propriamente dito, a forma como a ponta surge enrolada por mãos habituadas a cuidar de um *Vegas*. Quando voltou a depositar o charuto na caixa e premiu a tampa de modo a calafetar o seu interior leu ainda o texto impresso de forma quase artesanal, a caracteres de chumbo: "*Selectas hojas del tabaco cosechado en Cuba. Para su confección ham sido destinados los más experimentados torcedores.*" Filho da puta sejas, Fidel, por teres fumado milhares de charutos, e pelos charutos propriamente ditos e por teres oferecido tantos charutos a tantos filhos da puta. E abençoada sejas, Cuba, com Fidel ou sem Fidel, por estes charutos e pelas colinas de Pinãr del Rio, Guama, Trinidad, Cienfuegos e Santiago, onde crescem as milagrosas folhas que transformam o fumo em perfume, o fumar em arte pura e transitória na sua eternidade. Tomou então entre as mãos o único charuto que se recusava a avaliar, a medir, a criticar, o *Ramón Allones* no seu formato churchill, e moveu-o como se o charuto dançasse à sua frente, ao som de um bolero, de uma música incidental e que só ele escutasse. Passou-o pelos dedos, cheirou-o, aproximou-o do rosto, esteve tentado a fumá-lo mas num último momento olhou em frente, pela janela — para as copas das árvores do velho jardim.

Parecia rezar em silêncio, Jaime Ramos, fechando as caixas dos charutos cuidadosamente guardadas nas gavetas da secretária. No momento em que fechava a caixa do humidificador, guardando os *Ramón Allones*, não resistiu a escolher um *Joya de Nicaragua,* da fila superior, e a acendê-lo, depois de rolá-lo entre os dedos e a mão e de passar sob ele a chama da finíssima acendalha que retirou de uma gaveta. Saboreou a primeira fumaça, saboreou-a com vagar, abstraindo-se dos pequenos ruídos que o princípio da noite ainda deixava escutar a partir da sala onde trabalhava. Ruídos de passos que se aproximam e se afastam, que sobem e descem as escadas do edifício. Uma porta bate. Outra abre-se. Uma voz ao fundo do corredor. Jaime Ramos observa como o charuto se consome lentamente e o fumo desenha riscos e formas no espaço branco e sujo do tecto. Há meses, Rosa perguntara-lhe que marca de charutos fumava. "*Don Julian número uno*", respondera, "espanhóis, comprados em Vigo" durante as viagens ocasionais de fim-de-semana, quando o carro os levava, a ambos, pelas calmas estradas galegas do litoral até uma cidade luminosa como Vigo. Cada charuto ficava a cento e vinte pesetas na loja escura de representações da Tabacalera Española onde Jaime Ramos entrava. *Tabacos y Ultramarinos*, rezava a tabuleta. Ao sair, com o volumoso pacote de charutos metidos em caixas de madeira, trazia já um aceso, depois de retirado do invólucro de papel estanho e plastificado. Andava com ele durante algum tempo, fracamente aceso, porque um charuto requer tempo e algum cuidado para se fumar. Naquele dia em que Rosa lhe perguntara pela marca de charutos, Jaime Ramos notou um certo desagrado na voz dela.

— Mas os charutos cubanos não são os melhores?

— Os de Cuba, sim. *Habanos*. Deve dizer-se *habanos* com a voz grossa, dengosa e arrastada — explicou ele.

— Se pronuncias com uma voz muito normal, parece que dizes *éssegêfiltro*[3]. *Habanos*, claro. São muito mais caros, evidentemente. Estes bastam-me, de qualquer modo, e são bons.

— Tens de comprar *habanos*. *Habanos* — disse ela, imitando Jaime Ramos e arrastando a voz, ao mesmo tempo que levantava o cálice de brandy, que Rosa bebia sempre naquele restaurante onde jantavam a maior parte das vezes, quando Jaime Ramos não se dispunha, por ser tarde, a cozinhar em sua casa, ou na dela, um andar acima, no mesmo prédio. Jaime Ramos suspeitou o que iria acontecer e, por isso, continuou a fumar *Don Julián nº. 1*, a medo; tanto mais que tinha ainda duas caixas de reserva na parte mais fria da sua despensa (além de cerca de vinte exemplares avulsos embrulhados em plástico, no frigorífico), longe da luz e do calor que alastrava já, nessa altura, pela cidade, deixando-lhe uma marca de neblina azulada desde a ma-

[3]SG Filtro — marca portuguesa de cigarros populares.

nhã até o fim da tarde, quando o céu parecia submergir sob o peso de um clarão alaranjado que se reflectia nas vidraças das casas antigas da Avenida Rodrigues de Freitas, quando regressava a casa ainda com a claridade do dia a iluminar a sua rua, a Barão de Nova Sintra. Teria de comprar uma caixa de *Ramón Allones*. ele sabia o que podem as mulheres. Mais tarde, poucos dias mais tarde, Rosa chamou-o a sua casa e entregou-lhe um volume, apropriadamente embrulhado como um presente de aniversário.

— Não faço anos — resmungou Jaime Ramos.

— Fazes sim, o problema é que não te lembras — disse Rosa apontando para o calendário da cozinha, onde ele conferiu que o dia 10 de Março estava a acabar.

O volume tinha dentro três caixas de charutos. Jaime Ramos sorriu e disse "é uma prenda cara".

— Não quero que o meu homem fume charutos de segunda.

— Não são de segunda. São espanhóis, e bons. Obrigado por estes. Vou guardá-los e fumá-los de vez em quando.

— Não. Vais fumá-los para te lembrares de mim.

— É um vício caro.

— E tu um avarento. Um sovina.

— Parcimónia. Chama-se parcimónia — respondeu ele, recordando uma das suas palavras favoritas. — E não ganho para charutos destes. São uma prenda bonita.

— Vais fumar destes, só que fumas menos.

Jaime Ramos fez o que pensava que deveria fazer, às escondidas, fumando os *habanos* quando julgava que havia necessidade disso, porque, além do mais, sabia que Rosa gostaria que ele exibisse os charutos e, isso sim, era um dos princípios que ele não tinha nem teria. Na semana seguinte, comprou um livro sobre charutos. Entrou na Livraria Leitura como um intruso e pediu um livro sobre charutos.

— Assim, sem mais nem menos — conferiu o homem do outro lado do balcão.

— Sem mais nem menos.

Arranjou-se um livro sobre charutos. E, depois, um livro sobre Cuba. E, depois, um mapa de Cuba. E, finalmente, em Junho, Jaime Ramos telefonou a Jorge Alonso, o dono de um bar na Foz, pedindo-lhe conselho.

— De charutos só sei que Mister O'Gradey fumava uns holandeses — disse Jorge Alonso do outro lado, referindo-se ao irlandês que fora dono do bar. — Fumava-os, sim, holandeses. Não me lembro a marca.

— Estou a falar de *habanos*. De Cuba.

— Encontramo-nos para discutir o assunto. Apareça.

Jaime Ramos nunca apareceu, mas telefonou para avisar que regressara de férias e que tinha já um arsenal de charutos comprados alguns no circuito de contrabando e disponíveis para serem testados no final de uma refeição de Verão.

— Nenhuma economia o dispensa — sentenciou outro. — Uma economia sem mercado negro, redes de contrabando, vendas paralelas, é uma economia terrível onde não há conflitos. Mas tenha cuidado, o contrabando sai mais caro. Podem não ser legítimos, os charutos.

— Você nunca comprou *whisky* no mercado negro?

— Não. O *whisky* é uma coisa séria, embora você não acredite.

Hoje seria o encontro, e por isso Jaime Ramos deixou-se ficar até mais tarde no gabinete, depois de regressar da Granja, tanto mais que Rosa teria de receber gente de família em casa. Levantou-se então da sua cadeira de madeira, incómoda e velha, rangendo permanentemente, e olhou pela janela o dia que terminava em toda a cidade, o reflexo claro do céu exactamente sobre o rio, a neblina habitual que o Verão adquire a estas horas, quando se está perto do mar, e vestiu o casaco, depois de meter no bolso, na pequena caixa de cabedal para charutos, dois exemplares de *Ramón Allones* que levaria para fumar com Jorge Alonso depois do jantar que tomariam, conforme o combinado, no andar superior do bar.

Coisas que sabem o sabor da vida, pensou ele, que não era dado a frases, quando entrou no carro abrindo as janelas para melhor absorver o fim do dia que a Foz iria mostrar melhor que nenhuma outra zona do Porto. Quantas vezes fizera esta pergunta, "amaria esta cidade?" e só se respondera a si próprio com um encolher de ombros? Percorria-a, e isso bastava-lhe, roda-se ao volante entre as filas de carros que descem para a zona do Passeio Alegre, conduz-se lentamente ao longo da pequena faixa de rio, com mar ao fundo. Segredos mínimos. Jaime Ramos estacionou o carro junto do passeio fronteiro ao bar de Jorge Alonso, que o esperava encostado ao balcão ainda sem ocupantes. Eram oito e meia, as famílias jantavam em casa, ele jantaria com Jorge Alonso. Teria família alguma vez, companhia para o jantar, ou teria de vaguear ao acaso?

— Lombos de pescada fritos. Óptimo para o Verão — anunciou Jorge Alonso. — Fritos em manteiga, acrescentados de brandy, só um pouco, no final, e de alcaparras, azeitonas pretas sem caroço, e servidos com batatas empoladas. Não a receita habitual, afrancesada. Melhorada.

— Dá trabalho.

— Basta interromper a fritura a meio, passar as batatas por água fria e voltar à fritura depois de escorridas e passadas por um pano seco. Antes dessa fritura final introduz-se uma lâmina de queijo na batata. Em cada batata. Desta vez foi queijo de São Jorge, para experimentar. Por causa de consistência. Só por isso.

— E para beber?

— Cerveja. Uma cerveja muito especial, mas sem garantias, que demorou cerca de um mês a arranjar. Considero uma cedência, mas, enfim, você falou de charutos cubanos e eu não resisti. Há um primo da minha mulher que trabalha nos aviões e pedi-lhe para arranjar quatro latas de cerveja cubana. Não a provei e duvido que venha a gostar. Como presente, há também marcas de cerveja a sério. Uma das melhores cervejas do mundo, e contra mim o digo, mas é a verdade. Cerveja mexicana. *Carta Blanca*. Isto para abrir, depois beberemos talvez uma *Bush Ambrée*, belga, ou uma *Bass*, a ale perfeita, inglesa.

— E a cubana?

— *Hatüey*. Deve ser terrível, doze graus de álcool. Está no frigorífico há três horas, o ideal para uma cerveja com bastante álcool. Mais, seria um exagero. Quanto à *Carta Blanca*, só para começar. Para o peixe temos a belga ou a inglesa. Se nos agradar, voltaremos à *Hatüey* no final, mas não me parece. Para acrescentar calorias. Trouxe os charutos?

— Claro. *Ramón Allones*.

— *Ramón Allones*?

— Conto-lhe tudo ao jantar. Sobre os *Ramón Allones*, evidentemente. E sobre Cuba, o que souber. Agora é moda. Antigamente, penduravam retratos de Che, agora vão dançar *mambo* no Tropicana.

— Quem é esse Che?

— Um argentino.

— Dos tangos?

— Não. Um revolucionário que andou por todo o lado — Jaime Ramos fitou o outro com melancolia e surpresa. — Em que mundo vive você?

— Não conheço.

— Não haja dúvidas. Já ouviu falar de *Negra Modelo*?

— Outra grande cerveja mexicana. Mas do sul.

— As coisas que você sabe sobre cerveja. Quais as suas preferidas?

— Para as refeições, as ales inglesas. Para as noites de Verão, uma bock alemã, as ales da Califórnia, uma amber lager inglesa, a *Douglas*, a *Tennent's*, que é stout. E, curiosamente, uma cerveja de trigo brasileira, *Bohemia*. Para o fim da tarde, nada melhor do que uma *Staropramen*, checa. E depois há as belgas, *Chimay*, a branca, *Artevelde*, a *Grimbergen Tripel*, a *Orval*, *Westmalte*, a *Leffe Brune*, *Judas*, enfim, a vida não me vai chegar. E a *Molson* canadiana. A *De Verboden Vrucht*, belga. A *Stan's Red Sky* americana. A *Boddington*'s inglesa. *Bohemia* ou *Cerpa* brasileiras. A *Kingfisher*, indiana.

— Fumaremos os charutos com um álcool?

— Depois do café, sim. Um *whiskey*. Está de acordo. *Bushmills*, evidentemente, mas de malte, rótulo verde-vivo. Dez anos. E uma uma cerveja acolhedora, a *Verboden Vrucht*, para envolver, se quisermos ou for necessário. *Verboden Vrucht* quer dizer "fruto proibido". Não gosto de fazer cedências, muito menos a Cuba ou a espanholices. Mas enfim, é por prazer.

6 de Agosto de 1991, 18.30 horas

UM DIA, ELE SABIA, UM SISMO PODERIA DESTRUIR a cidade inteira. Bastaria um empurrão do destino ou da susceptibilidade dos movimentos, sempre incertos, das placas que se moviam sob as águas do mar, placas que se agitavam de acordo com forças imprevisíveis, estranhas e violentas desde o princípio do mundo.

Por isso, olhou-a uma outra vez, à cidade, desalinhada e triste, debruçada sobre o chão como um homem de idade que apenas reconhece o abandono da sua sombra nos caminhos que se dedica a percorrer por desfastio e solidão. Nada era mais solitário do que uma cidade vista de longe, sem se lhe poder suspeitar a pequena vida que a anima, rua a rua, bairro a bairro. Reconhecia os movimentos do aparelho, devia ser o mesmo avião, aquele que ele tomava; o seu lugar, sempre que podia, era o mesmo, 21-A, junto à janela, área de fumadores. Reconhecia a forma como agora se inclinava sobre a cidade, abandonando-a. Bastou-lhe ver o brilho do mar, azul e prata, para pensar que as cidades como aquela se amam quando se abandonam, e há um risco de uma saudade ligeira quando se suspeita que a cidade ficará igual ao que era antes, entregue ao seu destino, a poucos segredos, a fatalidades, mortes, causalidades, encontros de amor, casas onde ninguém desconfiaria de uma história mais dramática ou silenciosa do que aquelas que ali chegavam ao acaso. Se um sismo pudesse abalar as frágeis estruturas da cidade, ele sabia, pouco haveria para além das conversas sobre a necessidade de a reconstruir. Não há nada mais frágil para a vida de uma cidade, de qualquer cidade, do que o confronto com o passado. Quando uma cidade sobrevive apenas porque é necessário conservá-la, custe o que custar, é porque se perdeu parte importante da sua memória, que já não é uma memória a sério, uma memória de que se possa participar, mas apenas uma memória que contribui para que quem a recorda se sinta envelhecido — envelhecido como os bairros antigos, como as suas ruas onde os odores se acumulam e há sempre um trabalho difícil de os defender contra a agressão das noites que se abatem sobre eles, até que desapareçam definitivamente. Sentia-se como um turista que não apreciava velharias nem antiguidades a que os vendedores pretendiam atribuir um preço alto, superior em muito ao seu valor. Ao seu valor real, evidentemente.

Mas a cidade não o interessava. Na verdade, tinha estado, nos dois últimos dias, a trabalhar num trabalho de investigação, um caso antigo, e deixara-o resolvido num sobrescrito castanho, desses que servem para, na polícia, guardar documentos; frios como um facto a que nem se preocupava em atribuir um valor ou o nome de uma recordação.

Recordava-se também de um relatório de autópsia, do dia anterior, e das suas folhas timbradas e correctas, dactilografadas para que não se pudesse descortinar um erro que fosse. Erros, está bom de ver, erros de julgamento, de interpretação, como se diz vulgarmente. Tudo claro: a idade, o sexo, a raça. O nome, a causa da morte, a hora aproximada a que um corpo deixa de o ser para que possa entrar na categoria de cadáver e participar, assim, na pequena glória de ser fixado para além e aquém da morte, de ter uma história que fixe um momento essencial. O médico debruça-se sobre o corpo, iluminado de uma luz branca, fluorescente, reflectida no aço inoxidável e nos panos brancos de uma mortalha comum, comum a todos. Depois sorri levemente, ele sabe que o médico sorri um instante, um pequeno instante quando alguém que assiste à meticulosa operação desvia o olhar do corpo dissecado e se concentra no branco dos azulejos da sala. Pede então ao seu assistente que lhe passe este ou aquele instrumento, embora eles estejam todos perto. Conversam agora sobre ninharias, o tempo estará bom no próximo fim-de-semana, um de nós irá pescar, o céu abrir-se-á bem cedo para que um de nós, pensa o médico, possa ir para a beira de uma praia nos arredores e passar a tarde, depois de a manhã ser tão lúgubre na espera do peixe que tarda em morder o isco. O outro não sorri à ideia, está deitado, continua deitado, continuará deitado, veio de um frigorífico, voltará para ele depois de ter sido rasgado nos pontos principais que o médico visita com o bisturi. Conhece a morte, o médico. Ambos a conhecem, cada um à sua maneira, mas só o médico a conhece desta forma ininterrupta de sobre ela ditar um veredicto de conhecedor e de juiz, talvez sorria no fim, olhe para o outro, que não é bem seu amigo nem seu inimigo e sorria então de novo, e dite já para o papel, que o aguarda na secretária pejada de outros papéis mais inúteis, relatórios e cadernos, um ficheiro solto e abandonado, o resultado de uma investigação banal e monótona. Três balas atingiram-no sucessivamente — no braço esquerdo, com destruição de uma parte da artéria umeral; no hemitórax esquerdo, tendo lacerado (porque é o lado esquerdo, está bom de ver) a aorta ascendente provocando extenso hemo-pericárdio com tamponamento cardíaco imediato e hemotórax bilateral com colapso pulmonar; na parte inferior dos hemitórax direito, perfurando o hilo hepático e alojando-se no parênquima do órgão. Vulgar, diz baixinho para o outro, que alguém recolhe logo depois de ele, médico, ter atravessado a porta que dá para um corredor mal iluminado e estreito. O cheiro dos mortos, o vento dos mortos nos corredores do IML, os gestos, tudo isso. O outro agradece, continua deitado, tanta certeza faz bem a um morto, pensam ambos. Foram enviadas para exame toxicotanalógico amostras de sangue, humor vítreo e conteúdo gástrico, mas nota-se logo um facto, a presença de etanol no estômago por ingestão recente, muito recente. Muito recente?, perguntara-lhe Filipe Castanheira. Duas horas antes de morrer, respondeu o médico sem levantar os olhos. Duas horas vitais, pensara então Filipe Castanheira, enquanto recolhia as fotografias do morto e as olhava, uma a uma, para detectar nelas um último sinal de vida ou o mais derradeiro dos sinais de uma morte que suspeitara tão risível como o céu que se despedia da cidade.

— Os aparelhos da casa não são grande coisa. Nada do que temos ao nosso serviço — disse-lhe o outro, enquanto procurava um sobrescrito usado. — É preciso poupar nestes materiais, ultimamente não há envelopes novos, nem papel timbrado, nem limpeza do pó.

O sobrescrito era-lhe dirigido, riscara o endereço que dava conta do seu nome antecedido de Dr., e entregou-o a Filipe Castanheira:

— Conhecia-o?

— Sim. De há uns dois anos atrás. Frequentávamos o mesmo bar, bebíamos a mesma marca de cerveja. Mas nunca passou disso.

— Claro — disse o médico, confirmando. Claro, pensou Filipe Castanheira, enquanto tirava um cigarro do bolso.

— Não fume aqui, por favor. Regra essencial.

Como numa escola secundária, pensou Filipe Castanheira.

— Há salas onde se pode fumar. Por mim, deixei de fumar há três anos, agora não suporto o fumo. Faz-me mal, faz mal a qualquer um. Um prazer que mata.

— Todos matam. Os prazeres e as chatices, mais tarde ou mais cedo.

Sobretudo mais cedo, pensou de novo, enquanto descia a rua na direcção do pequeno jardim no centro de Ponta

Delgada. Sentar-se-ia ali e veria o relatório. Um corpo deitado no chão é apenas um corpo abandonado à sua pequena sorte. Outros virão apanhá-lo, a tarde arrefeceu quando o descobriram, a roupa aderiu já às agulhas dos pinheiros que caem ininterruptamente sobre o chão do parque, um pequeno recanto isolado perto da Ribeira Grande, haverá uma humidade fina e transitória a desprender-se das folhas dos arbustos, ninguém notará as pegadas incertas em redor do seu corpo, e só haverá a primeira surpresa quando retirarem, do bolso interior do casaco, a carteira onde se acumulam os materiais de identificação guardados mais tarde em bolsas de plástico transparente para preservar o pequeno segredo de uma biografia.

Filipe Castanheira recorda os passos dos dias anteriores, o telefonema súbito caído na sua secretária, anunciando mais uma morte, segunda-feira, ao fim da tarde. Um caso de passagem a resolver rapidamente.

— Já não trabalhamos para roubos — disse Enes. — Já não vale a pena. Decidiram matar-se todos, uns aos outros.

O parque fica na estrada que parte do topo superior da cidade e quando Filipe Castanheira o visitou, segunda-feira (depois de ter passado um domingo envolvido na memória do corpo triste e frio de Rita Calado Gomes, encontrado junto ao mar), parecia um terreno abandonado e pronto para urbanização. Nada mais fácil: abatem-se estas árvores, conseguem-se as licenças, abrem-se dois arruamentos laterais e um central, imagina-se um pequeno caixote de habitações que se vendem depois a um preço calculado por alto. O parque desaparecera. Não o irá notar este homem, de quarenta e dois anos de idade, como consta no bilhete de identidade, arquivo de identificação de Ponta Delgada, sem sinais particulares a registar oficialmente. O resto sabe-o Filipe Castanheira, também por alto, embora se indique no cartão que ele é casado e que mede um metro e setenta e oito centímetros, e pela fotografia se notem os olhos azuis-escuros, olhos assim estranhos, agora fechados sob as pálpebras que suportaram a humidade da noite encerrada numa morgue.

Há uma camada fina de nevoeiro que desce sobre a terra e a deixa esbranquiçada e, depois, desaparecendo, fica como uma memória da noite, envolvendo a vegetação do parque. A meteorologia das ilhas é desconhecida para quem nunca sentiu esta humidade, à volta do porto, das praias, das ruas de basalto negro, das praças onde as árvores não tremem à passagem do vento que não chegou ainda. Cada ilhéu é um técnico de meteorologia, pressente a vinda das tempestades, a chuva que atravessa o canal, a escuridão no alto dos picos, a ondulação das lagoas, a neblina que esconde os contentores espalhados ao longo do cais, o nome dos navios, "Ponta Delgada", "Pirata", "Sea Wind", "Terceira" — mesmo os nomes de navios são tarefas para uma ciência que depende da meteorologia, alguns têm nomes de ventos, "Mistral", outros lembram apenas o fio do horizonte. Filipe Castanheira pensou nisso quando chegou à pequena clareira onde se notavam ainda as marcas que a polícia tinha deixado. Aqui, estava o corpo. Mais ali, vindas de um carro, estacionado junto a um tufo incerto de giestas, um conjunto de pegadas relativas a um sapato que depois se reconheceu como pertencendo ao morto — dois sapatos, aliás, os sapatos do pé esquerdo e do pé direito, alinhados mais ou menos correctamente, como se se tratassem dos sinais de uma caminhada tranquila em direcção a um local exacto. As marcas dos sapatos desaparecem a meio de um caminho — entre o automóvel, estacionado a seis metros desse ponto, e uma árvore, exactamente no enfiamento dessas pegadas, distante cerca de dez metros do mesmo automóvel. As marcas que a polícia deixara, e que ele vira já, porque as imaginara mais ou menos correctamente, como um bom profissional, assinalavam ainda os objectos apanhados do chão.

— Não é grande lugar, se quer que lhe diga — esclareceram-no na polícia, ao fim da manhã. — Há sempre lugares para tudo. Um tipo como esse podia evitá-lo. Quarenta e dois anos, mais ou menos respeitável, você sabe, profissão, conhecimentos, uma fotografia no jornal pelo menos umas cinco vezes por ano, ou mais, eu é que não leio os jornais todos, mas sei que ele aparece pelo menos essas vezes, é uma média inferior a um futebolista, muito inferior, mas mesmo assim uma média a ter em conta. Tomara você. Ou eu. Qualquer um de nós, cinco vezes nos jornais ao longo da vida toda, nem pensar. Vai aparecer amanhã pela última vez, de qualquer modo.

Filipe percorre de novo o recinto assinalado pela polícia no chão húmido da clareira. É um triângulo, reconhece. Um triângulo irregular, todos os lados são desiguais mas perfeitos, traçados com um fio que ficou ali preso a três estacas que indicavam a área a ser protegida para investigações, recolha de indícios, de dados que iriam assinalar a última morada conhecida do homem, nos autos dir-se-á "vítima", quarenta e dois anos de idade, dois cargos públicos exercidos em privado, casado e sem filhos.

Havia uma fina camada de poeira a cobrir a consola do carro, recordou. Filipe Castanheira não a reconhece, ninguém reconhece a poeira, tão miúda. São os restos de uma passagem acumulados sobre um material mais ou menos sintético. O fabricante gabaria a consola, o arranjo suave dos painéis de instrumentos e seus mostradores, a cor de cada um, menos a poeira acumulada durante anos, se os houvesse para tingir a perfeição das linhas.

Ao entrar no avião, sob a humidade do fim da tarde dessa quarta-feira, Filipe Castanheira já a teria esquecido, à poeira. Recordava apenas as fotografias que o inspector da polícia lhe tinha entregado como sinais da impossibilidade de prolongar a vida do homem. E levava também as outras, as de Rita Calado Gomes, reais, em número de dezoito, escondidas na mala. Enes não se deu conta disso, apesar de reconhecer que o Verão regista mais homicídios. Morre-se sempre, morre-se sempre muito no Verão, e para isso haverá uma causa próxima, um ardor nos olhos, um brilho da luz, um instante inesquecível, uma fotografia antiga. Morre-se muito no Verão. "Afogamentos", disse Enes. De tudo, morre-se de tudo, morre-se de muitas maneiras e morre-se sempre a todas as horas, inesperadamente, surpreendentemente.

A mulher do morto, recordava-se agora, era uma pequena figura de papel arrumada num sofá, enquanto eles falavam. Era uma sala confortável, diria Enes, habituado ao seu gabinete de paredes brancas onde o único elemento decorativo era um calendário de há dois anos a mostrar uma paisagem azulada de um lago em qualquer parte do mundo.

— Teria ele ido às putas? — perguntou Enes. — Com uma mulher daquelas em casa?

— Não há hipótese.

— Essa gente tem manias.

— Manias?

— Ir para aquele lugar.

Havia uma caixa de pastilhas elásticas no chão da clareira, lenços de papel amarrotados, rodados de carros que partiam e chegavam. Uma mulher entra no carro, ao lado do condutor, o que se segue não é assunto nosso, pensou Filipe Castanheira.

O homem, concluiu Filipe Castanheira, e acrescentaram os outros da polícia quando se aproximaram do parque onde o corpo foi encontrado, chegou àquele lugar por volta das cinco ou seis horas da tarde, via-se o mar dali, rompendo como uma última mancha de claridade em frente da Ribeira Grande que os carros abandonavam lentamente, as luzes acesas dos candeeiros de estrada viriam a seguir, lembrando a existência de vida nos arredores, as tardes de Verão, as despedidas de cada dia em que chove ao ritmo do mês, se o mês tem um ritmo e o céu uma estação do ano por cada dia que passa, e a morte nos colhe como passageiros, e a vida é de repente muito triste, ou só assim como ela é, como ela se nos torna impraticável. Acendem-se as luzes nas ruas da cidade, não há outro rumor, a vida corre em câmara lenta. Tudo seria normal mais uma vez, pensou Filipe Castanheira, não fosse o caso de a imaginação ser mais clara do que esta visão do avião a levantar voo sobre a cidade. Inclina-se agora sobre a luz prateada do mar, mais além há a indicação de haver um tufo de vegetação ao norte da cidade, não há nada mais solitário que isso, uma cidade onde não se suspeita nenhum ruído, nenhum movimento. Poderia vir um sismo, um tiro na noite, três tiros, a cidade alinha-se sem rigor diante do céu de Agosto. A última das imagens que ele recorda mostra uma estrada de terra batida que vai dar a uma clareira onde está estacionado um automóvel. O homem, que teria de morrer como se isso estivesse escrito em algum lado, avançou por esta estrada muito lentamente como um homem vulgar, acabou (diz o relatório) de desfazer o nó da gravata, de atirar o casaco do fato completo para o banco de trás, irá fazer aquilo que nunca antes tinha tentado imaginar, mas a imaginação é sempre delirante e difícil. Estaciona o carro, um outro chega e de dentro deste sai uma mulher, está vestida normalmente, repara ele. É para lá que ele se dirige, o meu nome é tal e tal, dois cargos públicos em doze anos, eis o favor da democracia política e da democracia pública, sobretudo da democracia insular. Aproxima-se da mulher, lentamente, saindo do carro, a julgar pelas pegadas alinhadas e tranquilas, ela volta-se, ele sorri só por instantes, por brevíssimos instantes até ao momento em que um clarão lhe ilumina o rosto, o último clarão que o obriga a fechar os olhos. Para que teria ele de abrir os olhos de novo, se a seguir só há escuridão?

O médico também tinha sorrido por breves instantes, antes de se despedir de Filipe Castanheira.

— Já está.

Filipe olhou-o na altura, rodou para que o outro passasse sem lhe tocar, como que suspeitando de um odor de morte à sua passagem. Mas o outro ficou.

— Há coisas que só suspeitam, eu vou à pesca amanhã, que é terça-feira e estou de folga, e espero que haja um dia de sol para começar bem as férias. Os tiros foram disparados de frente, bem de frente, como em linha absolutamente perpendicular. Nem mais. De olhos nos olhos.

Como um olhar de frente, pensou ele. Um derradeiro olhar, o último dos olhares de uma mulher para um homem. O avião descolava agora, chegaria duas horas depois ao seu destino, Filipe não se recordaria senão de um último olhar, de uma piedade triste e inconformada, da loja de revistas e jornais do aeroporto, do homem do táxi que o depositou no passeio claro do aeroporto. Minutos depois, ele vê a cidade, despede-se dela e do corpo abandonado de um quase desconhecido, entregue a uma notícia de jornal, depois viriam outras, ele sabia. Um dia, ele sabia também, um vulgar sismo poderia destruir a cidade inteira através daquele gesto de despedida, tão furtiva, tão rápida, sobre o chão de um parque dos arredores onde alguém se acolhe para prestar o derradeiro serviço ao corpo, esgotar os dias de Julho. É um olhar tão derradeiro, esse, que Filipe olha nos olhos do morto que quase viu autopsiar, o gesto de enfado mais familiar que alguém suporta. Ninguém dispara tão de perto, tão de frente, tão rapidamente. A sua mulher, pensou Filipe Castanheira ao entregar o relatório e as conclusões necessárias, não teria hesitado naquele instante de ciúme, ao ser interrompida, na hora de regressar a casa. Um ciúme, que ardia na sua pequena figura de boneca moldada a um casamento estável.

— Ciúmes, está bom de ver — disse Enes.

Foi isso que Filipe Castanheira acabou por escrever e levar consigo, "assassinado pela própria esposa", enquanto o avião entrava na linha azul que o levaria ao Porto e ao início das suas férias. Tinha-o como uma certeza, talvez porque era a única solução. A derradeira solução, bem vistas as coisas, como um derradeiro olhar.

6 de Agosto de 1991, 23.30 horas

A VERDADE É QUE JAIME RAMOS NÃO APRECIAVA A desordem, e, perante o espectáculo da mesa onde os papéis se espalhavam ao acaso, começou por reuni-los, devagar, um por um, espreitando por cima dos óculos que fora obrigado a usar para leitura. Reuniu-os segundo os assuntos, evidentemente, mas também segundo o tamanho, como observou Filipe Castanheira que, sentado do outro lado da mesa, bebericava um copo de cerveja.

— A prova de que este assunto é aborrecido está no seu grau de confidencialidade. Detesto a palavra. Confiabilidade. E "interessante", outra palavra a eliminar. Ontem, o chefe disse-me que o tipo "era interessante", ou "tinha sido interessante". Naturalmente, "tinha sido interessante". Não lhe acho piada nenhuma. Não dá para um caso a sério, se queres saber. Sai do Porto, desaparece, mete-se num avião para Madrid, aparece morto um mês mais tarde, ninguém sabe bem porquê. Morto. Três dias antes de ele ser dado como morto, a família recebeu uma carta em que o tipo explicava a razão porque se tinha retirado, como se fosse o dono de uma loja a pôr um anúncio nas páginas de dentro do *Notícias* a dizer que por motivos tal e tal o estabelecimento mudava de ramo. Deixei de vender sabonetes, passei a vender bacalhau por grosso. Ou carros em segunda mão. Um lingrinhas, sempre a queixar-se, segundo vi pelo que dizem dele os lá de casa. Sogro, mulher. Estes já não fazem parte da família porque já era divorciado. Mas, enfim, uma opinião a ter em conta. O próprio director diz que o homem escrevia poemas quando era estudante de Direito. E, pior, escrevia sobre cinema e sobre livros. Estive a ler os artigos dele, estavam numa pasta, como uma recordação. Enfim, o rapaz era comunista. Se não era comunista, era qualquer coisa também duvidosa, a ter em conta a idade dele na altura. E cheio de mulheres, segundo me disseram. Uma aqui, outra ali, jantares, almoços, fins-de-semana por aí, o costume. Mas, curiosamente, nada de exibições. Sossegado. Muito sossegado, se me entendes. Há um artigo dele sobre um filme que eu vi. Tu sabes que eu sempre confundi os realizadores todos, e os actores. A Rosa não, conhece os actores todos, a lista dos casamentos de cada um, tudo, lê isso numa revista espanhola, a *Hola*!. Eu também leio de vez em quando, é verdade, para ver se ainda falo espanhol ou se entendo. Ponho-me a ler os artigos em voz alta, a não sei quantas de Oxenberg e a marquesa de Trujillo, bom, não sei se há uma marquesa de Trujillo. Não há. Definitivamente não há, mas é como se houvesse. Foi ao pronunciar Trujillo que eu vi a necessidade de praticar o espanhol

Trujillo, sempre me pareceu um bom nome. Mas há um artigo dele sobre um filme do John Ford. Lembras-te do John Wayne, claro, havia um filme chamado *A Conquista do Oeste*, e o elenco era bom, John Wayne era o actor principal. E *O aventureiro do Pacífico*, de primeira categoria, Lee Marvin, Cesar Romero, Dorothy Lamour, Elizabeth Allen e, claro, John Wayne. Pois o tipo diz que *A Conquista do Oeste* é um filme, deixa ver, "menor, na", imagina, "filmografia respeitável de John Ford". O cinema, penso eu, é assim: John Ford, John Huston, o *Citizen Kane*, e todos os filmes com o Bogart. O *Citizen Kane* qualquer um podia fazer se estivesse para aí virado, ou se tivesse um toque de génio do Welles. Bogart nunca mais podemos ver. E, depois, há *Marcha de heróis*, do Ford, com o Wayne, claro, e *Rastros de ódio*, também com o Wayne, e *Asas de Águia*, também com o Wayne, *Sangue por glória*, não com o Wayne, mas com o Cagney, *Forte Apache*, com o Wayne, *Os Dominadores*, com o Wayne, e uma coisa má, nisso concordo, *A Paixão dos Fortes*, mas é má porque é com o Henry Fonda. Nunca gostei do Henry Fonda. De modo que quando li o artigo do tipo ali num jornal de Coimbra, disse para comigo, Jaimito, não gostas deste indivíduo, é um presumido. E é um presumido. Não se deita abaixo um filme do Ford, ainda por cima com o Wayne.

Serviu-se também de cerveja, continuando a arrumar os papéis.

— Deve haver instituições que não se criticam. Não digo que seja Deus, Pátria e essa treta. Não. Mas é John Ford. Não, não gosto que ele tivesse criticado assim John Ford.

É o começo de uma biografia, eu não queria dizer assim, mas tem de ser, de uma biografia suicida. Não me admira que o tivessem matado.

— Estás bêbedo — disse então Filipe Castanheira.

— Não. Sei distinguir a Maureen O'Hara em *Como era verde o meu vale* da Dolores del Rio em *O Fugitivo*. Sabes quem entra também em *O Fugitivo*? Pedro Armendariz, e é com o chato do Henry Fonda. Viste *Asas de águia*? Com o Wayne. E com a Maureen O'Hara, claro.

— O homem não gostou do filme porque tinha o Wayne, e o Wayne era anticomunista, e isso era mau na altura.

— É pior ainda. O Wayne é que dava graça a isso.

— Jaime — chamou Filipe Castanheira. — Não é isso que conta.

— Eu sei.

Fez-se então um silêncio entre os dois. Jaime Ramos pousou os papéis que juntara na mão esquerda. Pousou-os sobre a mesa onde os outros os aguardavam para dar continuidade à mais perfeita dispersão de informações, de dados, de factos. Coleccionara-os durante dois dias de trabalho desinteressado e aborrecido, porque, no seu caso, preferia entrar em casa de alguém e falar, perguntar, obter respostas. Ter alguém diante de si. Naquele caso passara-se quase o contrário: o director fizera-lhe chegar uma pasta contendo uma ficha biográfica básica, na qual se assinalava o que seria normal saber-se de Rui Pedro Martim da Luz: a data de nascimento, a data do casamento, a menção "não tem filhos", a data do divórcio de Maria

Antónia Seixas Luz, o local de nascimento, o curso que frequentara, a morada habitual, os registos conhecidos e vulgares da polícia, da Ordem dos Advogados, dados variados, é certo, mas demasiado honestos, demasiado comuns para serem considerados como a base de uma investigação.

Para Jaime Ramos, encontrar esses dados foi fácil, simples, demasiado simples. Vieram parar-lhe às mãos com a facilidade de um funcionário de secretaria a recorrer ao arquivo dos serviços onde trabalha, sem ser preciso fazer um requerimento ou sair do edifício.

— Eu sei que isso não conta nada. Mas tu não ajudaste, ainda por cima. Ele morrer não foi uma coisa por aí além. Acontece. Podia ter acontecido comigo se fosse viver para um sítio daqueles, podia acontecer contigo, podia acontecer com qualquer um, e tu sabes isso. Mas ele morrer e, por coincidência, ter acontecido que no mesmo dia em que ele morre, ou dois dias depois, numa aldeia desconhecida da Galiza, aparecer o nome dele num papel que recolheste num hotel dos Açores, não é uma grande ajuda. Pior. Recolheste o nome depois de morrer a namorada dele.

— É esta a fotografia dele.

— Não é famosa, diga-se de passagem.

— Só se podem fazer fotografias assim, se é dentro de casa, e não há flash. A verdade é que morreram os dois.

Jaime Ramos levantou-se então, percorreu o pequeno corredor que ligava a cozinha, onde estavam sentados junto da mesa de madeira onde normalmente se tomavam as refeições, à sala ocupada pelos dois sofás e pelas estantes onde alguns livros tinham pousado. Voltou a fazer o mesmo caminho no sentido inverso e parou diante de uma estante de madeira a meio do corredor. Aí, abriu uma caixa de onde retirou um charuto, mirou-o sem entusiasmo nem interesse, passou-o entre os dedos, de uma mão para a outra, levou-o à boca, mas não o acendeu depois. Manteve-o assim, suspenso, movendo-o com os lábios, para cima e para baixo, e regressou à cozinha, onde Filipe Castanheira continuava sentado e olhava os papéis.

— Sabes que não gosto de coincidências. Nunca gostei. Parecem-me sempre provocadas para parecerem coincidências. É um clássico que se aprende na nossa vida e, sobretudo, no nosso trabalho. A certa altura, as coincidências são demais, uma espécie de excesso. A falar verdade, é um incómodo, porque se acabou a primeira metade das férias, um homem regressa ao trabalho e aparece-lhe um caso aborrecido. Isto não é coincidência, claro, mas lembra-me que se morre muito hoje em dia. Depois, tudo parece uma história absurda: matam um homem num sítio, às seis e meia da manhã e, às sete, meia-hora depois, encontram o cadáver da namorada dele, a boiar, nos Açores.

— Não estava a boiar.

— É como se estivesse. E gosto da imagem. A boiar. É a primeira coincidência. A segunda é que ambos morrem no mar. Quer dizer, ela morre no mar, está visto, e ele morre junto do mar. Às vezes olho pela janela e penso que andam todos doidos. Matam-se. Morrem. Desaparecem. Dão-nos problemas, arranjam-nos preocupações. Mas o pior não é isso. O pior é não haver um rasto que una os dois, um ao outro. Ninguém sabe que os dois, ele e ela, se davam, e que dormiam juntos, e que tiraram fotografias para armarem mais uma coincidência. Fumo o charuto ou não?

— Depende.

— Tudo depende. A antiga mulher dele diz que não se interessa pelo caso, o que não me espanta, porque hoje em dia já não há crimes com famílias a sério, como aqueles que se vêem nos filmes. Ainda por cima, os bens dele. O dinheiro. Não há sinal de um destino para lhe dar, segundo me disseram os advogados dele, ou o advogado dele, que é o ex-cunhado. Tu entendes isto? O advogado dele é o irmão da antiga mulher. Promiscuidade.

— Pode não ser.

— Geralmente é. Não tenho jeito para isto. Mas há mais, então, porque a namorada dele, portanto, não é assassinada. Morreu. Pura e simplesmente, morreu, foi nadar de noite para o meio do mar e afogou-se. Não me parece bem. A boiar.

Procurou então os fósforos numa gaveta da cozinha e acendeu um, colocou-o à altura dos olhos, de frente, deixou que a chama consumisse um pouco da madeira, para que pudesse desaparecer o cheiro inicial da explosão, e levou-o ao charuto, que aguardava ainda na boca. Uma nuvem de fumo subiu sobre a cabeça de ambos e dirigiu-se para a janela, aberta para a noite e para o calor do céu de Verão.

— Quando chega Agosto prefiro o Inverno, ou o Outono até. Este ano hei-de ir pelo rio acima, até à aldeia, e levo a Rosa. Vou mostrá-la ao que resta da família. Ou não mostro, mas vou na mesma pelo rio acima, por aquelas estradas que sobem e descem e nunca mais acabam. E já prometi que vou morrer sem dar problemas a ninguém. E a Isabel, tens visto a Isabel?

— Não. Falei com ela há uma semana, quase. Telefonei depois, mas não estava. Tinha ido de férias. Não sei para onde.

— As mulheres fazem tudo o que lhes apetece. É o destino. E não me parece mal. Vê tu em que gastamos o tempo, nós os dois, a falar sobre mortos.

Devíamos esquecê-los, pensou Filipe Castanheira. Devíamos esquecer os mortos, mas eles aparecem à nossa frente. O diálogo continuaria assim por mais tempo, e Filipe Castanheira quase adormecia, embalado pela voz de Jaime Ramos, que se assemelhava a um longo, monótono e tenso discurso sobre a morte de Rui Pedro Martim da Luz. Quando, por isso, se foi deitar no sofá da sala, uma pequena cama improvisada que o aguardava sempre que estava de visita a Jaime Ramos, Filipe reconheceu que havia no comportamento de Jaime Ramos, não um desvario, mas uma tensão desconhecida, uma tensão que crescia desde os papéis que o amigo arrumara e desarrumara vezes sem conta na mesa da cozinha, onde tinha ficado por mais tempo. Desconhecia aquela tensão, isto é, não a reconhecia de imediato, não a identificava com um sentimento, uma angústia, uma pista. Desejou dormir, sabia que iria adormecer cansado, e, no exacto momento em que fechava os olhos para se voltar, de seguida, no estreito sofá que era seu desde a primeira vez que entrara naquela casa, Filipe pôde ainda ver, através da luz diminuta e filtrada pelos cortinados que davam da sala para a varanda, o rosto quase esquecido de Rita Calado Gomes, sem um sorriso, sem uma expressão, apenas como uma lembrança do retrato colado ao passaporte que encontrara junto dos seus haveres no hotel açoriano. Como se àquele rosto alguém lhe furtasse o sorriso, toda e qualquer expressão. E, num fragmento de tempo que nunca conseguiria identificar, porque foi tudo demasiado rápido, demasiado furtivo e passageiro, soube que os sonhos o poderiam ajudar, porque neles tudo se esclarece, e viu também um céu cheio de estrelas junto da água do mar onde fora encontrado o corpo da mulher, e viu subitamente, pedida por empréstimo a outra imagem, a uma imagem qualquer que gostaria de trazer consigo durante muito tempo, a mão direita de Rita Calado Gomes, uma mão abandonada ao frio, à morte, ao silêncio, como se recordasse, minuto a minuto, as imagens daquela manhã em que o seu corpo fora encontrado, e tudo isso fizesse parte de um filme, um filme completamente mudo, onde não se ouvia sequer o ruído provocado pela máquina de projectar, não se ouvia nada, e teve pena então, mas por pouco tempo porque sabia que iria adormecer de seguida e porque entendeu que os sonhos são absolutamente silenciosos, mudos, terrivelmente silenciosos, e sem cor.

7 de Agosto de 1991, 5.00 horas

OLHOU ENTÃO PARA O RELÓGIO, VERIFICANDO QUE eram cinco horas, e que a noite não tinha ainda sido interrompida. A luz que passava através dos cortinados era exactamente a mesma que o tinha adormecido, mas não fora isso que o despertara, apenas três horas depois de ter descoberto a escuridão do sono e um repouso breve de que necessitava. Pelo contrário, fora um ruído, vago e familiar que vinha da cozinha, onde deixara Jaime Ramos concentrado nos papéis que durante horas vira desalinhados e espalhados sobre a mesa. Mas a porta da sala estava fechada, o ruído era-lhe tão familiar como um odor raríssimo e adolescente, qualquer coisa que o arrancara de uma viagem entre os lençóis improvisados do sofá e o entregara repentinamente a outra, mais profunda e ampliada.

Vestiu apenas as calças, penduradas nas costas de uma cadeira, e, descalço e em tronco nu, atravessou a sala, abriu a porta, e encarou o espectáculo que adivinhou existir na cozinha. Jaime Ramos, em calção de banho, também descalço, e com uma faca na mão direita, entregava-se a uma operação de relativa minúcia e que ele suspeitou exigir a concentração naturalmente requerida pelos grandes momentos. Sobre a banca de mármore alinhavam-se já os ingredientes devidamente preparados e, sujeita ao lume brando do fogão, uma caçarola deixava escapar o aroma de uma mistura de carnes, ervas, azeite, especiarias, tudo temperado pelo bálsamo de um vinho branco utilizado com cuidado para apenas provocar um leve sabor e não a sobreposição do seu ao dos restantes elementos a que fora adicionado com rigor e respeito.

— Senta-te — disse-lhe Jaime Ramos. — A empada do Douro, tirando a de peixe, sempre de sardinha, e geralmente de sardinha conservada em barrica, como deve ser e como era antigamente, porque era mais apetitosa e estava condimentada do seu próprio sabor, é a bola de carne que se come na margem norte do rio. A margem sul é beirã. Mais sovina e mais sem sabor. Vê tu os romances de Aquilino. Leste os romances de Aquilino?

— *A Casa Grande*.

— E os contos. E *O Malhadinhas*, e tudo o que ele escreveu. Eu li pouco, mas li dois ou três mestres, sou homem antigo, tu sabes. Mas vê tu os romances do Aquilino. Comem batatas, e a carne é simples, sem trabalho, sem preparação. Na margem norte do Douro há outro sabor nas coisas, não por ser do Norte, mas porque comunica com outras gastronomias mais ricas, a transmontana de lei, a galega, a que chega de Leão e do cruzamento de Leão com a Galiza e até as Astúrias, que ficam mais longe, tão longe que só há memória de um arroz ou outro, e da sidra. Um dia vou comprar sidra. Na margem sul, tu sabes, é a Beira. Na Beira há assados, guisados simples, e sopas, muitas sopas para derreter o frio. E há aqueles sabores de que não gosto, o da amêndoa nas encostas do Côa, a terra é mais seca de Verão, mais triste. No Douro, na margem norte do Douro, há outra perspectiva. Atravessas qualquer ponte para o lado de lá e, não digo que fiques outro, porque isso é difícil, mas, enfim, há outra perspectiva, acompanhas as vinhas que descem para o rio como se fossem aí buscar qualquer coisa. Isto até ao Pinhão, depois de passares o Tua. Depois tudo fica igual, eu sei. Mas é aí exactamente que começa a comida de que eu gosto.

— E é aí a tua terra, esse é o ponto.

— Esse é o ponto. A gente deve defender um lugar mesmo que não tenha argumentos, e então, deve inventar um ou dois imbatíveis. Acabei de fazer isso mesmo.

E voltou-se para a caçarola encarnada onde um guisado exigia a sua atenção. Entregou-lhe então, ao recipiente, um ramo de cheiros previamente preparado e atado com uma linha de coser, fina e branca, com que prendera alguns pés de salsa, hortelã verde, uma folha de louro, um ramo de orégãos a que se atribuía ainda a cor verde-cinza com que fora colhida a planta. Mexeu cuidadosamente o preparado enquanto Filipe Castanheira se ocupava em abrir o frigorífico para verificar se havia bebidas, após o que escolheu uma cerveja e se sentou num banco de madeira, junto da janela, a observar a alvorada tranquila daquele lado da cidade.

Em poucos minutos, Jaime Ramos conseguira que o odor do ramo de cheiros passasse a envolver todos os ingredientes, pequenos cubos de carne, fios de frango, toucinho, rodelas de chouriço e salpicão, umas tiras de presunto cortadas muito miúdas e rodelas de cebola também muito finas e que já então eram apenas restos de uma suspeita, pois haviam perdido toda a consistência e tinham-se feito substituir por uma massa leve e transparente que cobria os restantes participantes do conjunto. Retirou o ramo de cheiros e deixou que o preparado ganhasse cor, destapando a caçarola para que os líquidos se evaporassem com mais facilidade e o molho pudesse adquirir substância e servisse de ligação aos materiais que seriam, depois, aproveitados.

Desligando o fogão, Jaime Ramos tirou de um armário, onde fora colocada previamente, depois de preparada, uma massa de farinha idêntica à que se utiliza para cozer o pão. Amassou de novo a pasta consistente, acrescentou-lhe três gemas de ovo para que no final a cozedura rectificasse a cor insípida da farinha e amarelasse a totalidade. Estendeu-a sobre um tabuleiro de barro, untado de azeite e polvilhado de farinha, e também salpicado de água para, logo a seguir, distribuir aí rodelas de tomate sobre as quais dispôs o guisado que retirou da caçarola. Ajeitou os pedaços de modo a conseguir formar uma espécie de planalto sobre o qual espalhou salsa picada não muito miúda e cobriu o conjunto com mais massa, apenas uma delicada e fina camada de massa que envolvesse tudo. O forno estava ligado e quente, desenhou uma cruz sobre a massa, utilizando a mão como um sabre, e conduziu o tabuleiro ao calor do forno. Só então se voltou para Filipe Castanheira, que olhava pela janela:

— São cinco e um quarto, eu sei, e tu vais dizer que não é a hora indicada para isto, mas a fome não tem horas de chegar. Morávamos numa casa pequena, de pedra. Subia-se para a varanda e, daí, entrava-se logo para a cozinha, depois de passar debaixo de uma ramada de vinha. O chão rangia quando se entrava, e havia também uma cadeira de palhinha, era quase a única cadeira de toda a casa, uma cadeira de palhinha que ficava no corredor. A minha mãe não queria que se tirasse de lá a cadeira porque era um sinal de riqueza. Só podíamos exibir aquele. O resto eram bancos, e dois escanos de madeira negra, enegrecida por causa do fumo. Ficavam junto da lareira, tinham duas mesas de descer. Vês como eram, eu sei. Duas tiras de madeira que se prendiam à parede da cozinha por um fio de cabedal. Tinham um suporte de madeira também, que aguentava o tampo quando se descia. Eram os nossos sofás, sempre em frente da lareira. O resto, eram bancos, bancos pequenos que serviam para se comer em frente da lareira, mexer nos tachos quando se fazia o comer, ouvir o meu tio quando ia lá ao sábado, o meu tio sentava-se sempre num dos escanos, a minha mãe noutro, nós sentávamo-nos nos bancos, à volta da lareira. A minha tia sentava-se ao lado da minha mãe e estavam as duas sempre muito concentradas a fazer meias de lã. Lembro-me da casa e vêm-me à ideia as meias de lã, as meias de algodão, o avental da minha tia, que era igual ao de todas as tias, mas aquele tinha um bolso de que tirava sempre côdeas de pão. Suponho que era para manter os dentes limpos. Serigaitava por todo o lado, da horta para casa, da varanda para a rua e, zás, de repente tirava uma côdea do avental e trincava-a, deixava-a estar na boca, muito mastigada. Devia ser por causa dos dentes. E tinha sempre muito apetite, sobretudo na Páscoa, quando comíamos na varanda no domingo de Páscoa e havia as primeiras saladas do ano, e cabrito novo, lembro-me perfeitamente que era sempre o meu tio que trazia um, comíamo-lo com um arroz de forno, que sabia a salpicão e a hortelã. De modo que havia a casa. Uma casa pequena, de dois pisos. Já não me lembro bem do ruído dos animais, na loja, a esta hora da manhã, mas havia um ruído, um ruído agradável, de quem acordava e começava logo a comer. Depois do corredor entrava-se na cozinha, era ao lado, aliás, e havia um quarto grande que estava sempre sozinho e desabitado. Desde que o meu pai morreu, a minha mãe passou a dormir no lugar onde se guardavam a farinha, as uvas de secar, a arca com o pão. Acho que a partir da morte do meu pai quis sempre vigiar a comida bem perto dela para nos proteger, a nós, que dormíamos todos num quarto do outro lado da casa, um quarto de onde se viam os lameiros que desciam na direcção do rio. Havia muros que ficavam cheios de neve no Inverno. E negrilhos. Nunca mais ouvi falar de negrilhos desde que saí de lá. Negrilhos, olmos muito grandes com um ninho de cegonhas em cada copa. As cegonhas eram protegidas na aldeia, havia cegonhas de dois tipos, umas eram brancas, muito brancas, e outras tinham uma mancha rosada ou acastanhada. Nunca percebi muito de pássaros nem de caça. Todos os meus irmãos eram caçadores, um deles ainda hoje caça, mas eu nunca cacei embora gostasse de espingardas. O meu pai tinha uma espingarda, era velha, antiga, de dois canos, claro. Não tinha marca nenhuma, porque era de contrabando, vinha de Espanha, claro, pela mão do mesmo homem que trazia cartas de jogar espanholas. E, ao fundo dos lameiros, havia oito ou nove negrilhos que suportavam todo o peso do céu. E um caminho por onde veio sempre o carregamento de más notícias, de todas as más notícias que havia para nós sabermos, a morte do meu pai, as cartas do banco a avisar que era preciso pagar. E era o caminho de eu ir para a escola e depois de eu ir para a vila, estudar. Tudo obra do meu tio, claro, que vendia a colheita de amêndoa e me mandava para a escola. Fui sempre bem tratado, muito bem tratado. Evito ir lá, hoje em dia. O meu primo Henrique morreu de um ataque de coração. A minha mãe já morreu há dez anos, votava no CDS[4] e ia à missa dos sábados porque na de domingo de manhã tinha frio. Votava no CDS porque o meu tio também votava no CDS. Nunca percebi bem isso, mas achava piada, os meus irmãos foram comunistas durante algum tempo, e eu também. Para nos vingarmos. Hoje tudo caiu, foi tudo caindo, caindo, caindo, tudo foi caindo um pouco à medida que os anos avançavam e na aldeia deixavam de fazer esta bola de carne, e os padres foram mudando. O padre velho foi substituído por um muito novo e de barbas que só confessava às sextas à

[4]CDS, Partido do Centro Democrático Social, de direita.

tarde e que não gostava de caça nem comia nas casas das pessoas na Páscoa. Este padre novo tinha carro mas já não era um *Volkswagen*, como os de todos os padres que tinham carros, pregava a revolução e o direito de deixar crescer a barba. E não tinha cães nem vestia de preto e cinzento, nem tinha horta, nem tinha apetite, lembro-me eu, porque, no funeral de uma tia a que tive de ir, nem provou um biscoito. Era costume, tu sabes. Comer um biscoito e beber um cálice de vinho fino. Não sei como me livrei disto tudo, de tanta coisa, às vezes parece que oiço o ruído dos grilos, o ruído dos carros de bois a arrastarem-se pela aldeia fora. E havia um tipo que era o dono da taberna, também era ele que depositava o dinheiro das pessoas da aldeia no banco da vila. Delegado do banco. A verdade é que ninguém gostava muito dos bancos, ninguém. Mas este era o homem do banco. Tratava dos depósitos, dos juros, de tudo. E tinha medo quando havia trovoadas, punha-se à porta da taberna, aos berros, e gritava, gritava muito, "Ó céu, ó divinas potestades, mostrai a vossa face!", e trovejava mesmo por cima dele, trovejava muito na aldeia quando era Maio. Ainda hoje tenho receio das trovoadas de Maio e oiço o homem a gritar "Ó divinas potestades, mostrai a vossa face!", dizia ele. Nessa altura nunca percebia bem o que eram as divinas potestades, só acabei o quinto ano do liceu mais tarde, e saí de casa, vim para o Porto trabalhar. Para um banco, claro. Arrumava coisas lá no banco, e mais nada, depois concorri a esta merda de lugar, na altura ganhava-se mais, muito mais do que no banco. Chamava-se então Banco Pinto de Magalhães, o banco. A polícia pagava mais, um primo afastado trabalhava cá e meteu uma cunha antes de ser morto ali adiante, perto de Rio Tinto, com um tiro de caçadeira, canos serrados, parece impossível mas morreu bem, um tiro bem disparado. Tu falas-me de canos serrados e eu não morro de medo, prefiro morrer do tiro. Mas as pessoas andam todas cheias de medo. Cheias de medo. E tenho fome a estas horas, tenho sempre fome, sempre. Na taberna da aldeia nunca se comia. Comer era em casa. Ali só se bebia, só se bebia, ainda hoje é assim, copos sujos, cheios de vinho tinto, copos mais pequenos com aguardente. Se bebias aguardente, trazias os figos de casa, no bolso da samarra, ou fazias como a minha tia, que trazia uma côdea no avental.

Tinha passado meia-hora e Jaime Ramos espreitou para o forno, sem sair do seu lugar, sentado diante da mesa.

— Vês os vidros das janelas? Estão sujos. No Verão suja-se tudo. Há calor, a Rosa não come, tu não comes, morrem tipos longe de mais. Muito longe, tão longe que penso que é só para nos causarem problemas. Tipos que morrem só para nos tirarem do lugar, pois que morram. Podem morrer os vizinhos todos, não me mexo do lugar.

Abriu o forno, então, e, segurando no tabuleiro com um pano de cozinha, admirou o tostado acastanhado da bola de carne à luz que nascia junto da janela onde Filipe Castanheira estava sentado.

— Cheira bem — disse este.

— É o importante, para já. Um vinho soaria bem, agora. Mas a noite vai longa para mim e, no teu caso, ainda agora acordaste.

— O que há aí nesses papéis que te incomodou tanto? — perguntou então Filipe Castanheira.

— Se não puder ser um vinho, há coisas mais leves. Deixaremos arrefecer um pouco a bola e, depois, ou beberemos cerveja ou água. Estamos no Verão, não podemos esquecer.

— Os papéis. Perguntei pelos papéis.

Jaime Ramos contornou a mesa, levantando o maço de papéis já organizado e arrumado por temas e por tamanhos, de acordo com o seu projecto inicial. Meteu-os num envelope de papel pardo e levou-os para a estante do corredor, onde estava também o telefone e, Filipe sabia-o, na divisória de baixo, a caixa de cartão onde Jaime Ramos escondia a pistola de serviço. Quando voltou, trazia já os óculos na mão e apenas um papel que pôs em cima do frigorífico.

— Tu sabes — disse ele — que cada vez gosto menos de mortos. Pelo menos de mortos que não deixam rasto. Gosto de trabalhar em assuntos sérios, casos de ódio e de morte a sério. Mata-se um tipo, os suspeitos são estes e aqueles, toda a gente escolhe um deles, um suspeito que mereça ser preso. O que nos ensinaram quando éramos novos. Um criminoso a sério. Mas eu sou da velha guarda, tu sabes. Nunca li muito poesia a não ser a básica, Guerra Junqueiro, toc-toc-toc, a moleirinha pela estrada fora, o melro, o cura, Antero, pouco mais. Dos novos, não conheço nada, a não ser quando são falados nos jornais. A poesia não serve para nada, para absolutamente nada senão trazer-nos complicações. Falo a sério.

— Inutilidade da poesia.

— Ou isso. Não percebo nada do assunto. Quando me pus a estudar a vida deste tipo, sabes como isso se faz, sentas-te durante dois dias a ver papéis, imaginas as alhadas em que o tipo se meteu, imaginas as mulheres que ele conheceu, ou as que deixou de conhecer ou só conheceu na forma mais simples, por aí fora. E fazes perguntas, perguntas a este, perguntas àquele. E, quando alguém morre, há sempre um rasto, uma série de pegadas que o tipo deixa na areia por onde anda. Quando alguém morre é sempre depois de atravessar um areal, penso eu, para que fiquem aí registadas as pegadas. Deve ser assim, e deviam proibir o que fosse de sinal contrário, porque é preciso respeitar o nosso trabalho. Ora, há uma complicação com este tipo.

— Porquê?

— Porque as únicas pegadas que deixou são as que vêm neste papel, descritas em espanhol e tudo, pela Guardia Civil do sítio. Só isso, que analisaram as pegadas que ele deixou na areia, e que eram mesmo pegadas dele. Há outras, atrás, mas indefinidas. Foi este último rasto que se perdeu. Não se sabe onde começam, no chão. Aparecem, e é tudo. A Guardia Civil é uma associação de nabos, a daquele lugar. Dizem aqui o essencial, é verdade: o tipo andou uns metros na praia, veio de um caminho onde estacionou o carro, perto de uma estrada que eles dizem que é a *la carretera* principal, ora *la carretera*, ou lá o que é, dá para umas vivendas de férias que há perto dessa praia. Não estou a ver o sítio, mas estes são todos iguais. Se fores a um, vais a todos e não notas diferenças, há uma estrada, umas árvores, uns pinheiros, das casas partem uns caminhos na direcção da praia, e, se é como estou a ver, o tipo foi por um desses. Cerca de dez metros atrás dele, quando estava mesmo no meio do areal, dispararam, presume-se que de lado, porque os tiros parece que lhe bateram no peito, mas de lado. Ou ele se voltou ou, então, pôs-se de perfil porque julgava que ficava mais bonito. Há dois grupos de pegadas. As dele, obviamente. As de alguém mais, porque sim, porque alguém disparou contra ele e isso tem de ficar registado, e ficou mal registado porque são pegadas na zona de areia mais seca, portanto mais irreconhecíveis. As dele não, notam-se bem porque já estão no pedaço de areia onde as marés podem chegar. E nota-se que são sapatos de corda e tudo, diz o relatório e diz um tenente Alberico Nuñez com quem falei ao telefone e que não me queria contar nada porque, enfim, estas informações não se dão por telefone. E tem razão. Não se deve dizer nada por telefone, nem uma palavra. Mas as pegadas na areia molhada são chatas para qualquer criminoso porque não se apagam. Se lhes pões o pé em cima nota-se na mesma que foi por ali que vieste, é por ali que passaste. Tudo isso. Estou nas coisas básicas. Tudo estava a correr bem neste andamento normal, se se lhe pode chamar assim.

Jaime Ramos estendeu a mão para uma faca e cortou então a primeira fatia de bola de carne. Cheirou-a sem a aproximar do nariz. Colocou-a num prato e deu-a a Filipe Castanheira, que a aguardava. Serviu-se de outra para si próprio e encheu de cerveja um copo de vidro, alto.

— Serve para desintoxicar e para a falta de sono. Não bebi nenhum café desde ontem de manhã. Já sabia que isto me ia acontecer. Já sabia, é sempre o mesmo. De modo que tudo estava a correr bem, se é que estas coisas correm bem. Ontem à noite, ao princípio da noite, eram aí umas oito horas, seriam nove em Espanha, telefona-me o Alberico Nuñez. Um nome engraçado, que deve ser de um tipo mais ou menos velho, porque esse nome é castiço. Alberico. Telefonou-me para a polícia, eu tinha-lhe dado o número de telefone, se ele se arrependesse de estar calado, e disse-me que viesse para casa porque ia ligar para cá. Fiz isso. Telefonou como prometeu, uma hora depois. Eram dez horas lá, e ele disse que estas coisas faziam mal à digestão mas que tinha de ser. Perguntei-lhe o que tinha comido. Disse-me que peixe, peixe no forno. Mas que o pior era o *orujo*, porque a mulher dele é catalã e o sogro lhe mandava *orujo*, e ele tinha de beber porque a mulher, se ele não bebesse, ia julgar que ele não gostava da família dela. Complicações que toda a gente tem. Pois o Alberico disse-me que não havia dois grupos de pegadas, mas sim três grupos de pegadas. Isto é, as pegadas do morto, que é aquele tipo de quem eu não gosto porque disse mal do Ford e do Wayne, as pegadas do tipo que disparou, e outras pegadas que o Alberico Nuñez descobriu logo nesse dia mas que escondeu do relatório porque lhe iam trazer complicações, e ele não é homem para isso. Complicações, bem, não propriamente complicações, mas chatices, porque ia ser mais trabalho e parece que lá já não têm trabalho há muito tempo, já não estão habituados. Foram para lá passar férias, é o que parece. O terceiro grupo de pegadas, como ele viu, e bem, ao que diz, sempre gostei destes tipos que se julgam bons e, pela voz, são mesmo bons, está a cerca de cem metros do lugar onde morreu o nosso homem. Estas pegadas, ele viu logo, vinham da estrada principal directamente e não passavam nos caminhos que vêm das vivendas, mas aparecem, directamente, a partir de um carro que esteve lá parado e que arrancou na direcção da aldeia. Foi o que ele me disse e mandou-me um postal ilustrado. Um postal da aldeia, por fax. Está aqui a reprodução, uma merda, mas é o que há. E parece-me bem, porque a aldeia não deve ser grande coisa. Não liguei muito. Bom, outras pegadas, outras pegadas. Três pares de pegadas. Alguém que guardava o caminho para ver se ninguém via a coisa? Alguém que passava na altura? Alguém que passou depois? Alberico Nuñez diz que não há nada a esclarecê-lo, senão já tinham informado para cá. Eram só outras pegadas. Alberico Nuñez ficou calado e eu também. Pronto, outras pegadas. E ele, porque torna e porque deixa, e porque *usted no está comprehendendo*, eu disse que não, e ele diz, *bueno*, é que temos outra pessoa, porque as pegadas eram relativamente frescas, temos outra pessoa, que é da aldeia. Uma pessoa da aldeia, cá está. A aldeia tem só uns quatrocentos ou quinhentos habitantes, julgo eu. Que tenha mil. Ou dois mil. Que tenha um milhão. Não eram muitas as pessoas que estavam ligadas ao tipo que morreu. Pelo contrário, porque sabemos que ele se dava com pouca gente, que viveu ali escondido, e por aí fora. Ora, eu que não gostava dele, e não gosto por causa do cinema, estás a ver?, encontro uma espécie de interesse na coisa. Porque um tipo que vai para ali durante um mês tem, a assistir à morte dele, não uma mas duas pessoas. Dois tipos a olharem para ele. Um, acabou de o matar. Outro, está a vê-lo cair no chão. E não é suficientemente amigo dele porque não diz nada, pisga-se para a aldeia, entra em casa ou onde quiser, e pronto, não diz nada. Nada de nada. O corpo só é descoberto pelas oito horas, mais ou menos, quando o homem da esplanada que há lá no sítio começa a arrumar as cadeiras e descobre que lhe mataram um tipo mesmo à frente do cafezinho da praia. É ele que avisa a polícia. Avisa o Alberico Nuñez, por suposto. *Por supuesto*, queria eu dizer.

7 de Agosto de 1991, 12.00 horas

— O FACTO É QUE A MORTE DELE NÃO MUDOU NADA. É verdade que o conhecia, conhecia-o e interessei-me, como nos interessamos pela morte dos que nos são mais ou menos próximos. Daqueles que conhecemos. Falou com a mulher dele?

— Anteontem. Logo depois do funeral.

— Foi rápido, inspector.

— Sou sempre. Mas não soube grande coisa. A mim custa-me que ninguém saiba muito sobre o assunto.

— Ninguém sabe muito, é verdade. Nem eu — disse o director. — Um dia destes deixo isto.

— Vai dedicar-se à ginástica?

O director sorriu para Jaime Ramos. Percorreu com a mão esquerda o tampo da secretária ao mesmo tempo que, com a direita, segurou numa pasta azul.

— Não perde nenhuma, inspector. Este é o seu relatório? Conservo-o para mim. A título pessoal. Tudo foi a título pessoal.

Jaime Ramos sentiu então os efeitos de uma noite sem dormir, uma noite inteira durante a qual uma inquietação só sua, exclusivamente sua, o acompanhou minuto a minuto, até que saiu de casa pelas oito da manhã para que o ruído da cidade se sobrepusesse a um outro que ouvia apenas dentro da sua cabeça, ou para que o distraísse e o entregasse aos outros rumores da vida, aos pequenos burburinhos dos gabinetes, ao amarrotar de folhas de papel, às gargalhadas ocasionais, às conversas nos corredores. E, por isso mesmo, sentia-se incapaz de discutir o assunto fosse com quem fosse, porque a inquietação era só sua, demasiadamente sua, como um declive sem fim. Tudo o que sentiu durante a noite se transformara, agora, numa outra perturbação física, numa sensação íntima de azia e, se pensasse muito nisso, de náusea. Ao chegar à sua secretária sentou-se e procurou pelas gavetas os papéis da investigação, para que o sono não tomasse a meio da manhã, como seria natural. No fundo, esperava que o director o chamasse naquele dia. E isso aconteceu. Maquinalmente, subiu as escadas para o andar superior. A porta estava aberta e o outro esperava-o de pé e em mangas de camisa. Irritou-o a vaga sensação de perceber o cheiro de uma água-de-colónia e um rosto barbeado apesar de ser já meio-dia, a hora a que o sono ataca depois de uma noite passada em branco. Por que passaste esta noite em branco? Quererão eles que passes as tuas noites em branco por causa de um homem que morre longe de casa?

— Não é necessário incomodar-se muito por causa deste caso — confirmou o director, sem nenhum sorriso. — Mas conte-me o que sabe.

— Desta vez imagino, mais do que sei. Sei aquilo que me disse, pouco mais, porque o caso não é oficial, como sabemos também.

— Eu lho disse, isso mesmo.

— A mulher do seu amigo não se interessa pelo assunto. Já estão separados há muito tempo. Não me engano muito se disser que se encontraram muitas vezes depois de se separarem. Mas tudo me parece um caso de crise dos quarenta e tal anos. O homem estava farto de se chamar aquele nome e partiu. Os dados que me passou são explícitos num ponto, que é precisamente aquele que não vem escrito em nenhum lado.

— E qual é?

— É o facto de se terem arquivadas todas aquelas informações. O senhor sabe de onde elas vieram e eu também. Parece que interrompemos a guerra com os militares para eles nos passarem isto.

— Digamos que os obtive a título meramente pessoal. Já lhe disse.

— Não ajuda muito. Se não posso falar com ninguém, com a família, com os colegas dele, não posso fazer grande coisa. Isto é só uma ficha pessoal, sem interesse — Jaime Ramos apontou para os papéis. — Ninguém faz nada com isso.

— O caso não é nosso, inspector.

— Eles encarregaram-se disso? Os das Informações.

— Você sabe a trapalhada que isto é, inspector. Temos o nosso raio de conhecimentos, o nosso campo de trabalho. Que é tudo, tudo o que pudermos saber sobre o que acontece na nossa esfera de acção. Mas há uma regra: em determinados assuntos há que ter cuidado, há que esperar para sermos chamados. Neste caso, não fomos chamados. Agradecem que não nos metamos, se calhar. Que vivamos como se não tivesse acontecido nada de especial.

— Não há autorização para ver a casa dele?

— Não. Não existe um caso, sequer. Sabe como é, o assunto é internacional, ele não morreu cá. Morreu em Espanha, a Guardia Civil informou as Fronteiras. O computador deve ter dito alguma coisa. Uma luz vermelha, você sabe. Por razões que não interessam agora, eu soube do assunto e quis estar alerta. Mas sei agora que talvez não valha a pena. Talvez a Guardia Civil tenha resolvido o caso, lá. Algum espanhol bêbedo, às seis da manhã. Ou um caso de mulheres. Falou com alguém da Guardia Civil, inspector? Naturalmente.

— Sim.

— Eles não sabem de nada. Tudo nos escapou.

— É meio-dia e ainda não dormi. Não dormi porque não percebi nada do que se passou com um cadáver que o senhor me mandou conhecer. Só o vi em fotografias.

— E agora peço-lhe que o esqueça. Volte ao seu trabalho. Agradeço-lhe o que fez até agora. Rui Pedro Martim da Luz. Exactamente — disse o outro com melancolia. — Tinha a minha idade e nada fazia prever isto. A morte, assim, longe daqui. Julgávamo-lo um *bon vivant*, só isso. Um homem mais ou menos rico.

— O que trabalhei no caso está resumido aí — voltou Jaime Ramos. — É quase nada. Mas há coisas que o senhor não sabe. A mim, pessoalmente, não me interessa muito o caso do seu amigo. O senhor conhecia-o, sabe melhor do que eu as razões que há ou não para pensar que devemos abandonar o trabalho. Não me interessa. Aqui, neste lugar, não me interessa. Quando desço as escadas e chego lá fora e entro no carro, ponho-me a pensar se me interessa ou não, porque não gosto que me tirem os meus mortos. O senhor entregou-mo, um morto acabado de chegar. Há um pormenor curioso, que lhe conto só para poder pensar nele quando nos retirarem outros casos, ou enquanto faz ginástica. À mesma hora que o mataram, em Espanha, era descoberto o cadáver da namorada dele, muito mais longe, nos Açores. Num lugar bem bonito para se morrer. Afogamento. Uma coisa acidental, se isso lhe interessa, e se gosta de coincidências. Nunca gostei.

7 de Agosto de 1991, 18.30 horas

O HOMEM AGUARDAVA-O AO CANTO DA SALA, SEN-tado a uma mesa onde já tinham estacionado um café e uma água mineral, e lia um jornal.

— Não tenho muito tempo e acho que estas coisas deviam ser tratadas a nível oficial. Para não haver problemas depois — só então se levantou e estendeu a mão a Jaime Ramos, que sorriu.

— Todos devemos coisas uns aos outros.

— Isto não é uma dívida à vossa polícia. É um favor pessoal.

— Mesmo assim, aceito-o, em meu nome. Era mais fácil se to pudesse agradecer em nome da casa. Quero saber pouca coisa, e tu resolves o problema já.

O outro pediu novo café e encostou-se à cadeira, de pernas cruzadas, a direita sobre a esquerda, bamboleando e ajeitando, com a mão esquerda, os óculos escuros.

— Vocês sempre tiveram a mania de que são independentes.

— Independentes da tropa, sim. Nem tudo podem ser vantagens. Trabalhamos na rua mas não temos acesso aos vossos arquivos.

— Para depois os venderem aos jornais.

— Não vendemos — disse Jaime Ramos, sorrindo de novo. — Oferecemos. É uma gentileza com a imprensa, coisa que acontece poucas vezes.

— A troco de uns copos.

— Somos pouco sóbrios, é verdade, mas gente de bem. E não passamos as coisas para os jornais, tu sabes. Acesso às fontes, liberdade de informação, sociedade aberta, o diabo. Mas isto é outro assunto.

— O caso foi encerrado pela nossa parte. Daqui a uns dias já o têm, todo vosso.

— Um morto também tem prazo de validade, vocês deviam saber. Daqui a uma semana já não há remédio. Resta-nos confirmar coisas. Ele era dos vossos?

— De certo modo — murmurou o outro, aguardando que o empregado do bar pusesse o café sobre a mesa e se afastasse. — De certo modo, apenas. Trabalhou para nós, não na área política propriamente dita, mas no campo espanhol, se queres saber, embora sem grandes voos. Nada de voos altos. Vinha de antes, de setenta e cinco ou setenta e seis, quando ainda havia comunistas em todo o lado. Na Galiza era a gente da ETA[5]. Bom, não na Galiza, em toda a Galiza, mas na parte de cima, na passagem para as Astúrias. Ele tinha contactos por aí, uns negócios. Andava tudo ligado, na altura.

[5]ETA, grupo armado que actua no País Basco, em Espanha.

— Não só da ETA.

— Não só da ETA.

— Direitas.

— Também. Havia empresas que trabalhavam em armamento e em equipamentos militares, além do mais. Não digo que fossem armas, propriamente, porque o negócio de armas é legal. Mesmo parte do contrabando é controlado, vocês sabem disso. Mas há movimentos que nos interessa conhecer e nessa altura muito mais, até oitenta e dois ou oitenta e três. Ele era advogado de algumas empresas que trabalhavam em *import-export*. O *import-export* também nos interessa, porque se vês que uma empresa vende fardas de trabalho em grande série, ou marmitas, ou bonés, ou bidões de gasolina, talvez isso seja significativo. Mas depois há a liberdade de mercado. Não somos contra a liberdade de mercado, nós. Só precisamos de saber onde é que se fazem os negócios e de que mercado se trata. A certa altura, alguns antigos políticos meteram-se no ramo. Eram quase todos antigos comunistas ou militares de direita, tanto fazia, e o negócio, nós sabíamos, alargava-se a Angola, Moçambique, Oriente Médio. Para Angola e Moçambique, comunistas e antigos comunistas, militares de esquerda. Para o Oriente Médio, gente de direita que negociava com o Irão e o Iraque. Havia armas portuguesas no Iraque, nós também sabíamos. Mas as armas são coisa controlável. Há outras coisas que não se controlam, conversas, conhecimentos, relações, porque atrás das armas há coisas. Fechos-éclair para fatos. Sabonetes de Braga. Cuecas de Póvoa de Lanhoso. Nunca se sabe.

— E trabalhava para vós?

— Sim, mas só até oitenta e dois. Depois, cada um à sua vida. Nós organizámos a coisa, ele partia. Ele e muitos outros.

— Muitos?

— Muitos outros é uma forma de expressão. Trinta, quarenta, talvez. Gente com quem falávamos quando era preciso, ou que falava connosco se via que se justificava.

— O vosso orçamento sempre foi melhor. Onde se encontravam?

— Em sítios como este. Mas isso não interessa, evidentemente. O que interessa é que um tipo não deixa de pertencer às Informações mesmo que vá para a Austrália ou para a Índia. Claro que há um certo grau de relacionamento, um certo grau de importância e isso depende não das informações que dá, mas das informações a que tem acesso.

— E ele?

— Ele? Mais ou menos.

— Mataram-no?

— Nós? — deu uma gargalhada, mas Jaime Ramos seguiu a gargalhada até ao fim, sem desviar os olhos. Até que o outro tirou os óculos e voltou a pô-los.

— Se o mataram, é convosco, mas não nos passem o caso assim.

— O tipo era um fraco. Nem sabia bem o que eram os Grapos[6]. Não, não matámos coisa nenhuma. Dávamos-lhe

[6]Grapos, grupos armados anti-ETA, que actuavam no País Basco, em Espanha.

um apertão, se fosse necessário, isso sim. Não seria o primeiro. Mas ninguém quer comprar informações sobre Portugal. A tropa já não é o que era, o ministro é um civil, vocês metem-se em tudo.

— É o progresso.

— Ou isso.

— Como é que ele vos foi parar às mãos, agora?

— Toda a gente comete erros.

— Ninguém é perfeito.

— Alguém da nossa gente soube que ele tinha pedido residência em Espanha naquela zona, que era a área dele, e isso levantou suspeitas. Num ano, mais ou menos, passou mais de vinte vezes a fronteira, talvez trinta, por períodos que não eram de um dia ou dois. Pensámos em contrabando ou em contactos mais ou menos pontuais com a gente da droga na Galiza.

— Não nos disseram nada.

— Estava em estudo. De contrário, sabê-lo-iam e a horas. Mas nessa altura rebentaram bombas na Galiza, havia algumas armas por lá que nós já conhecíamos, provavelmente passadas em Portugal ou de Portugal. Uma democracia estável. De Vigo disseram-nos que não havia nada sobre o tipo. Computadores limpos dos dois lados da fronteira. Depois, ele fez o pedido de residência outra vez, insistiu, e isso soubemo-lo pela família. Há lá gente que ainda trabalha connosco. E desapareceu da circulação. Um advogado, aos cinquenta anos, ainda não se reforma. Quando o mataram, os espanhóis disseram-nos "olha, aquele tipo sobre quem queriam saber se havia alguma coisa, morreu". Os canais normais foram chamados e nós sempre ao lado, não penses que fomos logo a correr, a meter o bico. Foi tudo tratado como se tivesse apanhado uma pneumonia e tivesse morrido lá. Só que nós queríamos saber. Digamos que o tivemos por cinco dias, com o fim-de-semana pelo meio. Queríamos saber se havia alguma coisa, nunca se é suficientemente cuidadoso nestas coisas.

— De facto. E agora?

— Agora já sabemos o que havia para saber. Já passou para vós há dois dias, mas não para o Porto. Ficou mais acima, no Minho, não havia necessidade de incomodar. Passou, com pompa e tudo. Foi o meu gabinete, até, que analisou o caso.

— E o que souberam?

— Que não havia nada para nós. Nada que nos interessasse. Uma fortuna, o que ele deixa, isso sim. Duzentos mil contos, uma boa reforma. O resto são notícias sem interesse. Se queres que te diga, negócios de saias. Sempre foi a fama dele. Mas agora é convosco, negócio de saias é a vossa especialidade.

— Também gostamos, sim. Tenho mais uma pergunta. Lembras-te de algum nome de mulher que entrasse nessa história? Um nome.

— O da antiga mulher?

— Não. O dessa eu sei. Outras.

— Ele era especialista, já te disse. Não, não fixei nenhum, mas contam-se histórias, se bem que haja uma mulher em Lisboa, uma com quem foi visto várias vezes nos últimos tempos. Só mais isto: estas informações são gratuitas. Não me pagas os cafés. É despesa minha, encontrámo-nos aqui para falar de futebol.

— Bem preciso. Gostava que o Porto ganhasse o próximo campeonato.

9 de Agosto de 1991, 03.30 horas

QUALQUER QUE SEJA O LUGAR PARA ONDE VÁS, PERseguir-te-á o ruído da noite, o calor do Verão, duradouro e grave como a insónia. Tudo acontece durante a noite, navegando nas suas águas irregulares, tudo acontece durante os sonhos, agora vem um e depois outro, se adormeces. E enquanto adormeces acontecem coisas estranhas, o teu sono é um hospício onde se albergam todas as trevas, ainda que os faróis do carro, como agora, iluminem os recantos das estradas do interior e, a seguir, do litoral.

Atravessarás aldeias desertas, levas contigo a impressão de um final de história que se pega à pele como o suor. As janelas do carro vão abertas, entra por elas a aragem habitual do Verão, atravessas agora a hora da noite a que o orvalho se forma sobre as plantas como um bálsamo do céu. Um instante mais e enlouqueces, de certeza; se parares o carro nesta altura da viagem poderás adormecer e, por isso, como vais a caminho de Finisterra, é melhor que acompanhes o rigor das curvas na estrada, as luzes de povoados dispersos onde se dorme tranquilamente. E recorda, recorda como é a vida que te aconteceu, a vida que se desprendeu de ti e não há-de voltar, mesmo que peças. As bebedeiras, o enjoo crónico do álcool e dos fumos, as paredes dos bares, os rostos congestionados, as madrugadas que se foram perdendo quase entre os dedos, as cartas a que foste dando resposta por obrigação e as obrigações a que não deste resposta, o coração é como um rio, altivo e condenado, oscilante, a sua luz reflecte-se no céu, nas extremidades da vida, recorda como voltaste para casa tantas vezes, adormeceste no chão porque não conseguiste encontrar a cama, o despertador partiu-se de encontro à parede, as marés vieram incomodar-te, o relento parecia sempre demasiado frio, agora esta, depois aquela visão, depois outra e sempre outra, outros ao teu lado farão flutuar a vida como prestidigitadores, e a vida submeteu-se sempre a esse acto simples de bruxaria, a sua auréola dependerá sempre de gestos assim, Jaime Ramos dir-te-ia como há horas, "não nos podemos preservar", o coração condena-te, ou a sua frivolidade, a sua passagem feiticeira, burlesca, arrastando consigo o peso de uma imagem por resolver, de uma palavra que relacionou o mundo contigo, o mundo consigo mesmo, uma coisa com outra, uma palavra que crie um parentesco entre as coisas que nos rejeitam e as coisas que rejeitamos.

A estrada segue à tua frente.

— É longa — disse Jaime Ramos ao jantar, no Porto. — Longa e cheia de curvas, uma viagem triste, até. Irei depois, se puder.

— Eu vou. Não tenho nada a fazer aqui. E há um pormenor, que é o do afogamento da namorada dele nos Açores e que ainda não resolvi.

— Não foste tu que não resolveu. Nunca se resolvem essas coisas — acrescentou ele, então. — Era a namorada dele? Uma das mulheres dele? Morreu realmente? É apenas uma coincidência? Não gosto de coincidências, são falsas, criam ilusões.

Coisas mais terríveis que a morte.

Recorda a última vez que te embebedaste. E o derradeiro momento de lucidez antes de mergulhares no álcool que tagarelava diante de ti, dentro de ti. A estrada segue à tua frente, páras o carro junto de um rio, há ali uma ponte, o sorriso turvo de um rio. Adormeces. Pela manhã continuarás o caminho para Finisterra.

9 de Agosto de 1991, 22.30 horas

O HOMEM SERVIU-LHE OUTRA BEBIDA, QUE SERIA O terceiro ou quarto como de brandy. *Torres, diez*. Dez anos de etiqueta.

— Tenho aí melhor. Experimente *Lepanto*.

— Este serve.

Vieste morrer aqui, Rui Pedro Martim da Luz. Deve haver um sítio para morrer, um lugar ideal para que a vida termine, é natural que seja este, os gregos pensavam que o mundo terminava aqui, deve terminar. Vieste morrer aqui, e deves ter bebido deste brandy, que não é mau para estômagos medianamente exigentes. O fumo do bar, ali na sala, no andar de baixo. A fumaça de fumo que sobe até ao tecto. O mundo poderia terminar aqui, há uma baía onde Francis Drake se escondia, os barcos contornavam a Costa da Morte, evitavam o Cabo da Nave, entravam na praia do Mar de Fora, passavam rente à pequena ilha diante do farol, entravam finalmente na baía. Finisterra. As âncoras ficavam à vista da praia da Langosteira, porque a água é límpida e azulada, tem o céu inteiro defronte dela, a encosta de Corcubión emudece, como se adormecesse sobre esta água do mar. Filipe Castanheira estava sentado a uma mesa junto da janela e dali podia ver o brilho das luzes nocturnas de toda a aldeia reflectidas na baía, como um espelho virado ao céu, e era a terceira vez que o seu olhar se cruzava com o da mulher. Ela, finalmente, sorriu-lhe, e Filipe correspondeu, tenuamente, tentando evitar, em vão, que o casal que a acompanhava notasse o gesto. Teria vinte e tal anos, imaginemos vinte e cinco anos, ou vinte e seis, a mesa deles estava a poucos metros de distância, separada apenas pelo corredor onde o garçom passava de vez em quando.

Ao entrar na sala do restaurante, uma espécie de aquário envidraçado com uma das paredes abertas por onde entravam mosquitos, Filipe reparara neles, um casal e uma mulher de rostos bronzeados, comendo marisco com vagar e sem manifestarem grande interesse em fazê-lo. Bela imagem, pensou então. Os copos enchiam-se de vinho branco, o vidro dos copos ia ficando coberto de pequenas bolhas de água devido ao frio do líquido, servido de um jarro de barro castanho.

— *Viño*?

— *Sí. Tinto*.

— *Y de Ribeiro*?

— *No de Ribeiro* — disse Filipe Castanheira, que não gostava de vinho verde. Acabou por pedir um *Monterrey* normal com que acompanhou o arroz de sardinhas, ainda que relembrasse o gosto frio de um *Amandí*.

Comeu com vagar, acompanhando com prazer os movimentos do casal e da mulher nova que olhava para ele enquanto debicava um camarão a que tirava a casca com lentidão igual. Olhara-o pela segunda vez e fora repreendida pelo homem, o homem do casal que a acompanhava, não muito mais velhos que ela, mas mais velhos ambos, algo mais velhos.

Na altura da sobremesa, quando Filipe Castanheira dispensou a carta de gelados e optou por um café e pelo primeiro dos copos de *Torres*, o brandy espanhol de Jaime Ramos, ela olhou-o mais fixamente, e Filipe contabilizou: é a terceira vez. Só sorriram daí a pouco, enquanto durava o olhar, Filipe ia no terceiro *Torres*.

— Vícios bons. Um brandy. Um vinho. Um bom tabaco. *Un puro*? — perguntou o dono do restaurante.

— Não. É pesado para hoje.

— *Don Paco. Condal. Don Julián*.

— Não, obrigado. *No, gracias*.

O homem retirou-se e sorriu também. Viu que da mesa ao lado lhe faziam sinal e aproximou-se dela, virando as costas a Filipe, que teve tempo de ver o braço da mulher, a mulher do casal, puxar pelo da rapariga. "Vamos", disse ela. "Ainda não." "Já." "Ainda não." "Já há problemas a mais", ouviu Filipe Castanheira, para quem a rapariga olhou de novo, sorrindo e encolhendo os ombros. Filipe tomou o copo entre as mãos, bebeu um gole mais, e sentiu os passos das duas mulheres descendo as escadas até ouvir apenas o vago rumor da sala de restaurante, um talher aqui, um prato ali, mas nenhuma voz, nenhuma voz se ouvia, nem a do dono da casa conferenciando com o homem, o homem do casal.

Havia um quadro na parede, uma pintura das que se viam em todos os restaurantes de praia, em Portugal como em Espanha: um barco, homens puxando as redes de pesca, a imagem banal de uma aldeia de pescadores. Fixou aí a atenção. Toda a atenção. É um exercício, só um exercício, pensou. Vê a moldura primeiro, é de gesso trabalhado a canivete depois do molde ser retirado e pintado de castanho esverdeado. Vê os traços da pintura, os riscos amadores do pincel. Há pintores em todo o lado. E pintores que vivem junto a aldeias de pescadores, pintando aldeias de pescadores e redes de pesca. Vê o contraste entre a moldura de madeira e o brilho da parede, esmaltada. É só um exercício, estás sentado como se não se tivesse passado nada. Uma mulher olhou para ti, pensa que foi só isso. Só isso. E pede a conta, olha agora para os dois homens. Naturalmente.

Fez o gesto de pedir a conta. O empregado acenou afirmativamente.

O dono do restaurante olhou para trás, viu Filipe Castanheira como se, momentaneamente, se tivesse esquecido da sua presença. Mas não era verdade, porque trocou um olhar com o outro homem e, só então, se dirigiu para o balcão, onde fez a conta e, depois, para a mesa de Filipe.

— Estava boa, a comida?

— Boa, sim.

— Vai ficar cá muito tempo?

— Dois dias, ou menos — respondeu Filipe Castanheira, entregando-lhe o dinheiro, duas mil pesetas.

— *Fisterra es un sitio para descansar. De ocio. De no haber complicaciones.*

— *No quiero molestar.*

— *Nos encanta ver caras nuevas. Fisterra es para descansar. Divírtase. Me diga pronto si necesita algo. Por si acaso.*

— *Le diré. Su casa es muy buena.*

— *Así lo quiero. Tranquilita. Como Fisterra. Comer y dormir, eso sí, para los turistas. Es usted turista?*

— *Turista. Sí* — murmurou Filipe Castanheira levantando-se.

— *Que le aproveche, señor.*

Filipe desceu então as escadas do restaurante O Centolo que davam para o café e para a esplanada em frente da baía e decidiu que iria caminhar um pouco ao longo do muro que corria rente ao mar. Continuou sem vestir o casaco, que levava pelo ombro, e avançou na direcção dos armazéns do pequeno porto de pesca — a rua era escura, iluminada por candeeiros de luz cinzenta e alaranjada, suja de matérias mais ou menos desconhecidas, cartões, fios de pesca, restos de restos de restos de barcos, talvez iguais aos que baloiçavam tenuamente encostados ao muro, na mansa água da baía. Os galpões do porto estavam desertos e o silêncio era apenas um manto de quietude aparente, de mutismo segredado a partir das pequenas oscilações dos barcos, traineiras minúsculas que durante o dia rumavam para fora da baía e se demoravam ao largo das escarpas do Veladoiro, junto ao Cabo da Nave e à Punta das Pardas, ou avançavam até Talón depois da baía da Ria de Lires, até ao Cabo Touriñan cujo farol dominava a enseada do Cuño. Mas era um silêncio de suspensão, taciturno e prudente, como se Filipe se sentisse observado por toda a aldeia que se movia agora ao fundo da baía, do outro lado da baía que servia de parque de estacionamento às embarcações de pesca. Alguém devia estar a observá-lo, e não era apenas o céu, limpo, nem a colina oculta pela noite e que subia na direcção do farol. A apreensão aumentou quando Filipe acendeu um novo cigarro e a luz do isqueiro iluminou o beco que, à sua direita, ia dar ao extremo do molhe mais pequeno. Viu que na rua do restaurante, onde as luzes da aldeia principiavam, um carro arrancou lentamente na direcção da estrada principal. Deste ponto exacto, Filipe Castanheira podia ver o carro a subir a rua que passava junto ao Hotel Finisterre; os seus faróis iluminaram a fachada branca e azul de um bar junto do qual rapazes novos se agitaram, acenando para dentro do carro e, depois, viu-o perder-se entre as árvores que marcavam o limite da aldeia.

— Tem algumas discotecas nas proximidades — disse-ra-lhe o homem do hotel — no caso de não querer passar a noite aqui. Nos arredores, em Corcubión, Sardiñeiro e, depois, em Cée. É para onde vão muitos a meio da noite. Os novos, claro. Querem comer fora de portas, é sempre o mesmo.

As noites são sempre misteriosas, o seu silêncio é um claustro de escuridão, se é a noite real, a noite do céu escuro, ali a Cassiopeia, Andrómeda, Perseu à direita e atrás.

a Girafa, Cefeu no lado oposto, a Ursa Maior, Etamin, Dragão, Lince, a Cabeleira de Berenice erguendo-se como um traço perigoso de luz e matérias soltas, Sirius, a misteriosa Aldebaran, em Touro, competindo com Betelgeuse e com as Plêiades, ao lado de Pólux está Castor, em Gémeos, e em Peixes está Alrisha, distante de Hamal, a mais brilhante de Carneiro, nunca vista, e Altair, perto de Capricórnio e de Sagitário, e a Ursa Maior de novo, sobre Leão Menor, quase tocando em Lince. Numa ilha do Sul a noite mostrará Cassopo, Fénix, a nunca vista também, Grou, Erídano, Centauro, o Cruzeiro do Sul brilhante e incandescente como o coração do céu, com Mimosa e Acrux a servirem-lhe de órfãos enigmáticos, Tucano, as nuvens estelares mais quentes, as de Magalhães, as próximas de Hidra Macho. E Vega, na constelação de Lira, e Rígel, em Orion, e todas as estrelas mais próximas de nós, as de Centauro, Épsilon-Eridani, Barnard, e Sírius, e Lalande, e Wolf. E os eclipses da Lua, e o brilho falso e matinal de Vénus, ou crepuscular, os asteróides em torno de Marte e de Júpiter, em volta do Sol, os cometas, as estrelas cadentes, os meteoritos, as nebulosas, os ventos solares.

A noite aguarda os equinócios e os solstícios com mais rigor. Se é a noite do céu, a noite crucial e antiga, a que cerra as portas das casas e agita devagar as ramagens das árvores, a que faz ouvir o uivo dos lobos na obscuridade das florestas, no mistério das colinas de Finisterra. Filipe decide voltar pelo mesmo caminho, não há outro. Atravessa então a zona onde estão aglomerados apetrechos de pesca, cestos, redes, cordas, amarras, um barco em doca seca para reparação rudimentar, enfrenta a escuridão de cigarro aceso, aquele ponto de luz irá denunciá-lo e identificá-lo quando pára para, finalmente, vestir o casaco, como se se protegesse de um frio invisível e inacessível. Vem-lhe à memória o olhar do dono do restaurante e o do homem do casal que a rapariga acompanhava, um olhar de apreensão e, ao mesmo tempo, de aviso.

— *Fisterra es para descansar. De ocio. De no haber complicaciones.*

Agora principiavam as luzes dos candeeiros e Filipe Castanheira atravessa o pequeno cotovelo de onde parte a rua que dá para o restaurante, acompanhando o muro da baía, ou sendo acompanhada por ele. Ouve-se o brevíssimo e lento marulhar da água. Das vidraças superiores de O Centolo, o dono do restaurante olha-o, Filipe sabe que ele o observa, fixou-o apesar de haver muitos rostos de turistas em Finisterra e de alguns se sentarem agora às mesas da esplanada a beber cerveja. Ouvem-se os seus risos, são risos de Verão.

— *Fisterra es para descansar.*

Será isso que acontece com todos os visitantes de Finisterra? Com o trio que jantava no restaurante, ao seu lado?

9 de Agosto de 1991, 23.30 horas

— *Me gustan los estranjeros* — OUVIU FILIPE Castanheira pela vigésima vez. O bar estava cheio de gente e tresandava a bebidas entornadas sobre o balcão de madeira castanha, atrás do qual duas raparigas vestidas de branco e de negro se atarefavam a servir mais bebidas que seriam ingeridas ou entornadas sobre o balcão e o chão. — *Me gustan los estranjeros.*

Filipe sorriu vagamente e concordou com um aceno de cabeça.

— Os estrangeiros são sempre mais agradáveis — acrescentou. — Estrangeiros e mulheres de Finisterra.

— *Fisterra* — corrigiu o outro. Falavam em castelhano e Filipe esforçava-se por escutar as palavras do interlocutor, um rapaz loiro e baixo que bebia *Heineken*. — Em galego é Fisterra, eu sou galego, e deve dizer-se Fisterra. Ou Finisterre, para ser mais internacional. Fisterra fica melhor. Já ouviste falar do partido de cá? Do partido de Fisterra? Concorre às eleições, vai fazendo pouco, mas faz. Eu voto

Psoe[7]. Agora voto Psoe, para lixar o Manuel Fraga. Sabes quem é Manuel Fraga?

— Sim. O vosso presidente, aqui da Galiza.

— Só lhe falta ser de El Ferrol para se parecer com o outro[8], mas este é mais inteligente que o Franco.

— E quem manda por aqui?

— Os tipos da Alianza[9]. Os de Fraga. Chamo-lhe sempre Fraga, nunca Iribarne, parece-me um nome muito comprido.

— Quem são os do Fisterrense?

— Doidos, digo-to eu. Pois se isto é pequeno, uma aldeia ou duas na península.

— Autonomistas?

— Nem tanto, uma espécie de separatistas da Coruña, como os das Baleares, conheces os das Baleares?, pois são separatistas da Catalunha, que são separatistas em relação a Espanha. O Fisterrense teve poucos votos, mas vai ter mais. Há gente que vai deixar de votar no Psoe para confundir os da Alianza, e vão votar no Fisterrense. Bom, talvez seja um dever.

Bebeu mais um gole de cerveja directamente da garrafa.

— Gostas desta música? Pois eu não gosto. Todas as noites é o mesmo, agora, Ruben Blades, Juan Luis Guerra e Azúcar Moreno, e que se fodam. Gosto de rock. Gostas de rock?

---

[7]Psoe, Partido Socialista Operário Espanhol.

[8]O outro, Francisco Franco, ditador espanhol, nasceu em El Ferrol, na Galiza.

[9]Alianza Popular, partido de direita que depois deu origem ao Partido Popular.

— Não — disse Filipe Castanheira.

— De nenhum?

— De nenhum.

— Pois, homem, pareces um velho. Quantos anos tens?

— Trinta e cinco.

— Pareces mais velho. Pois eu tenho trinta, estou cá de férias e já estou farto. Tenho saudades do rock.

— Onde ouves rock?

— No barco. Trabalho nos barcos que vês por aí, desde os dezassete anos, mais ou menos. Comecei nos de pesca, mas era muito duro, todos trabalhavam nos de pesca, viagens de meio-dia. Queria mais. Fui num daqueles grandes que vês aí adiante em Corcubión, e nos da Coruña, pelo mar fora. Levo o walkman e cassetes para ouvir rock. Marillion, Bryan Adams. E os de cá. Ducandhu, Siniestro Total. Passo quinze dias aqui de três em três meses mais ou menos, enquanto o barco não arranca.

A rapariga do balcão, a mais alta, vestida de branco e negro mas com uma nódoa na cintura, aproximou-se do rapaz e falou-lhe ao ouvido.

— *Tranqui, Féli, queda tranqui. Hay tiempo* — disse-lhe ele. E para Filipe: — *Me gustan los estranjeros*.

— E a mim as raparigas de Finisterra.

— Fisterra.

— Pois Fisterra.

— Há de tudo. Boas e más, mas geralmente boas. Para um homem que anda no mar, mesmo que ouça rock, as raparigas de Fisterra são do melhor, mas não penses em casar por aqui. Andas no mar, julgas que alguém está à tua espera aqui?, não, ninguém, nenhuma delas se guarda para ti. Tu tens sorte, és estrangeiro, e elas vão melhor com os estrangeiros, a esta hora há duas ou três a olhar para ti. Não se fazem a ti, é verdade, mas olham para ti. Podes falar com qualquer uma delas, das que estão aqui ou das que estão ali fora, à porta, e ainda podes levar resposta, resposta da boa. Pois é como te digo, para estrangeiros há sempre um lugar ali ao pé da praia, ou na estrada do farol. Não tens de que te queixar, mesmo sendo português. Os portugueses são estrangeiros mas são aqui do lado, usam os mesmos perfumes, habituam-se aos cigarros *Fortuna* e à cerveja de cá. Bebes *Estrella*?

— Nunca.

— Pois eu também não. É pesada. E *Heineken*?

— Também não.

— Que seja. Mas os portugueses, mesmo sendo estrangeiros, perdem para os franceses ou para os americanos. E italianos. Gostam dos italianos. Elas gostam sempre é dos filhos da puta que aparecem uma noite, italianos sobretudo. Mas tenta, podes ter sorte. Queres falar com alguém? São estudantes, daí de Muros, ou de Santiago, Pontevedra ou da Coruña, passam o fim-de-semana aqui metidas com ar de quem está a morrer. Parece que aqui não há pau que as satisfaça. Habituaram-se ao fino na cidade. Vêm para aqui e parece que têm nojo de nós, fazem ar de quem vive na cidade e trabalha em bares de putas. É a figura que elas fazem sempre, afinal. Ar de putas. Eu também sou de fora, ando no mar.

— Há muitos portugueses por aí?

— Alguns. Outro dia mataram um aqui na praia. Estás a ver as casas ao fundo da praia?, pois foi aí. Bom, era um português que já era conhecido em Fisterra. Tinha cá uma casa, praticamente, e vinha muitas vezes. Era um tipo com manias, ora dizia que era escritor, ora dizia que estava só de férias. Falei com ele uma ou duas vezes. Vinha cá de vez em quando, por um fim-de-semana, dois ou três dias seguidos. Desta vez esteve cá um mês, mais ou menos. Entrava no bar, bebia, falava com alguns, passava a vida em casa, descia à praia à hora de almoço. Poupava em comida, naturalmente, porque vinha sempre a essa hora, mas ele não devia ser dos que poupavam, porque vivia bem, tinha um carro bom, a casa em que ele ficava é a da serra, viste-a?, uma casa além na encosta, quem vai para o farol, depois da igreja. Pois diz-se que se meteu em problemas aí e que o mataram. Já ouviste falar?

— Já. Há pessoas que o conheciam bem?

— Sim, claro. *Ramón, Ramón! Vamos, Ramón!, acércate!, vamos* — chamou ele. — Este ainda gosta mais de estrangeiros. Este Ramón falava com ele muitas vezes. Queres saber coisas sobre o português? És da polícia?

— Não, só para saber — disse Filipe a olhar para o copo quase junto ao ouvido do outro, que falava baixo para compensar o ruído do bar, onde a música tinha subido de tom.

— Pois este Ramón sabia muitas coisas dele, iam à pesca num barco, não saíam da baía mas iam à pesca, parece que o português tinha aí uma rapariga. Estás a ver?, ele era estrangeiro, mesmo sendo português, e teve sorte com uma de cá, a Marta. Estás cá há muito tempo?

— Vim hoje.

— Então não viste a Marta. Se visses a Marta sabias que estavas a ver a Marta. É o melhor de Fisterra. Se os do Fisterrense a pusessem para alcaide, já tinham mais votos. Todos andavam atrás dela, todos. Pois veio o português e ficou com ela. Por isso é que ele ficou cá mais tempo, e esteve quase um mês aqui. Bom, ao fim do mês mataram-no, essa é a verdade.

— E Marta?

— Por aí — disse o outro, tristemente. — Por aí, é como te digo. Vieram uns primos passar o resto das férias com ela. Ela é estudante em Gijón. Podia ser em Santiago ou em Salamanca, ou onde quisesse. Mas não, tinha de ser em Gijón, nas Astúrias. Tinha lá família, e estudava Tecnologia. Mulheres em Tecnologia. Acreditas? Nos barcos russos também há mulheres, está bem, mas eles são russos. Nos barcos galegos não podia haver mulheres, está bom de ver. Um galego perdia-se. Mas uma mulher em Tecnologia é novo. Os russos têm o comunismo e a disciplina e isso tudo, e têm de aguentar, um galego não.

— Os russos já não têm comunismo. O comunismo acabou.

— Um tio meu, que é comunista, diz que não se é comunista por um tempo certo. Um comunista é comunista para sempre, e tem razão. Os russos vão ser sempre comunistas, quer queiras quer não. Ou comunistas ou qualquer coisa parecida.

Bebeu mais um gole de cerveja e, depois, deixou cair a garrafa no chão.

— *Féli! Eh, Féli, otra* Heineken! *Y un Torres. Del de diez.*

— A Marta está cá?

— Está sempre cá, mesmo que esteja em Gijón. Quando está em Gijón é como se estivesse sentada na varanda de casa, ali ao fundo da rua. Faziam-se apostas para ver quem dançava com ela na discoteca. Antigamente faziam-se apostas para ver quem ia com ela para a cama, mas depois deixaram-se disso.

— Foram muitos?

— Nem por isso. Um ou dois. Aí uns vinte, vá lá. — respondeu Jesús com pena. — E isto é o que eles dizem, porque andar com uma mulher é uma coisa, ir com ela para a cama é outra, se me faço entender. Virgem não é e acho que nunca foi, penso eu, mas punha-se ali, na varanda, a ler, a ler livros ou jornais, ou revistas, e pronto, a gente passava e olhava para ela e era isso. Quando ela cresceu a coisa foi mais complicada, porque andou aí com um tipo de Muros que vinha buscá-la de carro para irem não se sabe para onde. Bom, saber sabe-se, claro, para a estrada do Sardiñeiro, ou para o Veladoiro, ou para mais perto, ao fundo da Langosteira. Esse foi o grande caso dela, o tipo de Muros, estavam para casar quando ela foi para Gijón. Os pais não podiam mandá-la para Santiago ou para a Coruña, para o Politécnico. Não são pobres, mas todos vivem da pesca, e como tinham a família em Gijón sempre ficava mais barato.

— A polícia já falou com ela?

— E porque havia de falar?

— Ela andava com o português e como o mataram...

— Pois que andasse, e isso que tem? A polícia não sabe, porque não se interessa por isso. Quando o português morreu vieram cá os de Corcubión e de Muros e acho que dois de fora, não sei de onde, depois, para o levarem numa ambulância. Logo. Logo a seguir, ao fim do dia seguinte. Ninguém de família. Levaram-no para Portugal logo a seguir.

— E Marta?

— E tu a dares-lhe com a Marta. Pois a Marta ficou sem homem, se queres saber, é só isso. Bom, há uma coisa a dizer. Com quem andas ou não, não tem importância desde que não faças mal a ninguém. E os de fora não têm nada a ver com Fisterra. Eu que não voto no Fisterrense, que voto no Psoe, também acho isso. A Marta é de Fisterra. O português vinha cá. Pois que viesse. E andava com a Marta. Pois é uma pena, digo-te eu, porque, não tendo nada contra os portugueses, a Marta era de Fisterra e devia ficar aqui. A Marta é nossa. Nunca quis ter nada com ela, porque eu ando no mar e mulheres é o que há mais, na Coruña, em Gijón, em Santander, em Derry, onde quiseres, em Amesterdão, onde quiseres, mas a Marta era outra coisa, era e é. Vê-a e depois conta-me. Quanto tempo vais ficar cá?

— Dois dias, ou menos ainda. Depende.

— Deves ser da polícia. Que seja. Até podias ser russo ou jogador do Celta, não é nada comigo. É preferível que sejas russo. Jogador do Celta é que ninguém quer ser, não me admira que não sejas. Nunca ganham, essa é a verdade, parecem meninos da igreja na Semana Santa. Entram em campo e já perderam o jogo. Nunca queiras ser do Celta. Antes do Barça, e isto é um galego que to diz, um galego do mar. Mas se quiseres saber mais coisas fala com o Ramón. O Ramón é que falou com a polícia.

E pediu outra vez a mesma *Heineken*. Féli encolheu os ombros e demorou algum tempo mais a trazer-lha. Nessa altura, a televisão mostrava um programa de *strip-tease*. Jesús desviou o olhar para o ecrã.

10 de Agosto de 1991, 00.30 horas

FILIPE SAIU DO BAR ACOMPANHADO DE RAMÓN E caminhavam agora os dois na direcção da praia. Atravessaram as ruas de casas baixas, brancas, minúsculas, cruzaram-se com um carro cheio com gente rindo alto, passaram junto de um bar onde, num palco improvisado e iluminado por luzes fluorescentes, um duo, homem e mulher, ele sentado junto ao sintetizador e ela de pé, interpretavam canções da moda. O som chegava cá fora e acompanhou-os quase até chegarem perto do mar, a um largo mal iluminado e deserto.

Ramón escutara atentamente a explicação de Filipe. Que era da polícia, que estava ali só dois dias e gostava de saber algumas coisas sobre Rui Pedro Martim da Luz. Ramón falava pausadamente, coisa que se articulava perfeitamente com o seu aspecto gigantesco de homem do mar.

— Somos todos do mar. Desde pequenos. Do mar e da pesca. Já leu Don Camilo?

— Cela. Já. Mas nada sobre isto.

— Pois leia. Sobre a Costa da Morte. E Don Gonzalo, Gonzalo Torrente Ballester, também. Mas Don Camilo vinha cá mais vezes, antigamente. Vivia ali ao lado, entre Pontevedra e Santiago. Era um vizinho, praticamente. E isto é terra de escritores ou para escritores.

— Você também é escritor?

— Sou homem do mar. E todos somos poetas, verdade?

— Quando conheceu Rui Pedro Luz?

— Da primeira vez que ele veio cá. Foi ao bar, como você foi, bebeu, como você, e perguntou a Pepe, o irmão de Féli, a que estava ao balcão do bar, se sabia de uma casa para alugar. Estávamos no princípio do Verão, há três anos, e não havia casas para alugar nessa altura, porque os da Coruña e de Santiago vêm e ficam aqui por quinze dias, na praia. Até os de Carballo vêm para cá, os emigrantes sobretudo. O Pepe perguntou-lhe porque é que ele queria alugar uma casa, e ele disse-lhe que queria escrever um livro, e que uma casa pequena, simples, perto da praia, devia chegar. A coisa passou, até que um dia o Pepe recebeu um telefonema de Rui Pedro, a saber se havia casas para alugar. Nessa altura já havia, era Outono, e com o Outono vão-se todos embora, só ficamos nós, os de Fisterra. E então veio cá, para ver umas poucas de casas. Havia uma, esta aqui ao lado, mas tinha uma cor forte, disse ele, e preferiu aquela lá em cima, uma casa na encosta, de pedra, ao lado da igreja. Ficou contente porque se via o mar, e pagou logo seis meses de renda. Trezentas mil pesetas. Foi nessa altura que o conheci melhor, porque eu tinha um barco pequeno para alugar e ele quis dar umas voltas e, como não sabia andar com ele, tive de o levar. Andar por aí, até à Llobeira, Caldebarcos, Ezaro, O'Pindo, tudo aqui na ria. Ensinei-o a tripular o barco e ele quase que o quis comprar. Depois, vinha de quinze em quinze dias e, quando chegou o Inverno, vinha todos os sábados muito cedo porque tinha comprado um carro espanhol, um Golf com matrícula da Coruña e tudo, que deixava em Santiago, percebi eu uma vez que lá fui com ele, no fim do ano de há dois anos.

— E como vinha ele até Santiago?

— De avião. Ou de comboio. Era rico, tinha dinheiro, e as coisas em Fisterra são baratas. De modo que comprou a casa nesse primeiro Inverno. Sabe como é o Inverno aqui? Cai sempre chuva, todo o dia e toda a noite, é frio, chega a cair neve de vez em quando, ali à frente, na serra, ao pé de Dumbria e Morancelle.

— Viu alguma vez o livro que ele queria escrever?

— Eram cadernos que ele trazia numa pasta, sempre que vinha cá. Aí uns seis ou sete cadernos. Punha-se em casa, vestido com uma roupa esquisita, umas camisolas largas, meias de lã, um chapéu na cabeça.

— Um chapéu?

— Uma espécie de gorro. Sentava-se com a lareira acesa e passava dois dias seguidos a escrever. Depois ia-se embora.

— Quem é que tratava da casa?

— A minha mãe. E eu, em podendo, para arranjar a cerca, levar lenha. Pagava um tanto. Quando chegava, buzinava ao lado da minha casa e dizia à minha mãe, porque eu não estava, quantos dias ia cá ficar. Fico tantos dias, leve-me isto ou aquilo. A minha mãe gostava dele, e ele trazia-nos presentes sempre que vinha. Garrafas, chocolates, roupa, comida. E tabaco, até. Tabaco espanhol, que ele comprava não sei onde.

— Ficava muito tempo?

— No Inverno ficava mais tempo. Quatro dias, cinco dias de vez em quando. No segundo ano que passou cá esteve desde o Natal aos Reis. Sempre a escrever, todo o dia. Comia bolachas de manhã à noite. Ao jantar, vinha à aldeia, de carro, e comia no café do Pepe. Raramente no Centolo, porque não gostava de mariscos nem de peixe. Lembro-me que gostava de morcelas e de *lacón. Lacón cocido con grelos y patatas*. Ou *lacón asado*. Jantava no café, bebia qualquer coisa connosco e jogávamos cartas. *Mus*. Jogávamos ao *mus*. Aprendeu depressa as regras e gostava de ganhar. Depois, quando vinha a meia-noite e o Pepe queria fechar o café, era hora de comer mais qualquer coisa.

— E que comiam?

— *Pinchos*, se era Inverno, porque havia porco caseiro. E *tapas*. Orelha de porco, ele gostava.

— Você andava muito com ele?

— Sim.

— Porquê?

— Porque andava sozinho e eu também.

— Leu alguma vez as coisas dele?

— Não.

— Nem quando ia lá a casa sem ele estar cá?

— Era português, o que estava escrito, e eu não entendo nada sem ser espanhol. Ou galego. Na aldeia vão dizer-lhe que eu sou paneleiro, se calhar, porque não ando com nenhuma mulher, nem sou casado e tenho quase quarenta anos e vivo com a minha mãe. O meu pai morreu no mar há muito tempo.

— Nunca leu nada dele?

— Nunca.

— E ele não dizia nada sobre o que escrevia?

— Que era para um livro. Perguntei-lhe se era um livro sobre Fisterra, e ele disse que não. Eram coisas sobre a vida dele.

— Nunca achou estranho ele vir todas as semanas de Portugal para Finisterra?

— É um lugar como qualquer outro.

— Mas é longe.

— Ele queria vir para cá viver. Dizia que se podia viver com pouco e que já tinha o dinheiro suficiente para viver até aos sessenta sem trabalhar. Que talvez abrisse um restaurante, ou um hotel. E que me punha a mim e à minha mãe a trabalhar lá. A dirigir, claro. Chegou a ver uma casa ou outra, para comprar e transformar em hotel. Casas mais ou menos pequenas, para aumentar. A ideia dele era fazer um hotel no farol. Agora quererão fazer uma pousada lá em cima, um Parador. Uma coisa de luxo. Mas a ideia dele era mais ou menos essa. Uma coisa para ver a costa de um lado e a baía do outro. Andava por lá, tirava fotografias, dizia que aquela cruz da Costa da Morte devia ser monumento nacional. Uma cruz que diz "Cruz da Costa da Morte", já a viu?

— Já. E depois deixou a ideia do hotel?

— Sim. Mais ou menos. Continuou a ver lugares, dizia que não tinha ainda o dinheiro todo e que daqui a um ano ou dois já podia pensar no caso. Ramón, vamos trabalhar nisso. Era o que me dizia.

— Nunca veio com ninguém?

— Há muito tempo, com uma mulher. Mas só uma vez. Depois veio sempre sozinho.

— Como era essa mulher?

— Não me lembro. Uma mulher nova, baixita, miúda. Nunca mais veio.

— Como foi a história com Marta?

— A Marta um dia foi lá a casa, no ano passado, nas férias do Verão. Ela vinha de Gijón e ficava aí dois ou três meses e, nesse ano, Rui Pedro ficou cá quase quinze dias seguidos no Verão. Levou-a a Gijón até, uma vez. Foram por aí acima, pela Coruña, até Ribadeo, até Gijón.

— Dormiam juntos?

— Às vezes, sim.

— E a família dela?

— No princípio, pensavam que ela ia dormir a casa desta ou daquela. Coisas de raparigas. Ou que ia a casa dos primos, a Vimianzo. Eram vários filhos, não tinham mão em todos.

— A Marta andava com outros homens?

— Antigamente sim, mas quase nunca com gente daqui de Fisterra. Teve um caso com um tipo de Muros e com um de Gijón sabia-se que sim. Mas mais nada depois. Ele vinha cá sempre que ela estava. E ela fingia-se doente para não regressar tão cedo às aulas.

— Ela foi a Portugal alguma vez?

— Deve ter ido, sim. É natural que fosse, não é? Uma escapada. Ele era rico, podia pagar-lhe o avião. De Santiago, ou de Gijón para Santiago e para o Porto.

— Toda a aldeia sabia que eles andavam um com o outro?

— Uma aldeia como Fisterra não deixa escapar nada.

— Aconteceu alguma coisa de estranho quando ele veio cá no mês passado?

— Com Marta?

— Com ele.

— Não. Esteve um mês. Quando chegou, parou naquela loja ali do largo para comprar os jornais, comprava sempre os jornais todos, a *Voz*, o *Faro*, o *País*, tudo. E depois passou por casa, pela minha casa, e disse à minha mãe que precisava de falar comigo logo que eu chegasse. Disse-me que estava próximo o dia de vir para cá viver, e que estava contente por isso. Foi a primeira vez que me falou da vida dele em Portugal. Bom, eu sabia que ele era advogado, e que vivia no Porto, mas não fazia muitas perguntas, eu. Dessa vez disse-me que estava farto deles todos, lá em Portugal e sobretudo farto dos filhos da puta, da família, de todos. E que queria vir para cá.

— Nunca lhe falou de mulheres de Portugal?

— De algumas.

— Uma Rita.

— Rita? Não. Que me lembre. Chamava cabrona à ex-mulher. E ria-se dela. Essa antiga mulher devia ser má para ele, não sei. Mas falava muito dela, antigamente. Mulheres são assim.

— E de Marta?

— Queria casar com ela. Neste último mês disse-me que queria casar com ela. A família já suspeitava de que havia qualquer coisa mais ou menos séria entre os dois. E a Marta já ia lá a casa quando queria. O pai de Marta não gostava, mas as mulheres fazem o que lhes apetece. Em tendo o fogo no corpo vão onde querem. Ramón, disse-me ele, achas mal eu casar com a Marta? Eu disse-lhe que achava bem, mas, para mim, não pensava que fosse bom, porque a Marta tem vinte e seis anos, e ele tinha quarenta e sete ou quarenta e oito, mas isso talvez não tenha importância, porque ele estava bem. Saltava para o barco como eu salto, e jogava cartas até de madrugada, se fosse o caso. E passeava pela serra horas seguidas. E dormia muito quando estava cá, isso sim, dormia dez horas seguidas, dizia que era por causa de sonos em atraso, que não dormia bem em Portugal. Dois dias antes de morrer disse-me que estava como novo e que ia a Portugal quase que em despedida, que voltaria daí a um mês ou ainda menos, para tratar de se fixar. Tinha ido a Corcubión pedir os papéis para a residência. Fixar residência. E já tinha andado em Santiago, até, a tratar disso. Desta vez iria a Portugal por um mês.

— Mas nessa altura a Marta estava cá. Ele ia-se embora agora?

— Teria de ser nesta altura, não sei. Qualquer coisa haveria para ele fazer em Portugal nesse dia, porque ia partir.

— Tem alguma ideia sobre essa qualquer coisa?

— Nenhuma. Ele falava pouco, e eu também. Ele dizia o que era preciso fazer e eu ajudava. Percebia muitas coisas, é verdade, mas um homem deve saber só o que é preciso.

Movimentações de barcos, viu Filipe Castanheira. A aldeia estava inclinada sobre a baía como um anfiteatro iluminado reflectido nas águas do mar. Ramón levantou-se do muro de pedra e cimento, caiado de branco e azul, e apontou para o outro lado da grande baía, a que se abria até Corcubión, recebendo a ria no seu dorso suave e arredondado.

— Um dia de Verão, não sei quando, não me lembro, pegou no barco e saiu por aí fora. Eram onze da noite, só voltou umas horas depois, esteve esse tempo todo deitado no barco a olhar as estrelas. O que não é estranho, porque ele sabia de estrelas. Dizia os nomes de não sei quantas estrelas. Gostava do mar. Há uns barcos que partem daí de Corcubión, ao acaso, e ele andou a perguntar os destinos de alguns. Queria ir até Derry num desses cargueiros pequenos. Desiludi-o de ir, porque eu conheço o mar, a costa toda, sei que é bonito, mas é duro. Já andou de barco alguma vez? Num mar assim? Se há tempestade volta-se o estômago do avesso, saem os intestinos pela boca, se se enjoa. Eu enjoo, enjoei sempre, e quando o mar está assim, difícil, penso noutra coisa. Penso em Nossa Senhora, numa imagem da Virgem que a minha mãe tem na sala, à entrada, e penso no crucifixo que ela tem pendurado na cabeceira da cama. E assim não enjoo tanto.

— Ele nunca foi numa dessas viagens?

— Quis ir, falou disso, mas nunca foi. Se quisesse ir a Derry ia de avião. Mas visitou a costa toda. De Fisterra ao Cabo Ortegal, passando pelas Sisargas, pelo Cabo Tosto, pelo Cabo Prior, pela Punta Candelaria, conheceu tudo, de carro, bem entendido. Um dia fez essa viagem toda de carro com Marta. Saíram de manhãzinha e almoçaram na Coruña. Voltaram no dia seguinte à hora de almoço. Foi em Abril, está tudo verde pela costa fora, pode-se ir até ao Cantábrico assim, embalado pela estrada, devagar, atravessar a serra da Capelada e ir dormir à Ortigueira. Fazer a Costa da Morte toda, num dia, é mais fácil. Jesús, aquele com quem esteve a falar há pouco, disse um dia que ele podia fazer isso tudo porque era rico e tinha possibilidades. Não. Não é preciso. Um homem, se sobe ao farol e se se distrai, começa a voar, vai por aí adiante, só pára em Bergantiños, se o vento o trava, claro, porque de contrário vai por aí adiante até à Irlanda.

— Nunca recebeu telefonemas, enquanto esteve cá?

— Quando chegava cá, isso eu sei porque mo disse, não existia para o mundo. Ramón, ninguém me conhece. Ramón, um homem pode fazer uma vida em Portugal, ou onde quer que seja, e vir para aqui e toda a gente se vai esquecer dele, porque faz outra vida e é outra pessoa. Ramón, se fores a Portugal não me conheces, ouviste? Ninguém me conhece. Um dia veio um casal de portugueses, turistas. Ficaram no Hostal, e ele passou ao largo, de longe. Nem quis saber. Ora, quando um português encontra outro é caso de se falarem, se estão no estrangeiro. Mas ele não fez nada disso.

— Como é que sabe tantas coisas dele?

— Porque nunca lhe perguntei nada. Ele ia dizendo o que queria e só quando queria ou quando precisava. E um homem como ele só falava quando tinha coisas importantes a dizer. Digo eu. Suponho.

10 de Agosto de 1991, 20.00 horas

A ALDEIA PARECE ENTARDECER TAMBÉM, À MEDIDA que um manto alaranjado cobre a baía e esconde a colina que, dela, parte na direcção do farol. São pequenos sinais, os do crepúsculo, os de uma aldeia solitária apontada ao frio recorte do mar. Os últimos pássaros do dia escondem-se em abrigos invisíveis, uma onda de silêncio invade por instantes os recantos da praia da Langosteira, como se tivesse avançado desde o mar cobrindo toda a Costa da Morte, os pequenos povoados de Malpica e de Corme, mais a Norte, de Laxe, a ligação por uma estrada pequena, estreita e húmida, entre Camele e Camariñas, a baía de Muxia, o brevíssimo planalto que desce depois vertiginosamente para Finisterra. E o silêncio do oceano, disse Filipe Castanheira, o silêncio da terra frente à escuridão. *Ara Solis*. O altar do Sol. Em louvor do Sol que se esconde frente à fria linha do mar, quase infinito. Daqui vê-se toda a aldeia, há a sensação de que nunca existiu antes e de que acaba de nascer agora, exactamente agora, à sombra do crepúsculo, da imagem mais viva do entardecer. Para lá dos juncos que limitam a praia e marcam a fronteira com os caminhos que levam às casas brancas de fim-de-semana e de férias, nascidas encostadas ao areal, há ainda pequenos movimentos. Fecha-se a portada de madeira de uma janela, recolhe-se uma cadeira, uma toalha de praia estava há instantes pendurada num arame, o brilho do Sol nota-se apenas no céu, não na terra nem no mar, mas no céu, exactamente no céu onde manchas negras vão nascendo no seu dorso como um sinal mais profundo da noite. Esta tela escurece o mundo, agora é de lilás, de púrpura, as suas margens são imprecisas, o farol vê-se muito ao longe no promontório debruçado sobre o fim do mundo que adquire um brilho enegrecido e duradouro. Duradouro pelo tempo em que permanecer a noite e esta descer sobre as casas brancas e amontoadas de Finisterra, onde acaba a terra.

Virá a noite, esta e depois outra, e depois todas as noites que Finisterra irá habitar por dentro, como se a forma de habitar a noite fosse diferente da de habitar o dia. De qualquer modo, voltou Filipe Castanheira, é o silêncio do oceano, o brilho do mundo, este lugar é apenas uma recordação, um lugar para se recordar. Gostaria de ser ornitólogo, de distinguir os pássaros pelo seu voo, pela sua cor, pela sua voz, pelo seu canto. Percorreria o litoral da Costa da Morte à procura das espécies mais raras, do vento redemoinhando nas baías, rente às falésias quando a luz do Sol se esconde. *Ara Solis*. Onde se comemora o Sol. Onde a terra acaba. Finisterra. Poderia cegar e, mesmo assim, iria reconhecer o instante em que o Sol se esconde, porque um frio mais intenso que o frio encerra o vale, depois o Sol desaparece, antes, exactamente, de o brilho da luz se transformar e dar lugar à imensa visão das estrelas. Reconheceria as estrelas, o voo incandescente dos planetas, a voz profunda que vem do interior da terra e nos chama. E percorreria de novo o litoral, a chama veloz do céu que se esculpiria de treva quando viesse a sua hora; olharia o céu, o ruído dos cinzéis esculpindo o céu para o decorar de estrelas. O fim da terra. O fim da terra, reconheceu Filipe Castanheira. Há uma razão qualquer para que este lugar seja o fim da terra, o fim de toda a terra, e o lugar da adoração do Sol, do intenso Sol de Inverno, comemorando sob todos os solstícios, sob todas as vagas de frio ou de calor, sob todas as vagas do mar que se abatem sobre o promontório visível rente à escarpa do farol. Está lá uma cruz, "Cruz da Costa do Morte", Filipe Castanheira vira-a ainda no dia anterior quando entardecia e reconheceu que outros, mais antigos e mais sábios, teriam razão ao dizer que ali acabava a terra, toda a terra. Finisterra.

Levantara-se tarde, quando a luz da manhã já aquecera o quarto. Depois de falar com Ramón, que o acompanhara ao hotel, estivera sentado na cama e telefonara para Jaime Ramos.

— Que se come aí? — perguntou ele.

— Arroz de sardinhas, foi o que encontrei. E mariscos. Todos comem marisco em todo o lado, porque descobriram que o mar produz marisco.

— Marisco e enjoo.

— Falaram-me de morcelas.

— No Inverno. São duas da manhã aqui. Aí são três.

— Falei com um Ramón que conhecia o teu homem. Ele tinha uma casa aqui, em Finisterra, e acrescentou-lhe uma mulher. Uma rapariga chamada Marta. Marta Rodríguez Cano.

— Falaste com ela?

— Não.

— Como é?

— Mal a vi, suponho.

— Digo a aldeia.

— Pequena, tranquila. Pode-se estar a descansar uma vida inteira. Há um farol, brandy desse que tu bebes, *Torres*, e rapazes que se embebedam.

Fez-se um silêncio. Jaime Ramos olharia o tecto da sala, porque devia ter adormecido na sala e não no quarto, já que atendera o telefone logo ao segundo toque.

— *Torres* há em todo o lado, e rapazes que se embebedam ainda os há por aí fora. São os últimos resistentes. Faróis, sim. Já tenho ouvido falar, e sempre gostei de faróis. Fala com a Marta, com essa Marta. Não fales ao Alberico Nuñez para já. Vou ter contigo depois.

— Aqui?

— Aí. Se puder.

Depois, fez-se um novo silêncio, quando desligaram. Apagou a luz e adormeceu logo de seguida, sob o peso da conversa de Ramón. No dia seguinte, de manhã, ao fim da manhã, Filipe Castanheira desceu a rua que vai do hotel para a pequena baía de pesca e sentou-se na esplanada de O Centolo, em busca de um pequeno-almoço ligeiro, acompanhado pelo Sol que prateava a água do mar. Comprou os jornais galegos, andou a pé pela aldeia e, embora se sentisse atraído pela ideia de subir até ao pequeno outeiro que escondia a casa de Rui Pedro Martim da Luz, não o fez, esse seria o passo proibido, o passo que só Jaime Ramos ou Alberico Nuñez, investigadores oficiais, poderiam dar, se viessem a dá-lo. A menos que, pensou. A menos que.

Recordou-se então da figura de Marta, era ela, quem mais poderia ser?, no restaurante, no dia anterior, acompanhada de um casal. Os seus primos. "Se visses a Marta sabias que estavas a ver a Marta", dissera Jesús. "*Lo mejor de Fisterra.*" E esse seria outro passo proibido porque toda a aldeia sabia que Marta e o português se davam bem demais, e que Filipe era português e que falaria com Marta, e isso seria comentado, o que seria fácil ir parar, como uma notícia ligeira, aos ouvidos de Alberico Nuñez.

Mas não foi preciso. Ramón passou pelo hotel à hora de almoço e disse-lhe que tudo se arranjaria nesse sentido, incluindo um encontro com Marta. E se quisesse ir à casa de Rui Pedro Martim da Luz, ele tinha sempre consigo uma cópia da chave. Mas o melhor seria não a utilizar.

— Em segredo, naturalmente — disse Ramón quanto à visita à casa. — Teria de ser ao princípio da noite. Ou noite dentro. Mas noite dentro é perigoso, porque teríamos de acender a luz e alguém a veria, da aldeia ou da estrada. Não me parece bem, apesar de você ser da polícia.

— Não sou. Quero dizer, oficialmente não sou.

— Já se deve dizer pela aldeia fora que você é da polícia. A seguir à morte de um português aparece outro português e isso vê-se bem. Tem de haver uma ligação.

— A que horas posso falar com a Marta?

— Depois da praia. Ela passa a tarde na praia, com os primos, e jantam às nove. Antes disso, portanto.

— Às oito?

— Às oito. Na praia da Langosteira, mesmo no cabo, junto às rochas. Sente-se na esplanada que há lá, mas não ande por ali às voltas, porque a essa hora ainda há gente no areal. Sente-se na esplanada e, às oito, vá para as rochas, para o lado do mar. Ninguém o vê. Mas a Marta vai lá ter. Às oito. Não saia de lá antes das nove e meia. Nem a acompanhe. Não venha com ela.

Por isso, a esta hora parece que a aldeia entardece também, à medida que o Sol se esconde para lá do promontório do farol, mesmo no cume da aldeia. Encostou-se às rochas semi-deitado de frente para a baía de Corcubión, e estava assim quando Marta chegou vinda de um dos caminhos que seguiam da estrada e desciam repentinamente para a praia, a partir das casas mais afastadas do areal. Já não sorria, como no dia anterior, nem Filipe notou o bronzeado ou os olhos maliciosos que agora eram apenas duas manchas verdes no rosto liso.

— *Hola*.

— *Hola*.

10 de Agosto de 1991, 20.15 horas

— LE GUSTA EL VERANO? — PERGUNTOU ELA. — EU não gosto. Prefiro o Inverno, o frio. Quando chega o Inverno a Fisterra é como se o lugar se reconciliasse consigo próprio.

— Obrigado por ter vindo.

— Ramón avisou-me de que você era da polícia. Mas eu já sabia — começou Marta.

— Como?

— Em Fisterra sabe-se tudo. A sua identificação no hotel. Sou prima dos donos do hotel, e avisaram-me. Mas ontem, no restaurante, só eu é que sabia. Os meus primos não sabem quem você é. Esses que estavam comigo ontem.

Marta sentou-se numa das rochas.

— Não me posso demorar muito.

— Sei os pormenores essenciais, as coisas que se passaram aqui. Não me interessam muito enquanto polícia, e eu não sou romancista, se bem que isto não seja uma coisa oficial porque a verdade é que estou de férias. O que me interessa em si, como de Finisterra, é encontrar um sinal, um sinal que me leve a qualquer perigo na vida de Rui Pedro Martim da Luz. Entende?

— Claro. Quer saber porque o mataram. Não foi ninguém daqui. Nos últimos tempos, Pedro andava com mais problemas em Portugal. Não problemas de dinheiros ou isso. Mas com problemas que o deixavam com medo, a certa altura. De noite andava pela casa, abria as janelas, fechava-as outra vez. Falo das noites em que lá dormi. Ramón deve ter-lhe contado alguma coisa sobre isso, como eram os nossos encontros.

— Sim, você tem muitos primos com quem inventar histórias.

— Quase todos são primos. Somos primos uns dos outros.

— Era medo de quê?

— Não sei. Medo. Eu sentia que era medo, porque se levantava a meio da noite e vinha passear para a varanda, levantava-se para comer ou escrevia nos papéis dele. Quando eu lhe perguntava alguma coisa dizia que não era nada. Mas era. Uma mulher percebe logo que sim, que é alguma coisa.

— E um homem também.

— Sim, mas uma mulher percebe melhor.

— Talvez, a mim não me interessa nada. Onde estão os papéis?

— Levaram-nos, juntamente com a roupa e outras coisas. Dois dias depois, apareceu um carro português com dois homens e levaram isso tudo, eram da família.

O cunhado, ou seja, o ex-cunhado, e um tio. Eram advogados e falaram com a polícia de cá, com a Guardia Civil de Corcubión. Foram eles que lhes deram a autorização.

— Você gostava mesmo dele?

— Muito — disse ela sem hesitar. — E eu ia agora confessar-me a si?

— Não precisa. E os seus outros namorados?

— Brincadeiras. Rui Pedro era diferente.

— Mais velho.

— Isso metia-me impressão, antes, no princípio. Era tão bom como os outros, se quer saber. Não tinha nada de que se envergonhar.

— Ele queria vir para cá?

— Sim. E eu queria que ele viesse. Cuidar dele. Arranjar a casa. Fazer de mulher.

— Você ia viver aqui?

— Eu quero viver aqui. Colocámos a hipótese de irmos viver para Portugal, mas era mais difícil. Para ele, claro. Porque a verdade é que ele queria sair de lá. Você não quer sair de Portugal?

— Antes todos queriam sair de Portugal. Hoje não, sentem-se bem lá.

— E você?

— Sou como os outros.

— Ele queria sair. Gosta de Fisterra?

— Lembra-me uma fotografia, sempre parada.

— É isso que é bonito.

— Quem sabia que você se dava com ele?

— Eu não me dava com ele. Andávamos juntos. Íamos viver juntos, talvez aqui em Fisterra, aqui ou em qualquer outro lugar.

— Quem sabia disso?

— Ramón, claro, porque se dava com ele. Os meus pais. Os meus primos.

— Quais deles?

— Os que estavam ontem comigo, no restaurante. São primos mais ou menos chegados, em relação a todos os outros. Vivo em casa deles, em Gijón.

— Aprovavam?

— Ninguém tem de aprovar. Bom, ninguém tinha de aprovar.

— É sempre preciso. Alguém tem de dizer alguma coisa.

— Estava tudo dito. Acha que os pais devem autorizar estas coisas?

— Acho. É sempre bom.

— Os meus pais são gente daqui, saíram duas vezes para Santiago na altura das festas, foram lá em excursão, num autocarro de Ceé. Demoraram-se dois dias de cada vez. E, de outra vez, foram a Gijón quando me mandaram para lá.

— Quando está em Finisterra é uma espécie de princesa.

— Eu? Nem por isso. Os meus pais queriam o melhor para mim, que fosse com este ou com outro, para eles era quase igual, desde que não fosse com ninguém de Fisterra. São todos primos, primos, parentes próximos ou parentes afastados mas parentes, gente de família que come da mesma maneira à mesa e faz o mesmo barulho a comer a sopa e a beber o café. Acabávamos todos em família, como antigamente.

— Teve algum caso com alguém de sua família?

— Não era difícil, pois não?

— Não. Teve?

— Sim, com um primo de Carballo. Sabe onde é Carballo? Na estrada para La Coruña. Eu tinha dezoito anos, e ele vinte e quatro. Um dia, na cama, desatei a rir, e ele também, porque há aquelas anedotas todas sobre primos e primas, e nós rimos.

— Riu-se mais vezes?

— Com outros sim. Na cama e noutros lugares.

— Riu-se com Rui Pedro?

— Muitas vezes, claro. Mas não na cama. Também é verdade que não vim aqui para falar de todas as vezes que fui para a cama com quem quer que seja.

— Quando começou com ele foi por divertimento?

— É sempre, não é? Ele andava por aí, sempre que estava de férias ele andava por aí. Víamo-nos no café, no bar do hotel, no Mariquito, na praia, se era Verão.

— Nenhum dos seus namorados o teria morto?

— Não — disse ela. — Não conheci nenhum homem que fizesse uma coisa dessas por mim. Por uma mulher, queria eu dizer.

— Que coisas escrevia ele?

— Uma espécie de diário. Eram uns cadernos azuis, de capa azul, em que ele escrevia dias seguidos.

— Um diário? Coisas de memória? A vida dele?

— Algumas. E outras coisas. Coisas sobre Fisterra, sobre a Costa da Morte, sobre o mar. Falava muito de estrelas, conhecia as estrelas todas, e, quando era Verão, no Verão do ano passado e mesmo neste Verão, deitávamos na serra ou na varanda a ver as estrelas, e ele dizia, está ali a Ursa Maior, e olha para além, esta além, outra. E, diz-me, aquilo é uma estrela ou um planeta? É um planeta, é Júpiter. E por aí fora.

— Onde estão essas coisas?

— Não sei. Levaram-nas, naturalmente, os da família. Levaram caixas com coisas. Eram coisas sem valor mas eu sabia que ele era rico, rico, sabia que ele tinha dinheiro, porque viajava para onde queria, por onde queria, ficávamos em bons hotéis quando ia ter comigo a Gijón, e comíamos sempre em bons restaurantes, e fodíamos uma boa noite. A princípio eu acanhava-me, pensava que não tinha maneiras à mesa, que escolhia os talheres errados. Não era nada do outro mundo, eu sei, mas era importante, porque repara, estás com alguém que amas e queres estar à altura, e ele é mais velho, e queres que tudo corra bem. Que desapareçam as coisas de que não gostas.

— O passado?

— Também o passado, claro, mas sobretudo que tudo corra bem quando estás com ele. Um cigarro?

— Não — Filipe olhou para a praia deserta enquanto Marta acendia um cigarro, que tirou do blusão de ganga azul. — Ele dava-lhe dinheiro?

— Algum. Para que não me faltassem certas coisas.

— Faltavam?

— Faltam sempre, quando se é estudante em Gijón e se está longe de casa. Ele dava-me roupas, também, coisas que escolhíamos quando ia ter comigo. Mas isso não era importante. O importante é que descobri algumas coisas boas com ele. Os homens, até aí, para mim, tinham sido experiências, entendes?, coisas que passavam por mim e pronto, passavam como passa tudo. No caso dele era diferente porque eu sabia que não estava ali para correr riscos, nem eu nem ele. Era uma história. É certo que ele era vinte anos mais velho que eu, mas isso arranjava-se. Mesmo a família, tudo isso, tudo isso se arranjava.

— Ele recebia cartas, telefonemas, recados?

— Alguns, não muitos. Nada de telefonemas. Nem de cartas, mas de vez em quando telefonava para Portugal, para saber como iam os negócios, telefonava para o escritório, para alguns amigos, algumas vezes, sim.

— Por que queria ele ir a Portugal nesta altura?

— Ia por uns dias. Uma semana, provavelmente. Uma semana ou duas. Para pôr as coisas em ordem. É o que ele dizia.

— Acreditava?

— Sim. Acreditava sempre nele. Um homem larga tudo em Portugal, quer vir para Fisterra, para longe de tudo, e é de não acreditar nele? Ele diz-te, venho para ficar, tenho dinheiro para ficar aqui durante muitos anos, para viver aqui e sair de Portugal, e venho cá ter contigo, e tu não acreditas?, claro que sim.

— Ele tinha inimigos por aqui?

— Não se dava com muita gente. Saía de casa e passeava pelo farol, pela serra, descia à aldeia, era cumprimentado pelas pessoas. Foi isso que me fez interessar por ele. Um homem que toda a gente cumprimenta apesar de não o compreenderem, porque ninguém o compreendia, ninguém te diz que sim senhor, logo que tu acabas de chegar a uma aldeia como esta e toda a gente te vê por aí, sem fazer nada, ou a escrever. A escrever todos os dias, metido em casa, Verão e Inverno, salvo se desces à praia ou vais jantar. Para mim era também uma vingança.

10 de Agosto de 1991, 22.45 horas

AS CASAS DEVIAM CONSERVAR-SE COMO MUSEUS. OU guardarem-se num museu, pensou outra vez Filipe Castanheira quando entrou no pequeno corredor escuro, iluminado apenas por uma minúscula lanterna de bolso, plástica, que cabia na palma da mão.

Descera do farol e deixara que o carro deslizasse até perto da igreja de Santa María. Chegado aí, seguiu por um estreito carreiro de terra ladeado de vegetação que não poderia reconhecer e avançou pelo interior da serra. O caminho, pelas suas contas, e pela descrição de Ramón, seria de dois quilómetros acidentados, por entre muros de granito e silvas que roçavam no carro. Tentou desligar os faróis habituando-se à escuridão, e conduzir assim até junto da casa, mas isso seria impossível àquela hora numa noite de lua nova. Deixou o carro a meio do caminho e avançou, a pé, com a lanterna na mão, mas desligada, pronta a usar. Sabia que era um assalto que fazia, invadir uma casa que não era sua e que estava encerrada por ordem da polícia.

Conhecia os trâmites, claro, a forma como se sela uma casa, como se declara a inviolabilidade de uma casa, e agora estava disposto a entrar numa e nessas circunstâncias. A cerca de madeira, tratada por Ramón, comportava uma cancela que se abriu facilmente e sem esforço. Apenas um trinco de madeira que poderia não ser utilizado, se Filipe Castanheira tivesse decidido saltá-la. Mesmo assim abriu-a e atravessou o jardim até chegar junto da parede de pedra e cimento envelhecido da casa que outrora talvez fosse branca ou ocre, ou de outra cor semelhante, segundo a descrição de Ramón e segundo o que ele próprio pudera ver, ao longe, quando, durante a tarde, rondara a estrada para o farol.

Parou por instantes, colado à parede da casa, junto da porta principal, à procura de um ruído que servisse de aviso, mas só os sons da noite de Finisterra chegaram até ali, sem emoção nem vida. Um rumor vago que crescia da aldeia até à encosta, um rumor que a luz da aldeia anunciava também. Nada mais. A porta das traseiras, pensou. Sempre colado à parede, avançou até encontrar, no meio da escuridão, a ombreira de uma porta encarnada e sem vidraças. Reparara, também, que as outras vidraças estavam tapadas por mais portadas de madeira encarnada. E reparara no brilho da folhagem dos castanheiros e carvalhos que cresciam ao acaso ao longo da encosta. E na luz das estrelas.

Utilizou então a gazua. É preferível fazer estas coisas por conta própria, e Ramón não deveria saber desta história. É só minha. Vejamos a gazua. Primeiro uma minúscula lâmina que meteu na fechadura e que movimentou até encontrar um ponto fixo e sensível ao corpo estranho que se introduzia no canhão. Depois, outra lâmina que foi em seu auxílio, uma minúscula chave que usava no seu estojo de serviço. Rodou o instrumento uma vez, e outra, até que a fechadura cedeu e um estalido se fez ouvir distintamente e os seus dedos sentiram que a porta se entreabria. Empurrou-a devagar e entrou na cozinha, soube-o pelo cheiro de antigos alimentos, pelo frio de uma mesa de mármore onde apoiou a mão. Fechou a porta, então, e acendeu a lanterna de bolso ao mesmo tempo que a mão direita no bolso segurava a pistola. Dirigiu o pequeno foco de luz para as paredes e para os armários azuis e brancos de madeira onde se guardariam, suspeitou, loiças de cozinha. Um fogão a gás sobre uma banca, ao lado de um outro fogão a lenha, de esmalte branco. Em redor da mesa aninhavam-se três cadeiras e, sobre o tampo, um pano branco de renda onde notou a marca de duas nódoas que poderiam ser de café. Rui Pedro Martim da Luz sentar-se-ia a esta mesa a tomar café pela manhã, sozinho, com Marta ou até com Ramón, quem sabe, e Filipe estremeceu a essa ideia que o assaltou de repente e que tomou conta dele à medida que a lanterna o guiava pelas paredes, um calendário pendurado junto da porta, um prato de loiça de barro fixo na parede. Junto à janela, de onde não via nada senão a vidraça, porque, pelo lado de fora, as portadas de madeira vermelha estavam cerradas, um painel de cortiça mostrava alguns papéis pendurados por alfinetes e duas fotografias. Rui Pedro Martim da Luz. E um postal ilustrado de Finisterra, desses que se compravam nas barracas junto do farol ou no hotel da aldeia. Aproximou a lanterna para poder ler os papéis, que eram dois apenas: uma conta, a de um hotel na Coruña, Hotel Finisterre, Paseo del Parrote. E, depois, ao alto, junto ao caixilho do painel, um outro papel, mais pequeno, arrancado a um bloco de notas:

Lua cheia:
para repousar os olhos
uma nuvem de tempos a tempos.

Passou então para o corredor que saía da cozinha, cuja porta estava aberta a deixar perceber a extensão de uma passadeira de sisal cru sobre a madeira gasta do chão. A lanterna iluminava frouxamente as paredes brancas e azuladas onde um quadro tinha sido deixado ao abandono. Uma serigrafia, uma cópia trazida de Portugal, talvez. E três portas. A primeira dava para a casa-de-banho. Uma rápida olhadela para verificar a banalidade da decoração. Já tinham retirado todas as toalhas, mas alguns frascos permaneciam sobre a pequena prateleira de vidro junto do espelho. After-shave, perfume, duas escovas para cabelo e um pente, um copo de plástico onde duas escovas de dentes e uma pasta dentífrica repousavam, um corta-unhas. E, dentro de uma caixa de porcelana, uma lâmina e máquina de barbear, um pincel, ao lado do qual cabia perfeitamente uma bisnaga de creme de barba. Um sabonete rosado, quebrado e ressequido no lavatório. O espaço da banheira deixava perceber, ao lado, na parede de azulejos brancos, uma outra prateleira de rede plástica, onde embalagens e utensílios lembravam utilização recente: dois frascos de gel, um champô e uma luva de corda de sisal. E outro conjunto de objectos idênticos, femininos, provavelmente, um gel de banho, um champô, um creme amaciador para cabelo e um pente verde, de plástico. Para cabelos fracos, recomendava a embalagem do champô. Abriu o armário de madeira clara pendurado no lado oposto ao da banheira: mercurocromo, pensos rápidos, água oxigenada, um frasco com álcool, e várias embalagens de comprimidos — para resfriados, aspirinas, *Lorenin*, *Dormicum*, um outro frasco com sais de frutos vulgares, uma escova abandonada numa das prateleiras, mais frascos de after-shave e água de colónia, gotas para os olhos e gotas para o nariz, cá estavam os resfriados, uma tesoura, uma embalagem de cotonettes, uma caixa de preservativos, uma outra embalagem de lâminas de barbear, ainda por abrir. Mais objectos de higiene. Cosméticos masculinos em duplicado. Previdência, pensou Filipe Castanheira, passando em revista a prateleira do pequeno móvel onde os frascos se alinhavam. Na gaveta do armário descobriu mais pensos rápidos e uma pomada hidratante. Uma planta solitária num vaso de porcelana amarela no rebordo da janela.

Rodou o foco da lanterna e verificou que o resto era apenas um vazio acrescentado pelo brilho da luz nos azulejos, que a reflectiam. Atrás da porta havia ainda um roupão de turco, azul, pendurado num prego ocasional.

Voltou ao corredor. Agora, dois degraus levavam-no a outra porta, mais em baixo, do lado direito. Abriu-a com cuidado, servindo-se, para rodar o puxador, da manga do blusão e não dos dedos. Tratava-se do quarto de dormir. De um quarto de dormir, evidentemente, mas do quarto de dormir de Rui Pedro Martim da Luz, onde uma cama de ferro dominava o aposento, ocupado também por uma cómoda de madeira com gavetas e por um guarda-vestidos escuro, com um espelho na porta do meio. Um espelho alto, que reflectia a cama não na sua totalidade, mas o seu centro. De cada lado da cama, uma mesa-de-cabeceira. Filipe começou pela da esquerda, mais próxima da janela, sem acender o candeeiro e sem se sentar sobre a cama, protegida por uma colcha azul-clara. Ajoelhou-se sobre um tapete, e abriu a gaveta para descobrir que não havia nada lá dentro senão uma folha de papel colorido e plastificado que serviria de base; no compartimento de baixo, depois de abrir a porta, verificou que não havia nada, igualmente.

Ergueu-se então, olhou para a fotografia pendurada na parede, no lado oposto ao da janela, uma fotografia ampliada e emoldurada, a preto e branco, de tons escuros, e que mostrava o farol de Finisterra erguido contra o céu, protegendo-se das nuvens. Atrás do farol, o velho edifício abandonado, sem vidros nas janelas, nem portas, as paredes revelando estrutura de pedra, areia e madeira, os muros de granito que envolviam o lugar, a antiga casa do faroleiro, recolhida atrás das rochas, e uma torre de electricidade onde um painel publicitário ainda era visível, anunciando, podia ver-se distintamente, os serviços da Foto Fuentes, *Videos. Reportajes, Revelamos en 1 hora en Ceé, servicio Kodak.* O antigo mastro que servia de antena para comunicações via rádio erguia-se a partir do telhado do edifício em ruínas e, ao lado, a nova torre de duas cores que apontava para as nuvens de Finisterra. A luz da lanterna levou-o até à cómoda de madeira, de que puxou os gavetões um a um. O primeiro estava vazio. No segundo estavam apenas algumas peças de roupa, camisas dobradas, uma sweater de algodão estampada. Abriu o terceiro com mais cuidados, porque rangia e, apesar de estar sozinho na casa da serra, era preferível não fazer ruído mesmo para si próprio. Vazio, completamente vazio. O quarto, o de baixo, mostrou-se mais útil a Filipe Castanheira, pois tinha mais roupa, sweaters de várias cores, que Filipe levantou na esperança de encontrar algum papel, alguma fotografia que não fosse a imagem repetida do farol de Finisterra. Deteve-se numa das sweaters da segunda fila. Reconheceria aquela cor e, mais, aquele desenho minúsculo de uma vela colorida junto do colarinho, tinha já visto aquela camisola numa fotografia que recolhera há uma semana, da máquina fotográfica de Rita Calado Gomes, exactamente a mesma. Levantou-a com a ponta dos dedos, apenas para se certificar de um elo de ligação que naturalmente teria de existir, mas que, por mais vulgar e desinteressante que fosse, confirmava uma relação e, o que era mais importante, confirmava que não era um sonho aquela relação entre dois pontos tão distantes do mapa. Dirigiu-se então ao guarda-vestidos, onde passou uma vista de olhos pelos casacos, uma gabardina cinzenta, um anoraque verde, acolchoado, duas camisas de flanela aos quadrados penduradas em cabides de madeira. Pressionou junto aos bolsos de cada casaco para verificar se alguma coisa não tinha ficado esquecida. Não havia nada nas gavetas da direita ou do centro. Na da esquerda encontrou dois cachecóis, dois gorros de lã, e um cinto abandonado, em tudo semelhante aos que pôde ver pendurados num fio de nylon no lado de dentro de uma das portas do móvel, de onde pendiam também duas gravatas e um par de suspensórios. Sob o guarda-vestidos havia três pares de sapatos, umas botas, um par de chinelos e uma caixa que abriu cuidadosamente, retirando-lhe a tampa de cartão com a própria lanterna, para verificar que era apenas uma caixa de sapatos onde Rui Pedro Martim da Luz tinha guardado escovas, graxa e um frasco de tinta para sapatos. Tudo bem arrumado. Passemos à outra mesa-de-cabeceira, deste lado da cama, o oposto à janela, passemos a esta porque tem ar de estar ocupada, embora falte a lâmpada ao candeeiro, percebe-se logo isso, que lhe falta a lâmpada, mas, aberta a gaveta, revela-se pouco. Cartões de visita do próprio Rui Pedro Martim da Luz, em cartolina creme, mas sem endereço, um livro de poesia japonesa, traduzida para francês por G. Renondeau como se lê no frontispício, e um outro livro, de capa amarela, quase desbotada, *Snow Falling from a Bamboo Leaf*, de Hiag Akmakjian, a Filipe Castanheira apeteceria folhear ambos, mas debaixo dos livros encontra um bloco-notas, uma das folhas teria sido arrancada para escrever os versos que estão colados no painel de cortiça, não colados, propriamente, mas escritos num papel que se prendeu ao painel com um alfinete, *Lua cheia, para repousar os olhos uma nuvem de tempos a tem-*

pos, há ainda uma caixa minúscula onde foram guardados dois botões de punho, dourados, é uma caixa intacta, e, finalmente, um mapa de estradas de Portugal e Galiza além de uma esferográfica vulgar. Dá a impressão de que alguém retirou algumas coisas cuidadosamente, deixando ficar outras, os livros, os botões de punho, a esferográfica, o bloco-nota; com a ponta do dedo médio, Filipe abre o bloco, só as duas primeiras folhas estão escritas:

A mesma paisagem
escuta o canto
e assiste à morte da cigarra

lê-se numa das folhas, e noutra

By the sea's side hear the dark-vowelled birds.

No compartimento inferior apenas uns chinelos usados, praticamente desfeitos, de tecido vermelho. A lanterna ilumina as paredes em busca de sinais, de um lugar, mas não existe nenhum outro traço que prenda a atenção. Pode espreitar-se por debaixo da cama, levantar o colchão, mas isso foi já feito certamente, porque se nota uma dobra do lençol a escapar do espaço da cama onde seria normal ficar presa.

No corredor, outros dois degraus descem para uma divisão onde não é necessário abrir nenhuma porta.

Esta está aberta e dá para uma grande sala, reconhece Filipe Castanheira ao fazer voltear a luz da lanterna e ao apalpar de novo a pistola no bolso das calças, está destravada, de pouco servirá, mas apalpa-a na mesma, o foco de luz ilumina uma estante onde os livros se equilibram uns em cima dos outros, uma mesa de madeira clara atrás da qual está uma cadeira de verga. Há ainda, à direita da porta, um outro espaço ocupado por sofás, uma lareira onde não há lenha, é Verão, parece ter sido sempre Verão por instantes, mas esta sala tem o odor do Inverno impregnado em todos os cantos, logo que se entra na sala é o Inverno que aparece, a imagem do Inverno, a porta que dá para a varanda minúscula que, na escuridão exterior, Filipe identificou e reconheceu, porque a vira já, antes, quando passara na estrada. Talvez não faça mal se se acender uma luz, mas é preferível manter a escuridão total, Filipe avança dois metros na direcção da estante e olha para as lombadas dos livros ao acaso, não procura nada, evidentemente, procura um sinal, em cima da mesa há um cesto que já teve papéis, provavelmente, e repara agora numa porta na estante, trata-se de um pequeno armário para onde se dirige de lanterna em punho. Há uma chave. Roda-a com os dedos envolvidos na manga do blusão, mas lá dentro não há senão vazio, tudo vazio, irremediavelmente vazio. Só ao fechar a porta, de novo, e ao rodar a chave, é que prestou atenção a um brilho estranho junto da entrada da sala, um brilho agudíssimo e imperceptível que logo se transformou num clarão quando a luz da sala se acendeu para que se pudesse ver melhor a figura de um homem olhando fixamente para Filipe Castanheira, que tinha a mão no bolso. Mas a mão do outro homem estava fora dos bolsos, estavam ambas, é certo, mas só a mão direita estava desocupada. A esquerda empunhava uma pistola que, também ela, tal como os olhos do homem, alto e de meia-idade, apontava fixamente para Filipe Castanheira.

— *La luz. Se puede utilizar la luz* — disse o outro. — *Alberico Nuñez, guardia civil de Corcubión, para servirle, señor. Es usted el señor Castanheira* — confirmou então sem dúvidas na voz. Felipe tirou a mão do bolso e o outro reparou nisso. — Seria uma estupidez, evidentemente — deu dois passos no tapete de flores azuis e encarnadas e apontou o sofá. — Podemos sentar-nos. Vou guardar a pistola.

— Como soube que era eu?

— É fácil. Somos poucos, aqui.

— Desculpe a invasão.

— Não faltaria mais nada — murmurou Alberico Nuñez sentando-se.

10 de Agosto de 1991, 23.00 horas

— TUDO O QUE VIU FOI JÁ REMEXIDO DUAS E TRÊS vezes, como imagina — comentou Alberico Nuñez. — O que falta foi levado para Portugal com nossa autorização e da polícia de fronteiras pela família. Dois senhores que estiveram cá logo a seguir. No sábado, creio eu.

Estavam agora sentados nos sofás da sala que tinha sido de Rui Pedro Martim da Luz, e Alberico Nuñez fez um gesto de magnanimidade ao encolher os ombros quando Filipe Castanheira lhe perguntou se queria um cigarro. Que não. Mas gostaria de acompanhá-lo ali, até saírem ambos, tanto mais que é preciso deixar a porta bem fechada, acrescentou.

— Nunca se sabe — disse então. — Nunca se sabe se vem cá alguém que não deve. O senhor, por exemplo, não pediu para vir cá. Recebi um telefonema de Portugal a avisar-me da sua presença aqui na aldeia. A verdade é que não era preciso nenhum telefonema, porque já ontem me disseram que o senhor tinha chegado. O dono do hotel sentiu-se nessa obrigação, porque me viu passar à porta logo depois de o senhor chegar. É certo que não tem nada escrito na cara a dizer que é da polícia. Mas disse-me "está cá outro português", e depois o dono do restaurante onde jantou ontem à noite avisou-me também. Perguntou-me se a polícia portuguesa podia andar por aí. Não gosto dele, se quer saber. Come-se mal. Muito mal. Come-se muito mal no restaurante dele. Peixe grelhado, apenas. Já provou as ostras de cá? Tive uma conversa interessante com o seu colega da polícia do Porto, Jaime Ramos, sobre ostras. A verdade é que estava a prepará-las há uma hora para um pequeno-almoço como deve ser. Amanhã, se quiser, pode ir tomar o pequeno-almoço a Corcubión. Ostras e um vinho branco. Em podendo, um *Alvariño*. Foi aliás o seu amigo que me disse para o visitar. Para o visitar a si, claro. O seu carro não estava na aldeia e também não estava à porta de nenhum dos restaurantes, imaginei que podia estar por aqui. Encontrou alguma coisa?

— Não. Passei os olhos.

— Todos passámos os olhos, senhor Castanheira. Todos passámos e não vimos nada.

— Tem algum suspeito?

— Se o tivéssemos já não seria suspeito. Estaria preso. Mas julgo que por aqui não se vai prender ninguém. Já viu como é Fisterra. Uma terra pequena. Há trinta anos mataram um homem no largo da aldeia, mesmo junto daquilo que é hoje o hotel, aquele onde está hospedado. Toda a gente se lembra. Há dez anos houve por aí uma zanga de famílias e recolheram-se uns cadáveres. Mais nada de especial durante este tempo. Quando há mortos é de velhice. Ou no mar. Ou vão dar ao mar ou aparecem de lá. Sempre a mesma coisa. Gente de bem, senhor Castanheira. Não caiu bem a morte desse senhor seu compatriota. Não digo que por causa do turismo, evidentemente, mas porquê levanta suspeitas, e a suspeita é uma coisa muito grave quando recai sobre um povo como Fisterra, pequeno, honrado, falado em tudo quanto é sítio. Os homens desta terra são todos conhecidos por serem trabalhadores. Nem eles nem eu gostamos de mortes.

— Não estou em missão oficial.

— Eu sei. É um turista, o senhor o disse por cá. Mas o turismo de Fisterra é esquisito. Vêm escritores, inclusive portugueses, e jornalistas, pintores, professores, e nenhum deles diz que é turista. Ninguém quer ser turista em Fisterra e eu não sei bem porquê, mas suspeito que transformaram a nossa terra numa lenda dos antigos, boa para os livros mas que nos estraga o turismo como deve ser. O turismo, com essas invenções sobre deuses antigos, e não sei quê mais, fica a ser uma heresia. Mas não. Fisterra precisa de turistas a sério e não de admiradores do passado, precisa de visitantes que estejam de passagem e deixem pesetas. Dólares seria melhor, mas pesetas bastam. E de passagem, só. Ora, o senhor foi dos raros que disse ser turista, é para estranhar logo à partida. Mas conserve-se assim. Já passei as informações que tinha para quem as pediu em primeiro lugar. E já ultrapassei as minhas funções quando falei para o seu amigo do Porto. Disse-lhe aquilo que já o senhor devè saber. Que havia um terceiro homem lá, na praia. Não interessa agora saber porque é que lá estava. Estava e pronto. Mas eram dois olhos a mais que me incomodavam. Também eu, senhor Castanheira, recebi instruções para continuar no meu trabalho. Peço-lhe que continue o seu. Mas, já me esquecia, o senhor é um turista e está de férias. Pois aproveite-as. Tomara eu que chegue Outubro. É quando terei as minhas. Até lá, faço o que me mandam. Mas, já agora, sempre gostava de lhe dizer algumas coisas sobre o português que morreu. Ou que foi morto. Era um homem estranho, conhecido e respeitado. Pouco conhecido porque se dava com pouca gente. Esta casa sempre foi um mistério para toda a gente. Diziam-se coisas, como é vulgar acontecer num povo pequeno. Mas era assunto dele. Vinha para cá, fazia as suas despesas, comia e bebia, dentro de casa nunca nos metemos. Nem nos meteremos agora, porque a rapidez com que vieram cá tratar do assunto só me dá a ideia de que não se deve ter portado bem em Portugal.

— Porque tem essa ideia?

— Fisterra é um lugar pequeno. Viu bem as estradas que vêm para cá? Duas: uma vem de Vigo e Santiago, e a outra vem da Coruña, por Carballo. E são estradas secundárias que se juntam em Corcubión. Muito secundárias. Todos nos conhecemos, todos se conhecem. De repente, vem um homem de fora, que não é de Vigo, não é de Santiago, não é de Muros nem da Coruña, nem de Lugo nem de Ourense. Que pensaria o senhor? Quem quer vir para este lugar senão como um turista, um turista desses que eu digo, porque arqueólogos já cá andam desde há muito? No Inverno há tempestades todo o dia, o mar vira-se do avesso e os barcos só descansam quando atracam na baía grande, lá em baixo. Veja esta casa. Não há vento que aqui não bata, a lareira tem de estar acesa toda a noite e todo o dia, por causa do frio e da humidade. A minha mulher, que não é galega, é catalã, quando veio para cá não morria de frio, é certo, mas morria de medo. Por isso, as pessoas suspeitaram de alguma coisa, refiro-me ao homem e não à minha mulher. Claro que ele era um homem de respeito, claro, mas suspeitaram porque, além de ele não ser de cá, vinha de outro país, está bem que seja um país vizinho, somos praticamente irmãos, as ruas do Porto são tão sujas como as de Vigo ou Pontevedra, mas é outro país, apesar de comermos quase as mesmas coisas. Divergimos nos tabacos, nas cervejas, no café, está certo. Divergimos. De modo que toda a gente estranhou quando ele comprou esta casa, que não é má, mas que precisa de arranjo. Ninguém quer vir para cá, senhor Castanheira, e os de cá partem pelo mapa fora. Partem hoje como partiram antes, com a emigração. Antes, ficavam as mulheres e as crianças. Hoje, senhor Castanheira, as mulheres são as primeiras a partir porque querem ver como é o mundo para lá de Corcubión e como são os homens em Santiago ou em Pontevedra. E os homens que ficam, esses, fazem asneiras, embebedam-se, disputam as mulheres que andam por aí. Ou ficam parados a ver a estrada do outro lado da baía, enquanto as mulheres lhes chamam atrasos de vida porque não são ricos como os outros, que emigraram. Não é interessante a vida por aqui.

— Há coisas de mulher na casa-de-banho.

— Que haja. Não serão essas coisas já parte de outro negócio?

— O problema é que faltam.

— Faltam?

— Há espaços vazios que deviam ser preenchidos.

— Senhor Castanheira, eu sou um simples polícia de Corcubión. Não vejo as coisas que o senhor está habituado a ver. As coisas de mulher desapareceram? Pois não me diga. Alguém as tirou, não me dirá?

— Marta?

— Marta é essa pequena da aldeia?

— Essa pequena da aldeia.

— Tinha de acontecer, não acha? Sei que eles se encontravam, muito contra a vontade dos pais dela. Raparigas, senhor Castanheira. E pensa que há coisas que faltam? E o quê, já descobriu?

— Tudo o resto. Porque o que ficou dela é só um rasto, um champô de mulher, um pente, nada mais. Posso ver melhor esta sala?

— Como quiser. Mas tem dois minutos, só, não mais que dois minutos.

Filipe Castanheira voltou as costas a Alberico Nuñez e, sob o seu olhar, inspeccionou rapidamente as estantes, passou à mesa, aos retratos das paredes com imagens de Finisterra. Os livros seriam recolhidos muito tempo depois quando a poeira se fosse acumulando sobre eles até criar uma penumbra no branco das páginas? E esta sala, seria modificada quando a família de Rui Pedro Martim da Luz decidisse vender a casa? Certamente que sim. Ali ficarão mais dois sofás, os cortinados serão mudados, a mesa será retirada, o cheiro de uma recordação inacabada faria esquecer as noites de Inverno já ali passadas nos últimos dois anos.

— Estranho, não é? — perguntou Alberico Nuñez daí a pouco, quando ambos caminhavam no estreito carreiro de terra onde tinham ficado os dois carros. — Dentro de casa só há retratos de Fisterra. Sai-se de Fisterra e entra-se em casa para se verem retratos de Fisterra. Faziam-no alcaide.

— Se ganhassem os do Fisterrense, claro, não os da Alianza — disse Filipe.

— Não é este ano, senhor Castanheira. Nem nos próximos, felizmente.

Tinham agora chegado a uma pequena clareira de onde se via a aldeia e, mais além, as luzes da baía de Corcubión. Alberico Nuñez parou e apontou:

— Isto não é quase nada comparado com os dias em que o céu está realmente limpo. Se houver lua cheia, então, como há duas semanas, vê-se o mar todo, as encostas do outro lado do mar, as rias, as aldeias aí das serras. Quando houver lua cheia suba ao farol e veja, senhor Castanheira. É bonito de se ver, para quem vem de fora.

Deu alguns passos e voltou-se para trás, na direcção de Filipe, que tinha ficado a olhar a aldeia.

— As raparigas de hoje são muito distraídas e nisso tem razão. Eu próprio disse à Marta para vir cá acima a correr e tirar o que era dela, não fosse haver problemas. É uma rapariga da terra, devemos ajudar as pessoas de cá. E, depois, iriam dizer o quê? Que dormiam juntos, que iam para a cama?

Ela tem vinte e dois anos, uma vida inteira para viver. Ia prejudicar-se para quê? Disse-lhe, vai lá acima e tira as tuas coisas, não deixes nada, nem um cabelo, nem um par de cuecas, que eles até pelas cuecas descobrem o dono, não é verdade? Pois o senhor descobriu o champô. E mais alguma coisa?

— O vazio do que ela deixou ali dentro, gavetas vazias.

— Esse não pode acusar ninguém. Não volte aqui, a esta casa, senhor Castanheira. As casas dos mortos são o que resta deles, do seu espírito, do que fizeram e do que deixaram por fazer. Devemos respeitar as casas dos mortos já que os mortos se vão tão depressa. Não gosto de mortos, já agora lho digo.

— E a arma? — perguntou Filipe Castanheira.

— A arma?

— Uma Beretta calibre vinte e dois.

— Muito popular em Espanha. Os da ETA têm Berettas. E eu tenho uma. Por aí não vai longe. Armas são o que não falta por aí, mesmo na aldeia.

Lua cheia sobre o céu de Finisterra, sobre o Cabo, sobre a folhagem escura das árvores da serra, sobre a cerca de madeira, pensou Filipe Castanheira enquanto Alberico Nuñez entrava no carro e se virava para ele, lentamente, vigiando-o igualmente, para verificar que também abria a porta do carro. *Lua cheia, uma nuvem de tempos a tempos*. Rui Pedro Martim da Luz e Marta Rodríguez Cano estariam na varanda de casa, há duas semanas, isto é uma estrela, diria ele, vê a Ursa Maior, mais além aquela, sabes como se chama?, e ali as luzes de Finisterra, observamos as luzes do céu, observamos as da terra.

11 de Agosto de 1991, 1.30 horas

O PEQUENO CAIS ESTÁ MAL ILUMINADO A ESTA hora, se bem que os candeeiros da aldeia continuem acesos, mostrando ruas desertas onde se ouvem passos de vez em quando, portas de alguns cafés que se despedem de frequentadores solitários ou de grupos barulhentos. Mas ao cais não chegam vozes nem restos da noite. Apenas a água do mar que sobra da baía. Filipe Castanheira tinha notado os passos do homem atrás de si e, por isso, parou diante do muro onde aparecia, pintada, propaganda do Partido Fisterrense, a letras mal desenhadas por tinta vermelha que se tinha agarrado com dificuldade ao cimento irregular.

Os passos, então, cessaram, e Filipe Castanheira sabia que não deveria voltar-se agora, mas só quando recomeçasse a marcha ao longo do passeio que o levava até ao porto onde tinha já andado ao acaso, na noite anterior. Num gesto casual, levou a mão ao bolso das calças como se procurasse cigarros ou um isqueiro — e sentiu a coronha da pistola aquecida pelo contacto permanente com a perna, através do forro interior. Não a usava desde há anos, salvo em treinos para apurar como ia a sua pontaria. Uma vez ou outra, de tempos em tempos. Um alvo de cartolina fixaria a sua habilidade ou a ausência quase absoluta dela. Passou a mão, lentamente, ao longo do corpo do instrumento de morte, imaginou os fragmentos de segundos que seriam necessários para tomar a pistola entre as mãos, prepará-la, destravando-a quase automaticamente, apertar o gatilho, e depois ouvir o estampido, sentir o impulso violento no seu punho.

Seria necessário usá-la contra alguém? Virou-se para o céu, de frente, um céu enegrecido que não se distinguia da encosta de pedra do outro lado da baía nem do mar que se abria ao fundo. Respirou. Um passo, dois passos, três passos, caminhada lenta, muito lenta, como se apreciasse a paisagem, à maneira de um turista ocasional, desses que Alberico Nuñez gostaria de ver em Finisterra, em lugar de intelectuais que visitam os remorsos do passado e a sua presença invulgar. Que tipo de turista podia ele interpretar? O turista que não se incomoda com o ruído das aves junto da praia, aquele que dorme sestas prolongadas e lê livros policiais para se distrair. Ross MacDonald, Agatha Christie, Eric Ambler, Hartley Howard, as aventuras de Mike Hammer de garrafa de whisky em punho ou guardada no bolso do casaco, ou Chandler, o Chandler de *O Imenso Adeus, The Long Goodbye*, os tiques nervosos de Poirot, Poirot cofiando o bigode que mesmo nas páginas dos livros parece sempre postiço, frágil, inventado de propósito para embalar a leitura de casos inacreditáveis. Princesas húngaras em cruzeiros tranquilos. Herdeiras milionárias casadas com traficantes de interesses. Empregadas de escritórios londrinos seduzidas por rapazes sem escrúpulos. Ou leria outros livros, livros que o tinham acompanhado durante anos de uma vida inventada de propósito, livros que ajudam a suportar o peso dos sonhos e do medo dos sonhos, ou a inventar outros sonhos. Pelos livros e pelos sonhos, evidentemente, tinha ele aprendido que as explicações da vida falham sempre, e que só os sonhos e os livros podem explicá-la, afinal, e que pelos livros e pelos sonhos se aprende a dar um nome às coisas desconhecidas que nos assaltam a qualquer momento da nossa vida. E, talvez mais, que só os livros podem ensinar a sonhar Durrell em *Águias Brancas sobre a Sérvia*. Lembrou-se agora de *Águias Brancas sobre a Sérvia* e de todo o *Quarteto de Alexandria*. E de todos os livros em que, um a um, tinha aprendido a verificar os reflexos da noite, os brilhos da manhã.

Dois passos mais, pensa noutra coisa. Pensa na casa de Rui Pedro Martim da Luz, abandonada à escuridão, às invasões ocasionais de gente como tu que nela procura uma explicação para a vida que a morte acabou por explicar de outra maneira, muito mais radical. Nenhuma memória senão os frascos na casa-de-banho, a mancha de café num pano branco na mesa de cozinha, os versos garatujados em papéis soltos, *uma nuvem de tempos a tempos, para descansar os olhos*, noite de lua cheia, noite imensa de lua cheia, *a mesma paisagem escuta o canto e assiste à morte da cigarra*, a mesma paisagem, exactamente a mesma paisagem. A mesma paisagem que assistiu aos encontros clandestinos entre Rui Pedro Martim da Luz e Marta Rodríguez Cano assistiu também à morte do primeiro deles. Onde está a cigarra? Que sobra do seu canto? Onde estariam os cadernos em que Rui Pedro Martim da Luz escrevia sobre estrelas, sobre a Costa da Morte, sobre si próprio, personagem fugidio, irrecuperável nos poucos sinais que dele sobram? Uma lua de cinza no céu, uma nuvem que passa de tempos a tempos como um fantoche erguido por dedos inseguros numa representação de palco de província. Lua de cinza. Uma nuvem para descansar os olhos. Estranha sedução de uma imagem, estranho peso que uma imagem levanta sobre nós e nos inventa e nos faz inventar outras, sucessivamente, sempre sucessivamente, sempre fugazmente. Uma lua de cinza erguida num cenário de sonho, Rui Pedro Martim da Luz e Marta Rodríguez Cano deitados na varanda, imagem que só Ramón conhecia em toda aldeia e que partilhava silenciosamente nas suas viagens de barco pela baía fora, mar fora, mar galego fora, incomunicável e também ele de cinza quando viesse o Inverno, frio, semeado de tempestades e de naufrágios. Lembrar-se-ia Rui Pedro Martim da Luz do rosto de Rita Calado Gomes, como dizia ele?, "porque te aproximas do céu, como um pássaro" e "não te esqueças de mim". "Não te esqueças de mim". Não te esqueças. Voltarei. Voltaria? O que iria Rui Pedro Martim da Luz fazer a Portugal nessa quinta-feira em que três balas lhe interromperam os projectos? "Alguma coisa seria", disse Ramón. Alguma coisa seria, porque prometera voltar, voltar para Finisterra, onde tudo acaba, onde a terra acaba, mas onde começa a vida de Marta, de Ramón, de Alberico Nuñez, de Jesús, de Pepe, de Féli, do dono de O Centolo, dos frequentadores de O Mariquito, do farol abandonado, das ostras preparadas por Alberico Nuñez, dos pais de Marta, silenciosos e feridos ao saberem da ligação da filha com um homem mais velho, estrangeiro em Finisterra, que não come à mesa da mesma maneira, nem bebe o café com o mesmo sorvo ruidoso, nem vai às festas de Santiago nem ao mar dos pescadores salvo se Ramón o guia até lá, em passeio, até Caldebarcos, até à foz da ria logo depois de Corcubión, e sempre em passeio, porque depois regressa à sua casa na serra cuja cerca é consertada por Ramón, se se estraga, e a roupa cuidada pela mãe de Ramón. Ramón, Ramón, Ramón. Marta, Marta, Marta. Um e outro sabiam de um e de outro, dos passos de cada um, dos movimentos que cada um iniciava ou terminava na vida de Rui Pedro Martim da Luz.

Por isso os livros e os sonhos, os versos pendurados num painel de cortiça, na cozinha, tomam-se o almoço ou o jantar naquela cozinha e lêem-se os versos, *lua cheia, para descansar os olhos uma nuvem de tempos a tempos*, sem falar de *by the sea's side hear the dark-vowelled birds*, os pássaros do litoral da Costa da Morte, escuros como pontos negros contrastantes com a claridade das águas, se é de manhã, Rui Pedro Martim da Luz passeando pelo litoral da pequena península do Cabo, solitário. Um destino inteiro julgado inacessível e dispendioso, anos e anos de consultas jurídicas, interesses financeiros, compromissos, os das

Informações adivinhariam esta transformação no destino do seu antigo colaborador da "área espanhola", um pedido para fixar residência no Cabo Finisterra, a imagem não é novidade para ninguém, imitaria vagamente a de um escritor que se retira para uma casa solitária onde se entrega aos seus papéis, são cadernos de capa azul onde escreve sobre um assunto pouco trivial, as estrelas que cobriam o céu da aldeia, guardava-os provavelmente no compartimento da estante que encontrara vazio há pouco, alinhados uns sobre os outros, a sua ordem seria arbitrária, provavelmente, seriam parte de um diário e de uma ideia do mundo formada em meses de permanência em Finisterra, escapadelas de fim-de-semana comprido, de férias em local desconhecido. A ideia, agora, deixa de ser vaga, para Filipe Castanheira — um lugar que se encontra no mapa, imperfeito e reconhecível em qualquer parte do globo, normal, vulgar, um lugar onde se comem morcelas e se bebe aguardente queimada, onde há uma mulher de vinte e seis anos, exactamente vinte e seis anos, a idade em que se fazem as opções, talvez as opções de Marta pudessem acompanhar as de Rui Pedro Martim da Luz se ele tivesse vinte e seis anos e ela soubesse ler as estrelas do céu como linhas dispersas nos seus cadernos de capa azul.

Os das Informações sabiam-no claramente. Uma leve suspeita inclina o barómetro das confianças políticas, a deserção é mais do que provável quando se chega a esta idade e se poderá fazer a pergunta "o que fizeste até agora?", todos fazem essa pergunta mais tarde ou mais cedo, tu também, as desconfianças do corpo, as surpresas da alma. E isso é mais perigoso do que passar informações ao inimigo, se o houver ainda, porque a deserção é maior, não propriamente maior no seu significado real, mas maior pelo seu significado absoluto, porque se trata de outra vida, de uma outra vida. Não tinha ele contado a Ramón que era outra vida? A vida numa casa virada ao mar, ser infantil, crescer como uma criança em férias grandes.

Um passo mais, Filipe Castanheira apressa agora o seu passo na direcção da praça iluminada e, subitamente, sem indicação de uma sombra ou de um ruído, apercebe-se de um movimento atrás de si, a mão segurando no bolso das calças a coronha da pistola. Hesita alguns segundos, volta-se, a rua deserta responde com rumores vagos vindo do interior do bar que mantém as portas entreabertas. Enfia de seguida por uma rua que funciona como uma rampa para um pátio protector, encosta-se à ombreira de uma porta, a respiração pausada, lenta e tensa. Ao fim de um minuto sai do seu lugar e avança encostado à parede até à rua principal, que continua deserta. Trata-se de um clarão na noite, a rua, Filipe fica no centro da rua, virado para a praça, depois volta-se, encaminha-se finalmente no sentido da praça, acaba por subir na direcção do seu hotel, mas entra apenas no pátio que alberga os carros dos hóspedes. Em seguida, pula por cima de um muro junto de um tanque, protegido pelo ruído da água corrente, e toma um beco servido por uma escadaria que contorna o conjunto formado pela praça e pelo cais que dá acesso ao porto de pesca, caminha alguns metros encostado às paredes das casas, vê as costas de um homem ao fundo da rua, a sua camisa branca e larga estacionada na noite como um aviso e um alvo. Consegue já vê-lo melhor caminhando de frente para a praça e afastando-se, quando surge outro vulto de uma das ruas do porto, e agora Filipe reconhece o corpo vasto e a roupa de Alberico Nuñez erguido junto à esquina. O outro pára, então. É um desafio. Vira as costas a Alberico Nuñez, mas este chama-o com a sua voz de tenente da Guardia Civil:

— Ramón!

Ramón não liga à ordem de Alberico Nuñez, começa a caminhar no sentido contrário, na direcção do lugar onde Filipe Castanheira se esconde, junto aos degraus que vêm de uma varanda.

— Ramón!

11 de Agosto de 1991, 18.00 horas

A MARÉ PREPARAVA-SE PARA SUBIR QUANDO CHEGOU à praia e estendeu uma toalha na areia, ao lado de um saco de lona escura que o acompanha nas suas viagens. Os domingos na praia de província acabam mais cedo, apesar de tudo, porque os afazeres das famílias são maiores que os dos grupos que demandam os areais em busca de descontracção. Há nas famílias um sentimento do dever que as impede de aproveitar as résteas de sol que Finisterra alberga até ao fim da tarde. A esplanada vai recebendo clientes para os petiscos habituais que preenchem estômagos sujeitos à escravidão de banhistas, veraneantes de praia galega. Há garrafas de cerveja nas mesas, pratos que se acumulam uns sobre os outros em construções de um equilíbrio improvável.

Filipe sentou-se na areia e comunga do calor que ainda resta no areal que em breve deixará de ver o Sol, escondido pelo morro que se levanta a partir da aldeia na direcção do farol.

Será uma penumbra delicada, então, a que invadirá a baía, a penumbra alaranjada e azulada do crepúsculo, Filipe observa-a exactamente do mesmo ponto de onde a viu no dia anterior, quando aguardava Marta, por volta das oito da noite. Ao descer da estrada principal na direcção do areal, Filipe procurou, com os olhos, o grupo de Marta e dos seus primos, veraneantes à força, por lei da época do ano, obrigados a suportar o calor do Sol às horas mais habituais para esse sacrifício, levariam óculos escuros, sanduíches, cremes de bronzear, toalhas coloridas — mas não encontrou sinal da sua presença. Toda a praia constituía, agora, aos seus olhos de visitante ocasional, uma poltrona imensa onde os ocupantes se entretinham a vestir t-shirts e a olhar em frente, como se se preparassem para um espectáculo prestes a começar em honra de um público de gostos muito iguais.

São casais jovens sobretudo, chegados a Finisterra atraídos pela lembrança do passado, como recordou Alberico Nuñez, casais em férias, férias tranquilas, ocupando os quartos vulgares dos hotéis das redondezas e de casas que se dedicam ao negócio durante o Verão. Estão na praia um dia inteiro, não na praia do Sul, famosa e extrovertida, como as do Algarve ou Marbella, Ibiza ou Mallorca, mas na praia delicada do Norte, onde cheira a sargaço e à resina dos pinheiros que escurecem a estrada sobranceira ao declive de areia que resiste ao mar.

Filipe ergue-se, um banho de mar não ficaria mal a esta hora, já sem a função refrescante que há uma hora lhe seria atribuída. Apenas uma ou duas pessoas na água, os seus corpos estão reduzidos a um par de cabeças que se agitam ao sabor das pequenas ondas que a baía deixa formar. Recebeu a água na pele com a doçura de um espanto comedido e pouco surpreendido, nadou um pouco, são as últimas horas de um dia em Finisterra, estarás de volta ao Porto no dia seguinte, às conversas com Jaime Ramos, a um jantar acolhedor, a um sono reparador na aldeia do Douro onde prometeste visitar a família. Um mergulho mais, disse Filipe Castanheira, um mergulho apenas.

Só ao caminhar pela areia fora, dirigindo-se ao seu lugar na praia, reparou que alguém o aguardava sentado ao lado da sua toalha. Abrandou o passo, então, enquanto o outro se levantava para o cumprimentar.

— Arrisquei-me a vir aqui. Passei primeiro pelo hotel, onde me disseram que lhe tinham emprestado uma toalha.

— Tem-me vigiado, tenente.

— Não — disse Alberico Nuñez. — Você é um turista, seja qual for o seu país é um turista e tem o direito de andar à solta.

Filipe sorriu então, passando a mão pelo cabelo. Depois, tirou o maço de cigarros e ofereceu um a Alberico Nuñez, que recusou.

— Não fumo.

— Fumou?

— Não. Arrisquei-me a vir aqui, como lhe disse, porque sei que vai embora amanhã.

— É uma visita de despedida?

— Gostava que fosse, senhor Castanheira. Uma visita de despedida num cenário bonito como este. Dos melhores que temos para lhe oferecer nesta costa. Água limpa e azul. Areia limpa, também. E outras coisas de que pode desfrutar, em querendo. Comida. Tranquilidade. Leva algumas conclusões para Portugal?

— Como turista?

— Como homem preocupado com outro homem.

— Não estive preocupado com esse homem. Não me preocupo com os mortos, cada um tem os seus. Este não era meu, tenente Nuñez.

— Os mortos são de toda a parte.

— Este não. O senhor sabe-o tão bem como eu. Não era de lá, não era de cá. Morreu num sítio a que talvez quisesse pertencer.

— Somos gente simples, senhor Castanheira. Por mim falo, evidentemente. Ele foi morto aqui, é verdade, mas foi a polícia portuguesa que veio cá. As diligências habituais foram nossas, mas, depois, ao vermos que o caso nos ultrapassava, limitámo-nos a dar informações, as informações necessárias à sua investigação. Não as aproveitaram porque não quiseram. Elas estavam ali, num papel.

— Não estavam referidas as respeitantes ao terceiro homem.

— É como se não existissem, de facto. Mas nós sabemos ver, senhor Castanheira. Sabemos avaliar o interesse que as nossas informações possam ter ou não. Os nossos colegas portugueses preocuparam-se só com duas coisas: se havia ligações à política ou à droga. Nisso estamos descansados: não se encontrou nada comprometedor. Nada. O resto não lhes interessou, nem a família, se quer saber, porque o advogado do senhor Martim da Luz, que esteve cá a recolher papéis e haveres na casa onde ontem à noite estivemos, pouco se preocupou. Compreendo-o. Há coisas mais importantes para tratar. Uma herança, segundo sei. Muitos milhões de pesetas a distribuir pela família. Postas as coisas assim, nós desligámo-nos do assunto — Alberico Nuñez traçou um risco na areia e hesitou antes de concluir. — Não é costume eu vir a uma praia, ainda por cima em serviço. Mas podemos dizer que é uma conversa particular e o senhor não me negará esse direito. Espero que volte em breve, como turista a sério. Turista em férias. Despeço-me.

— Uma pergunta.

— Faça.

— A Marta retirou todas as coisas de lá, da casa? Todas?

— O senhor diz que não.

— Talvez tenha tirado, sim. Mantenho a dúvida quanto ao champô e a pouco mais, evidentemente. Mas insisto no vazio.

— O tal vazio.

— O tal vazio, exactamente. Ramón sabia? Que o senhor mandou a Marta retirar as suas coisas de lá de casa?

— Suponho que sim — disse Alberico Nuñez. Eles davam-se muito.

— Não se dará o caso de Ramón ter retirado também as dele?

É curioso como a maré cresceu de repente, pensou Filipe Castanheira. Uma maré que levantou mais ondas e que contrasta pesadamente com o silêncio de Alberico Nuñez, olhando a água, riscando na areia com a ponta do dedo.

— Foi o senhor que deu a sugestão, também? — insistiu Filipe.

O outro levantou-se, via-se que ele era grande, alto, e que não olhava para Filipe mas para o céu aberto de Finisterra.

— Quando se for embora, imagine que não esteve cá. A vida não é simples por aqui, embora pareça.

— Era isso que queria dizer ontem a Ramón?

— Não. Ontem queria dizer-lhe que fosse para casa. Foi uma casualidade, encontrá-lo a si e vê-lo a ele, seguindo-o.

— Temia outro acidente?

— Não. Não seria um acidente. Naquela quinta-feira, de manhã, disse a Marta que fosse à casa da serra tirar as coisas dela. Isto foi quando passei pela aldeia para telefonar para Muros. Dei-lhe meia-hora, mais ou menos, porque daí a meia-hora, estaria a casa já sob vigilância ou, pelo menos, alguém se interessaria por ela. Penso que foi logo lá. Mas só depois os vi aos dois, a ela e a Ramón, a sair de lá, a pé, pelo caminho que vai dar à igreja. Dois ou três dias a seguir percebi o que tinha acontecido, e penso que foi tarde de mais. Um pouco tarde.

— Os dois dormiam lá em casa?

— É provável, senhor Castanheira. E bem provável, mas isso não nos compete a nós decidir se aconteceu ou não. Cada um já sofreu o que tinha a sofrer por seu lado.

11 de Agosto de 1991, 20.30 horas

UM FAROL, DISSE JAIME RAMOS, DEPOIS DE DESLIgar o telefone e de saber que Filipe regressava ao Porto ainda nessa noite. Um farol, disse de novo. Imaginar um farol como o de Finisterra erguido diante do mar, todas as imagens de que for capaz durante o que me restar da vida. Um farol. Uma rosa amarela numa jarra de vidro junto de uma janela. Um rio em plena Primavera, ao nascer do dia. O nascer do dia numa aldeia marítima. Uma aldeia marítima somente. Um barco minúsculo aproximando-se do molhe de um pequeno porto. Um pequeno porto numa baía. Uma enseada. As coisas que amo. As coisas que amo profundamente. Os charutos numa caixa de madeira. A caixa dos charutos numa pequena estante comprada numa feira minhota. Um lenço branco com as tuas iniciais bordadas. Um vaso com um pequeno feto que amarelece de vez em quando. A imagem da minha aldeia quando aparece, vista da estrada que desce para o rio depois de uma curva apertada e engalanada de giestas. Um cobertor de lã. Uma fotografia tua, a preto e branco. A forma como a lareira aquece a sala de uma casa onde estivemos os dois, um dia. Os charutos que me deste no dia do meu aniversário. O avental da tia Auzenda, de flores cinzentas e brancas em fundo preto. Os plátanos. As folhas de plátano em pleno Outono num largo junto do rio, em plena Foz. Os barcos que inundam a Ribeira nas manhãs de sábado. O musgo dos muros que acompanham o desenho dos lameiros junto à serra. O sangue brotando de um dedo ferido pelo golpe de uma faca. Uma mulher falando espanhol em La Guardia. Uma igreja abandonada no declive de um vale. O círculo de giz num pátio de cimento. As folhas dos choupos tocando a flor das águas de um rio. Os grilos no início da noite. As cigarras. As cigarras outra vez. As muralhas de um castelo antigo. As telhas da casa na aldeia. O cheiro a vinho na taberna. O adro da aldeia rodeado de mimosas e com dois carvalhos encimando a pequena alameda que sai da igreja para a rua do pelourinho. O lugar onde se guarda a lenha para arder durante o Inverno. O sabor da sopa de nabos e couve. A chaminé de uma casa. Os melros. Os pés descalços pisando a terra das hortas. As pevides de abóboras gigantes amadurecendo ao sol. As amendoeiras nas encostas que descem de Custóias para o rio. O apito antigo do comboio. Os inquilinos silenciosos do meu prédio às duas da madrugada. O Sol. Os peixes que saltam na superfície prateada da ria de Aveiro. O canto de um galo. O sargaço na Apúlia. O Inverno. A Primavera. O Outono. A lã. O casaco de malha, tricotado à mão. Os ovos frescos numa capoeira nas traseiras da casa da aldeia. A estrada nacional junto de Vila Franca das Naves. A estrada municipal junto de Freixo de Numão. A sombra de um freixo frondoso. Um tanque de água fresca. A trovoada. Os relâmpagos varrendo o céu e deixando cair, depois, uma chuva intensa e forte. Os telhados das aldeias. O empedrado solto de seixos nas ruas. Os cavalos. Os camiões que passam na estrada principal, muito ao longe. As redes de pesca. O mar. As escadas de casa. A porta de casa. O cabelo. As unhas. O fumo de uma fogueira onde se assavam castanhas. A procissão do Senhor Santo Amaro. As orações a Santa Bárbara. O equinócio. A electricidade. As bicicletas abandonadas junto da fonte no centro da aldeia. A latada nas traseiras. O vinho. O açúcar. O pão. Os buracos num muro. Os bancos da escola. As cerejeiras. O areal do rio. Os juncos junto do areal do rio onde se passeavam barquinhos a motor. As mamas. A água. Os pêlos minúsculos que crescem nos teus braços e nas axilas. As penínsulas, línguas de areia no rio. As falésias do Vezúvio. Os lagos. Os mapas. Dois livros, *Cinco Semanas em Balão* e outro de que já esqueci o nome porque leio pouco, mas que deve ser *A Cidade e as Serras*. É *A Cidade e as Serras*. A madrugada na estrada que segue de Bissau para Cachéu. Os grilos de Bissau. A praia de Bubaque. O metralhar de uma arma em plena noite. Um corpo caiu agora a meu lado. Morto em combate. Um copo de alumínio, amolgado, que serve para beber aguardente, café e o que houver. Um padre de cabelo branco a rezar missa. Uma tesoura para recortar jornais. Os hotéis pequenos. Os restaurantes com toalhas de papel. Os guardanapos de pano. As rochas da serra. O carvão a arder. As sardinhas a assar. O vinho de novo, não me importo. O trigo a crescer no princípio do Verão em searas que se prolongam nos campos. A sombra dos castanheiros. Um tiro e depois outro e uma lebre a cair no chão, aos saltos. Uma colcha de renda. O temporal. O lagar de um tio. As oliveiras em meados de Dezembro. As horas ao fim da tarde. O silêncio. O volante do automóvel. As relações de vizinhança. A lâmina de uma faca. A lâmina de barba que é preciso substituir. O espelho da casa-de-banho. As eiras em Agosto. A água de uma fonte. A fonte junto a uma cabana. A água de Colónia que usas. O perfume. As sandálias para caminhar na praia. A minha barriga que querias que fosse mais pequena. A tua saia que tem um fecho de correr no lado esquerdo. A camisa branca. Um beijo. O sabor de um refogado. O forno de lenha de onde sai o pão. A direcção do vento. Uma gravata azul-marinho. As noites do temporal. As asas das rolas. O canto dos canários. Os carros parados junto da estrada de uma aldeia em dia de romaria. Os domingos. A primeira comunhão. A tristeza. A alegria. Os outros. Brincar com os outros. Mentir-lhes. Confundi-los. Rir. Inclinar a cabeça. Abrir um só olho ao acordar. Os caracóis nos muros. Os pinheiros no caminho para a praia. As tuas pernas. A tua cintura. As uvas moscatéis. As calças arregaçadas quando se vai à praia em pleno Inverno e chove durante toda a tarde de sábado. O voo de um avião no céu azul. O crepúsculo. Os chapéus de feltro. As fantasias de dois namorados. A fome. O medo. Os retratos antigos. Os passeios de carro ao fim-de-semana. Um sobretudo antigo e coçado nos cotovelos. Uma camisa de riscas finíssimas, azuis. Um ódio real. Uma irritação permanente. As vitórias dos outros. A sorte. Os autocarros urbanos. As filas do trânsito. Os discos de Benny Moré, Pérez Prado, Xavier Cugat, Machito, Celia Cruz e Tito Puente. Uma família e um amor. Uma canção chamada "Borbujas de Amor" que agora se ouve na rádio. A voz de Francisco José cantando "Teus Olhos Castanhos". O convívio com a noite. A esperança no futuro. Uma casa onde há um muro repleto de hera e das suas folhas impacientes. As frases que evito dizer, que evito dizer-te, e as que evito ouvir para que não magoem, para que não haja demasiados sobressaltos. A cancela de macieira que dá para uma horta. Um carreiro de terra e lama, em pleno Inverno, ladeado de muros, oliveiras, canaviais, compaixão, riscos de poeira. A flor da amendoeira. Os candeeiros a petróleo. Os afectos. Deus. O nome de Deus. Morrer velho, com pouco dinheiro, ambição de felicidade. Morrer em paz. Um cruzeiro antigo num largo de aldeia, junto ao cemitério. A sobrevivência. As lagoas. Os canaviais. O peixe fresco no mercado da Vila do Conde. A vida toda, tão curta. A vida toda, tão longa. Um farol, disse de novo Jaime Ramos. A visão do mar, um barco que contorna a pequena ilhota de se fazer à baía. O vagar de uma aldeia.

12 de Agosto de 1991, 18:30 horas

— UM CASO DE SAIAS, PORTANTO?

— Não tão simples — respondeu Filipe Castanheira. — E também não acredito que a coisa esteja já resolvida. Dá-me ideia de que Rui Pedro Martim da Luz se queria mesmo fixar em Finisterra e deixar o Porto. É um caso vulgar, em certa medida, um caso de desaparecimento de um homem, em duas etapas. Primeiro, ele desaparece do Porto na direcção que sabemos. É a última viagem que ele faz para um lugar desconhecido. Envia uma carta à família, sabemos hoje que essa carta não está ainda acessível, mas sabemos que foi enviada de modo a chegar às mãos da família só na semana em que ele morreu. Bom, ele não sabia que ia morrer. Sabia que ia voltar a Portugal para ajustar contas, se tivesse jeito para isso, e desaparecer de novo. Esta é a segunda etapa: o que ele queria fazer depois de chegar cá e de falar com quem supôs que queria falar. E sobre isso não sabemos nada, nada de nada. Em primeiro lugar, porque o inquérito, por assim dizer, começou tarde e não veio parar às tuas mãos. Ficou em mãos de gente de província que anda agora a percorrer os mesmos passos que outros já deram na altura. Bom, eu sou da província, o que eu quero dizer é que eles, os que estão agora a tratar do assunto, não têm a mesma facilidade em encontrar dados como tu terias. Ou eu. Só pelo facto de estarmos aqui. Penso que ele saiu do Porto porque queria arranjar uma casa nova, entende?, no sentido em que precisava de um lugar novo para viver. Há alguns casos assim, mas não com o dramatismo deste. O homem tinha dinheiro, podia gastá-lo, e podia investir no seu próprio emprego, abrindo um hotel na aldeia, o turismo de Finisterra é especial, não é o turismo normal de quem vai passar as noites num casino. São pessoas que vão lá para descansar, passar as tardes na praia, se é de Verão, fazer passeios no farol. Há um monumento ao Sol. *Ara Solis*. Os antigos pensavam que ali terminava o mundo e que o Sol era visível com outra intensidade.

— Era sempre Verão?

— Não. Claro que não. Deuses antigos, povos antigos, Deus Sol, o Sol dos deuses. É uma zona celta em cruzamento com a ocupação romana posterior, a meio caminho da Irlanda.

— Parte dos polícias que eu conheço devia tirar o curso de História, como tu — disse Jaime Ramos.

— Aquela é a Costa da Morte, o que significa outra homenagem, aos naufrágios. Há discordância sobre a designação, penso eu, mas o nome ficou. O nosso homem deve ter encontrado várias razões para querer ficar lá. Cinquenta anos de vida dedicada a arranjar dinheiro, por todas as maneiras, quase. Como advogado, consultor de empresas, trabalho para as Informações. Um dia cansa-se e começa a pensar num lugar. Deve ter ido passear pela costa galega e apaixonou-se por aquele sítio. Voltou, comprou a casa onde agora estive, foi conhecendo as pessoas, conheceu uma mulher mais nova que também tinha os seus problemas, encontrou uma vida mais ou menos tranquila. E um hotel, naquele sítio, é coisa que até a mim me tenta. Imagina. Refeições mais ou menos simples, baixo custo, Inverno sossegado, Verão animado. Tenta qualquer um. Os outros hotéis que há por lá são obra de emigrantes. Emigrantes galegos como os emigrantes da nossa terra, que regressam com um carro ou dois, dinheiro para uma casa e começar um negócio, dinheiro, algum dinheiro. Estive num deles que não me pareceu mal, com as paredes pintadas de creme ou de azul, casa-de-banho com azulejos floridos, sala de jantar virada para o mar, envidraçada. Pode-se pôr o carro na garagem, à confiança, no meio de caixas de vinho e sacos de arroz.

— Vinho?

— Vinho. Não só vinho galego, claro. Na última noite o dono do hotel mostrou-me uma relíquia, um tinto. *Federico Paternina*, Banda Azul, 1957. Bebemo-lo muito devagar, ele ainda tinha duas caixas na garagem, vi-as depois, quando fui tirar o carro para me vir embora. Pensei em tirar uma, sinceramente.

— Ele dormia com esse Ramón?

— Ao teu Alberico Nuñez não custa muito admitir isso, mas eu tenho dúvidas, muitas dúvidas, ainda que ache muito estranho que a rapariga e esse Ramón tenham sido vistos juntos a tirar coisas da casa, na manhã do assassínio, a mando do Alberico. Não me parece que ele se tenha metido em outras complicações para além das que podiam vir desse duo. Um triângulo, portanto. Mas as histórias de triângulos assim são sempre falsas, ridículas. Inverosímeis. Quer dizer, podem acontecer, mas já não se usam realmente. É certo que acabam sempre mal, mas já ninguém arrisca. Estamos em tempo de Aids.

— De facto.

— Mas há mais dados que faltam. O que dizia a carta. Onde estão as coisas dele. E uma informação precisa que ninguém tem, uma informação útil que ninguém pode dar, salvo ele, para já. Quem é que foi com ele a Finisterra há dois anos ou menos? A verdade é que poderíamos estar descansados, sem preocupações, e passamos estes dias com a cabeça metida num problema que ninguém quer resolver. Achas que é o hábito?

— Não — murmurou Jaime Ramos. — Não é o hábito. É também o prazer, e o prazer de enfrentar a morte dos mortos que não conhecemos, o seu inferno. Como se inventássemos a vida deles outra vez. A última olhadela.

— É. Os mortos. Eu devia fazer mesmo férias, aproveitar estes dias, dormir, ir à aldeia amanhã, tu sabes, eu prometi.

— E Isabel?

O nome de Isabel trazia-lhe a recordação de uma música que despovoava o mundo, uma imagem que aparecia e desaparecia com o seu rosto de animal amedrontado. Onde estaria Isabel a esta hora? "A Doutora Isabel já partiu de férias ontem mesmo, e só volta no final de Agosto", tinham-lhe dito por telefone. A seguir recebera uma carta, "*a verdade é que precisava de umas férias, umas férias ligeiras. Os meus pais sabem onde estou, claro, mas peço-te que não me procures nem lhes perguntes. É como se fosse um jogo — voltas a ver-me depois das férias, talvez então possamos falar mais calmamente sobre nós e sobre o que se passa entre nós. Não é uma conversa sobre o amor, mas sobre a maneira como nos relacionamos e nos relacionaremos. Às vezes esgota-se-me a paciência para te ouvir e para te aturar, confesso. Isto porque, quando as coisas vão bem, tu procuras problemas entre nós, crias problemas, parece-me que não sabes o que queres, talvez estes dias nos façam bem e nos permitam repousar o que há a repousar. Sei que não me perdoas ter faltado ao jantar em tua casa, mas tenho a impressão de que não se ia resolver nada. Talvez fizéssemos amor, tu sabes que eu gosto de fazer amor contigo, e, no dia seguinte, irias à pesca toda a noite e eu ficaria à tua espera, sozinha, e, quando viesses, punhas-te com aquele ar melancólico a dizer que preciso de mudar os cortinados da sala ou que tenho muitos anéis num só dedo. Às vezes és muito chato. Também é verdade que tenho andado triste porque preciso de sair de São Miguel por alguns dias, dois ou três, e tu tens-te recusado a falar sobre o assunto. No fim de contas, acho que preciso de uma paixão forte e não de continuar a arrastar as coisas; isto pode magoar-te, eu sei, mas é melhor magoar-te por causa disto do que por causa de todas as vezes em que te iria lembrar que disseste que íamos passar as férias juntos e nunca deste um passo para que isso fosse verdade.*

Talvez vá visitar umas pessoas de família noutra ilha e depois falaremos. Talvez já tenha apetite nessa altura". Talvez, talvez.

— Nos Açores. De férias. Não sei onde está, mas as esperanças não são muitas.

— O diabo. E nós aqui. Podíamos estar a tirar um curso de gestão de empresas ou a comprar roupa de meia-estação, e afinal estamos aqui, como dois velhos.

Por alguns momentos, o gabinete de Jaime Ramos ficou tingido de uma penumbra triste, e as sombras que se projectaram na parede branca e do tecto descolorido a necessitar de uma nova demão de cal permaneceram imóveis. Depois, a luz do dia foi mudando, escurecendo, abandonando o fulgor de um Verão quente e abafadiço que provocava sonhos, insónias e recordações. Uma noite chegaria a seguir, outra noite e mais algumas depois. Filipe Castanheira, na manhã seguinte, deixaria o carro de Jaime Ramos estacionado junto da estação de Campanhã, onde se apanhava o comboio na direcção do Douro. Adormeceria de imediato, logo depois de encontrar um lugar vazio na carruagem mais próxima da que transportava um bar a que não iria recorrer para só acordar em Marco de Canavezes, quando a linha ferroviária reencontra a suavidade da recordação tão próxima de um rio brilhante e afectuoso que parecia aguardá-lo.

Os dias seguintes passou-os Filipe na aldeia, deitando-se antes da meia-noite e acordando antes das oito da manhã, suavemente. E não deixou de observar as estrelas num céu escuro e, simultaneamente, brilhante ou devassador conforme seja observado em estado de insónia ou quando se aguarda a hora de adormecer. Só quatro dias depois, quando Jaime Ramos reencontrou na sua secretária as páginas manuscritas do processo relativo à investigação do homicídio de Rui Pedro Martim da Luz, é que Filipe Castanheira se decidiu a apressar o regresso aos Açores, às suas ilhas, não sem que antes fosse assaltado por uma inquietação na qual ganhava peso e forma uma imagem de papel desbotado e amarelecido, que era já a sua memória do cadáver de Rita Calado Gomes, entregue à passagem dos dias e à decisão de um relatório que a dava como acidentalmente falecida junto da Ponta do Arnel, em São Miguel. Fora a imagem de uma coincidência, outra coincidência, que o levara a relacionar factos até aí aparentemente desligados, como o desaparecimento de Rui Pedro Martim da Luz e a partida de Rita Calado Gomes para os Açores, por um lado; e, por outro (já explorado na sua imaginação o jogo de datas e circunstâncias que marcaram as duas mortes), o facto de nenhum dos dois ter deixado rasto visível ou perturbações pendentes. Como duas mortes que não inquietassem ninguém.

18 de Agosto de 1991, 00.30 horas

SOBRE A MESA DA SALA, JAIME RAMOS ORGANIZARA os despojos de uma caixa que arrancara do armário do escritório da casa de Rui Pedro Martim da Luz. Fotografias, fotografias, postais ilustrados. Fotografias de Rui Pedro Martim da Luz aos dezoito anos, provavelmente, e de uma mulher a que, com toda a certeza, se poderia atribuir o nome de Maria Antónia Seixas, mais tarde Maria Antónia Seixas Luz por casamento. Postais ilustrados, vários. Dispô-los em dois montes: os que recebera e os que, em princípio, foram comprados em vários lugares conforme as estadias neste e naquele lugar, passagem neste e naquele aeroporto. Nova Iorque. Paris, vários de Paris, Paris com a Torre Eiffel, Paris com a Étoile, Paris com o terminal de Orly, Paris com o Sena, Sena por todos os lados, Sena invadindo as ruas, os becos, os cais pequenos onde se vê sempre um homem ou dois, ou um grupo minúsculo de pessoas vendo passar as águas mansas e sujas do rio. Londres. Londres com o Hyde Park. Londres de noite, imagem de uma das pontes sobre o Tamisa. Barcelona. Abidjan. O Hotel Intercontinental de Abidjan rodeado de água como uma ilha. A piscina do Hotel Intercontinental de Kinshasa. Brasil. Vários postais ilustrados do Rio de Janeiro. Avenida Atlântica. Saudades de Ipanema. Praia de Copacabana. Bahia. Salvador da Bahia. O azul do mar de Salvador da Bahia. Praia de Itapoã. Rio de Janeiro outra vez. Praia de Copacabana. São Conrado. América, Florida. Nova Iorque de novo, a Estátua da Liberdade, Manhattan, o rosto de Chaplin, um filme com Fred Astaire, mais postais ilustrados com imagens de filmes. Marilyn em *O Pecado Mora ao Lado*, a imagem habitual de Marilyn com as saias voando, mulher tão triste. Casablanca. *Casablanca*, o Rick's Café, *play it again*, toca essa canção todas as vezes que quiseres, todas, junto ao coração de Bogart, e acrescenta-lhe as que eu te pedir enquanto vou vendo estas fotografias, agora que abandonei os postais ilustrados. Aqui está uma fotografia como deve ser, a de Maria Antónia Seixas Luz, meu Deus, envelhece-se tanto, às vezes, o corpo de Maria Antónia Seixas Luz é o de uma jovem, aqui, na praia, um mailot claro, não se vê exactamente a cor porque se trata de uma fotografia a preto e branco, mas é uma bela fotografia, Rui Pedro Martim da Luz no seu casamento, o fato de cerimónia é sério, fraque, chapéu na mão, sorriso ao lado da mulher, depois aparece esta outra fotografia, a dele numa varanda de um hotel, óculos escuros, óculos realmente escuros sem deixar perceber seja o que for de um rosto bronzeado, óculos escuros, mais óculos escuros, um homem de estatura mediana, o homem de novo, agora fotografado ao lado de Francisco Sá Carneiro, um jantar de gala, smoking, Algarve, cá está o Algarve, como podia faltar o Algarve?, eis uma casa no Algarve, suspeita-se de umas férias de Verão, uma casa no Algarve idiota, no Algarve abominado para sempre, jantar em Madrid com Ruben Pelletier e sua esposa, lê-se no verso, a sua esposa é nova, muito mais nova e Ruben Pelletier um velho homem de negócios que usa colarinho branco sobre camisa de riscas azuis, o restaurante tem garçons de lacinho preto, há uma garrafa de champanhe num balde de gelo, agora Rui Pedro Martim da Luz em Veneza, Veneza, Praça de São Marcos, recorda-se Jaime Ramos que esta praça se chama de São Marcos, as igrejas são as mesmas dos postais ilustrados, mas Rui Pedro Martim da Luz veste uma t-shirt branca, lisa, e está de pé junto da mesa de uma das esplanadas da praça, há pombos à volta da praça, pombos no céu, a fotografia está devorada por pombos, consumida por pombos, escurecida por pombos, tantas fotografias, o inventário de um homem, das imagens que ele deixou, todas as fotografias deixadas por Rui Pedro Martim da Luz a relembrar o passado, um passado de filme publicitário, ideal para familiares consultarem e sorrirem de desânimo. E finalmente uma fotografia que Jaime Ramos destaca, uma aldeia recortada frente ao céu azul, demasiado azul. Há mar, uma baía que a suporta no vazio, Rui Pedro Martim da Luz está encostado a um carro azul, um Golf, a aldeia aparece em várias outras fotografias, a seguir, Finisterra, sorri Jaime Ramos, que se senta então e analisa as fotografias uma por uma. Vira cada uma delas, verifica se estão datadas, nenhuma está, mas continua a virá-las, uma casa de pedra, de portadas de madeira encarnada, um farol, um farol, disse Jaime Ramos baixinho, um farol abandonado, será o farol do Cabo Finisterra. Cá estamos.

— Se era preciso tanta coisa — disse então. Isaltino de Jesus levantou a cabeça, inquiridor. — Fotografias de Finisterra.

A noite ia longa, já. Tinham chegado por volta das oito e, desde há quatro horas, depois de pedirem a chave à porteira e de esta ter resmungado, deram a volta a três compartimentos do vasto apartamento de Rui Pedro Martim da Luz. Jaime Ramos deixara o escritório para o fim, e trouxera as fotografias para a sala onde Isaltino de Jesus analisava a garrafeira.

Fora ao princípio da tarde que os documentos chegaram ao seu gabinete. Pode começar o trabalho, palavras do director. Jaime Ramos sorrira, acendera um charuto e esperou, consumindo o tempo em silêncio, que a noite chegasse.

— Agora é mais fácil trabalhar — dissera então Jaime Ramos para Isaltino de Jesus, que lhe trouxera a pasta azul, de cartolina.

— Mais fácil?

— Claro. Estamos autorizados.

— Se o chefe o diz.

— Preciso de falar com esta gente toda. Sogro, cunhado, os pais já desapareceram, secretárias do escritório dele, porteira, amigos mais chegados, como este tipo, Ernesto das Neves Oliveira, um amigo que já sabíamos que existia. Nunca escolhas uma mulher com um nome desgraçado, Isaltino. Depois tens de o dar aos teus filhos.

— A minha mulher tem um apelido normal, chefe. Machado.

— Já és casado?

— Há oito anos.

— Não tinha dado conta. Casaste cedo.

— Aos vinte e três.

— Andas depressa, Isaltino. Mas, enfim, se tiveres de escolher mais alguma mulher tem atenção ao nome. Machado de Jesus não é mau, podia ser pior, lá isso é verdade. Não é nada de especial. Tens filhos?

— Não. Ainda não.

— Deves ter filhos, Isaltino. Um filho é uma aventura. Escusas de a procurar noutro lugar, entendes-me?, escusas de andar por aí de olho noutras coisas. Um homem devia casar uma única vez, conhecer só uma mulher, morrer só uma vez.

— O chefe já se divorciou.

— Mas eu não sou ninguém, Isaltino. Sou mau exemplo. Falhei em tudo. Bom, em quase tudo. Este ano o Porto não ganhou o campeonato, os restaurantes vão expulsar os fumadores, hão-de demolir as quintas que ainda há por detrás do meu bairro, as que descem para o rio.

— Já as demoliram, chefe.

— Não dei conta. Não dou conta de nada, o que quer dizer que estou a envelhecer. Quando acabam com as coisas de que gostámos é porque estamos a envelhecer. Hoje em dia há pessoas que se esforçam por gostar de tudo o que acontece de novo porque iludem a velhice. Cantores modernos, por exemplo. E escritores modernos. E jogadores de futebol mais novos. E carros de mudança automática. Têm sempre a mesma idade que já tinham quando começaram a aprender a gostar de outras coisas.

— O chefe não gosta de jogadores novos?

— Não.

— Nem dos do Porto?

— Nem dos do Porto. Nem de mim gostaria, se fosse novo. Um homem, Isaltino, deve aprender a envelhecer e a perceber que o seu tempo passou. Se envelhecemos bem é porque somos felizes, ou fomos felizes quando começámos a envelhecer. É a grande arte. A única coisa em que vale a pena ser-se muito bom, realmente bom. Por isso é que gosto destes charutos. Estás a vê-los, Isaltino? São de marcas antigas que não aparecem nos anúncios da televisão nem nos das revistas que a tua mulher lê. Já algum dia fumaste charutos como estes?

— Nunca. Os charutos são muito fortes.

— Não são. Os charutos são mesmo assim. Dizem que são fortes porque os comparas com os cigarros que andas a fumar, mas os charutos foram sempre assim. Só se faz um charuto destes de vinte em vinte minutos; no mundo inteiro só se fazem charutos destes num sítio, numa ilha do outro lado do mundo, pelo menos deste mundo.

— Mesmo assim são fortes, chefe — disse Isaltino de Jesus pousando a pasta, finalmente, e sentando-se. — Podemos ir a casa deste tipo amanhã de manhã, já avisei a família, é sempre bom avisar a família quando se vão ver as coisas de um morto. Disse que íamos às dez. Dez, dez e meia. A porteira tem a chave.

— Vamos hoje de noite, Isaltino, daqui a bocado, antes de jantar, até, se pudermos. Durante uma semana esperei por esta autorização, não vou agora deixá-la arrefecer.

— Pode cair mal.

— Pois pode. Se cair mal é lá com eles. Vamos chegar lá a casa por volta das oito. Vai comer qualquer coisa. Assim, vemos tudo à vontade, muito mais à vontade, e não damos tempo a que arrumem e escondam, se é que não fizeram isso já.

Não tinham feito. Por isso, Jaime Ramos vasculhara à vontade, contra seu hábito, até chegar ao maço de fotografias de Finisterra, absolutamente banais, vulgares. Um muro derrubado, uma varanda de uma casa, supostamente a casa de Rui Pedro Martim da Luz em Finisterra. Uma mulher ri nesta outra fotografia. Nas fotografias sorri-se sempre. Mas o riso desta mulher está aqui, e pronto, diz Jaime Ramos. É uma mulher pequena, os seus cabelos lisos deixam perceber os olhos claros, um pescoço fino, a mão estendida para a objectiva, como se dissesse "não tires agora a fotografia", pensa Jaime Ramos.

— Isaltino.

— Chefe.

— Este homem era um idiota. Com os idiotas devemos ter sempre cuidado, porque nos enganam mais facilmente, apesar de sermos melhores do que eles. Melhores em tudo: não somos vaidosos, não escondemos quase nada. somos simples, não temos dinheiro. Este era idiota e tinha dinheiro, muito dinheiro, podia enganar-nos com mais facilidade.

Arrumou as fotografias na caixa correspondente.

— Mas nós conhecemo-lo. Não conhecemos?

— Se o chefe o diz — confirmou Isaltino de Jesus, desviando mais uma fila de livros.

18 de Agosto de 1991, 11.00 horas

As manhãs parecem sempre iguais em todas as cidades, mas Filipe Castanheira nunca tivera uma geografia sentimental de Lisboa, e Ernesto das Neves Oliveira (cujo nome Jaime Ramos lhe assinalara desde o início como sendo o do amigo que enviara a carta de Rui Pedro Martim da Luz à família), que era um homem alto disposto a evidenciar menos idade do que a real, avisara-o de que marcara uma reunião ao meio-dia, pelo que às onze horas pôde entrar no gabinete azulado onde ele lhe prometera que estaria para o receber. Assim, não teve de passear pelas ruas para matar o tempo, bastando-lhe sair do comboio em Santa Apolónia e tomar um táxi para a Avenida da Liberdade. A viagem desde o Porto fora rápida, mas pesava sobre si, ainda, um sono interminável que não o abandonaria até à noite.

— Mas em meia-hora falamos do que houver a falar. Suponho eu — dissera Ernesto das Neves Oliveira no dia anterior. — Não é necessário que falemos muito sobre um caso que os senhores têm entre mãos. E tenho pouco para dizer.

— É sempre bom falar. Qualquer coisa que nos tivesse escapado.

Lisboa era, cada vez mais, o género de cidade onde não cabiam memórias de quem não a amasse. O emaranhado de prédios em construção, de veios abertos nas ruas de maior circulação e de camiões abandonados fazia lembrar uma cidade em projecto ou em replaneamento. Filipe era de certo modo imune em relação a essa imagem, porque sabia que não voltaria a Lisboa para viver, e que o encantamento que a cidade produz é sobretudo um efeito de todos os encantamentos anteriores que ela produziu, noutros tempos, noutras circunstâncias. Falaria com este homem, falaria com a psicóloga que era amiga de Rita Calado Gomes, para aproveitar a viagem, e com o pai de Rita Calado Gomes também. Desejava terminar com a curiosidade em relação a Rita Calado Gomes e com a permanente existência de imagens dispersas do seu rosto abandonado numa praia açoriana.

— Eu era simplesmente um amigo do Rui Pedro. Evidentemente que fazíamos negócios, isto é, ele representava a empresa em alguns casos, quando era preciso. Digamos que ele era um excelente advogado e um homem que seria bom nos negócios. Creio que acumulou uma certa fortuna pessoal. Tudo por causa do trabalho que fazia, e que era bem feito.

— Inclusive o das Informações militares?

— Isso? Ninharias. Um divertimento, se quer saber. Quem se preocupa com um país como este? Não há espiões de pequena potência. Sim, eu sei que ele tinha esse currículo também, mas nunca lhe dei importância.

— Era seu confidente?

— Ele?

— Não. O senhor.

— Quando calhava, e se vinha a calhar. O senhor compreenda, a nossa amizade começou quando esta firma, que era do meu pai, tratava também de vinhos, vinhos diversos, vinho do Porto, vinhos do Douro sobretudo. Para além de importar alimentação, como sabe, se leu alguma coisa ali fora, na sala-de-espera. Sobretudo de África e do Brasil. Ora, acontece que o Rui Pedro trabalhava para uma companhia de vinho do Porto que nós representámos em Lisboa. Não uma grande companhia, mas um produtor seleccionadíssimo. De luxo, se quiser. Bom, conhecemo-nos na altura e ficámos amigos. Éramos muito amigos, sim. A certa altura da vida a amizade é mais o que se recorda de alguém do que aquilo que se vive com alguém. Havia um magnetismo muito pessoal na sua figura. Com as mulheres, então, era mais do que magnetismo. Tratava-se de uma força que ele sabia possuir. E comandar. Um caso.

— Alguma dessas histórias com mulheres foi suficientemente forte para que isto acontecesse?

O outro levantou-se para abrir a porta de um armário que analisou atentamente e, depois, voltou-se para Filipe Castanheira:

— Aceita um gin? Um vinho branco fresco? Um sumo de laranja? Se pensa que é cedo para qualquer destas coisas, posso pedir um café.

— Vinho branco estaria bem.

— Acompanho-o. Um vinho de arremedo, se me permite. Da Estremadura, Caldas da Rainha. Nada de especial, mas aceitável. Em relação à sua pergunta: não. Eram casos mais ou menos vulgares, uma noite aqui, outra noite ali. Provavelmente aquilo que se podia chamar um conquistador tranquilo, muito tranquilo, porque com o trabalho dele era preciso ter cuidado.

— Quando é que ele começou a pensar em Finisterra?

— Há três anos, que eu me lembre.

— Ele falou-lhe de alguém em Finisterra?

— De uma garota de lá? Sim, claro. Uma mulher nova, bastante mais nova. Falou-me algumas vezes do assunto, mas um homem como ele tinha alguma dificuldade em se prender fosse a quem fosse.

— Sempre?

— Talvez sempre, não sei bem. O senhor sabe quando acontece essa coisa, "sempre"?

— E de Rita Calado Gomes, ouviu falar?

— Bom — disse o outro. E encolheu-se no seu lugar. Parecia um rapaz novo a quem atribuíram de repente um lugar importante à mesa dos destinos da família. — Rita, portanto. Como chegaram a ela?

— Papéis.

— Deixam-se sempre papéis, é verdade. Talvez não fosse má ideia começarem a esquecer-se de que existem, porque não vale a pena magoarem a rapariga. Sabe como nasce uma paixão?

— Ignoro.

— Não me diga. Mas imagine. Olha-se uma pessoa e deixamo-nos ir com ela para onde quer que ela vá, ainda que não possamos sair do mesmo sítio, não sei se me exprimo bem, mas é isso. Apaixonamo-nos porque imaginamos alguém. Se imaginamos demais, a paixão desaparece porque a imagem real não corresponde à imagem que fizemos antes. Mas, portanto, chegaram a Rita Calado. E em que papéis, posso sabê-lo?

— Papéis que se deixam ao acaso. Recados manuscritos que apanhamos por aí. Quando alguém morre é sempre mais fácil porque, em princípio, um morto esquece-se geralmente de arrumar as suas coisas como deve.

— O senhor é necrófilo?

— Não. Respeito os mortos. As suas vontades. Procuro entre os papéis, as agendas de há anos, as fotografias, os livros de endereços, aquilo a que habitualmente chamamos as coisas íntimas, no entendimento de que ao morto já não interessam.

— Necrofilia.

— Nem por isso. E Rita Calado Gomes?

O outro parou por instantes de bambolear a perna esquerda, que já tinha substituído a direita no exercício de descontracção, e serviu-se de mais vinho como se isso o ajudasse a considerar a questão.

— O Rui Pedro passou uns maus tempos há uns meses. Digamos que a Primavera não era o seu forte. Complicações. Todos temos. Em fins de Abril decidiu retirar-se. Eu não posso fazer isso, chegar aqui e dizer "adeus, levo um tanto para despesas pessoais, adeus", mas ele podia.

Eu tenho responsabilidades, vinte funcionários aqui, oito no Porto, cinco na Madeira, agentes em toda a Europa, representantes por aí fora. Senão, fazia-o, pode crer. Mas ele podia decidir retirar-se porque não gostava muito de dinheiro embora o ganhasse bem e tivesse já ganho o suficiente para passar alguns anos a fazer aplicações de capital, recolher rendimentos. Não tinha filhos, podia meter-se num negócio novo que o entusiasmasse, eu próprio precisaria dele para ampliar o meu. Foi nessa altura que me falou de ir definitivamente para Finisterra. Finisterra era o sítio, o senhor veja, uma aldeia no fim do mundo, ninguém lá vai salvo para fazer turismo de ocasião. Pensou em abrir lá um hotel, um restaurante, em iniciar uma vida nova. Acontece a todos nós, mas ele era, como direi?, mais infantil?, posso dizer assim?, mais infantil, será assim, mais infantil, ou seja, acreditava mais nesse tipo de coisas. Se quer que lhe diga, ele fazia bem, inspector.

— Subinspector.

— É mais difícil de dizer. Fica como inspector, é entre nós. Mas ele fazia bem. Fazia bem porque não merecia ter aquela família atrás dele. E a vida dele já era muito complicada. Se tivesse coragem, fazia bem.

A mim, pessoalmente, não me interessa nada disso, pensou Filipe Castanheira. Além dos ricos que não têm dinheiro, e dos modelos de moda masculina, e dos bêbedos que se embebedam com vulgaridade, detesto também este tipo de gente que se retira depois de construir uma parte da vida. Por isso não me interessa nada essa conversa sobre as vítimas do mundo moderno, os incapazes, os demasiado sensíveis, os que ganham sempre e os que se convencem de que perdem sempre, os que têm o destino nas mãos e os que se despedem dele, os que estavam predestinados a serem vítimas e os que têm dinheiro a mais para se considerarem vítimas. Fora isso, detesto as mulheres que gostam disso tudo, e por isso quero saber se Rita Calado Gomes era uma dessas.

— E Rita Calado Gomes? — perguntou então.

— Rita foi a grande paixão dele.

— A mais recente, digamos.

— Talvez. Conheceram-se nessa Primavera. Não digo que fosse uma cena de engate, mas quase. Uma aventura que desde o princípio eu soube que não ia correr bem. Pelo menos nos primeiros tempos, nas primeiras noites, até. Houve um pormenor que o afligiu, uma espécie de impotência sexual temporária. Gente diferente, como compreende. Por que se interessa tanto por Rita?

— É um desses pormenores que ficam, como disse. Às vezes há pormenores assim. De modo que era um caso sério.

— Sério, sim. Talvez fosse o caso sério da vida dele.

— Mas não muito bem sucedido, como diz.

18 de Agosto de 1991, 11.30 horas

— TALVEZ A PRIMEIRA VEZ NUNCA SEJA BEM SUCEdida. Alguém bebe dois copos a mais — disse ele. — Dois ou três, segundo sei, no caso dele. Claro que gostava dela, como não havia de gostar?, sonhou sempre com ela, com uma mulher assim. Fazia longos discursos sobre ela. Via-a muitas vezes naquele bar, as pessoas encontram-se sempre num bar hoje em dia, não marcam encontros, às vezes jantam juntas, é claro, mas na maior parte das vezes é isso mesmo, encontram-se num bar. Há barulho, muito barulho, devem estar mais disponíveis. Mas ele sempre gostou dela, sonhava com ela. Talvez não seja muito correcto eu dizer isso, mas ele também era do agrado dela, que tinha outros amores, recordações, não direi uma vida dissoluta, claro, mas alguns homens, amores estragados porque esses homens nem sempre eram os mais indicados. Mas a gente não sabe quem é mais ou menos indicado para quem quer que seja. Nunca se sabe.

— Quando se conheceram eles?

— Não há muito tempo. Não eram do mesmo meio, dos mesmos sítios.

— Gostaram logo um do outro?

— Sim. E odiaram-se também. Viam-se, aproximavam-se, mas cada um tinha escolhido um campo de batalha, um dos lados da guerra. Ela era muito mais nova. Mas tinha outras coisas, passava as noites nos bares, conhecia todo o mundo, sentava-se num banco alto, daqueles que há logo à entrada, e parecia a princesa. A princesa da noite. E dos bichas também, que se davam muito com ela, ela deixava-se ir na conversa deles, apaixonou-se por um, talvez mesmo dois, gente delicada, gestos finos, não um homem como antigamente. Não. Gente delicada, na generalidade gente com dinheiro, viagens, empregos bem pagos.

— Como são os homens de antigamente?

— Estranhos, para os dias de hoje. Não propriamente duros, entenda-me. Homens que raramente falam de si, que aceitam desafios, que sofrem em silêncio, que amam em silêncio, que morrem em silêncio e têm medo mas nunca o dizem.

— Os de agora são diferentes?

— Penso que sim. Exuberantes como mulheres. Sofrem e dizem-no logo. Pior se são escritores, ou cronistas de jornal. Fazem estendal público. Se são realizadores de cinema fazem um filme sobre as mulheres que não puderam ter. Ela era uma delas, provavelmente.

— Fale-me dessa noite.

— Foi há muito tempo e ele contou-me só o suficiente. "Portei-me mal", sabe como é. Bebem-se uns copos.

— Isso já me disse.

— Mas é fundamental. Porque depois há aquele gesto do homem que chega à cama com a mulher que sempre sonhou ter ao lado, não para uma noite mas para todas as noites da vida, e tudo falha. Há uma certa pressa. Depois, claro, ele pensava que tinha de provar qualquer coisa, que os tinha no sítio. Prontos para ela. Mas havia ali um problema: ela conhecia muito da vida, de sexo sobretudo, porque era disso que se tratava. Não que ele fosse inexperiente, dizia-se até que tinha fama de garanhão. Emprestei-lhe muitas vezes a minha casa, em pleno Verão, para ele ir para lá, levar uma e outra. Passava lá dias inteiros, entrava ao meio-dia, ia jantar tarde, a um sítio onde pudesse estar descansado, a ler os jornais da tarde. Nessa altura havia jornais à tarde.

— Com Rita também?

— Sim, mas já não havia jornais à tarde. Com várias mulheres ao longo de muitos anos, e com a antiga mulher também, que nessa altura ainda era quase uma mulher inocente. Inocente nessas coisas, e Rui Pedro deve ter sido o primeiro homem a sério na vida dela. Não uma paixão definitiva como esta, por essa rapariga. Foi quase uma espécie de gripe de Verão, em pleno mês de Junho com a cidade a arder, e eles os dois deitados na cama do quarto mais pequeno, que dava para as traseiras, uma rua fresca e estreita, onde não passava trânsito. Eu deixava-lhe bebidas, gin, gelo, fruta, coisas cúmplices.

— Fale-me mais dessa noite.

— Deve perceber que me quero afastar disso, que não quero falar sobre isso.

— Alguma vez é preciso que alguém fale.

— Ficou toda a noite acordado, ao lado dela. Ela dormiu, ele ficou acordado, a vê-la, levantou-se, fumou um cigarro a meio da noite, deve ter fumado vários. Imagine. Foi uma primeira noite. Só se viram algumas vezes mais, a seguir, e ele deve ter pressentido isso, porque, como sabe agora, tratou de tudo o resto. Ela escapou-lhe, em certa medida. Uma mulher escapa sempre. O medo, nelas, tem esse ar de quase sincera superioridade. Ele disse, nessa altura, "ela está um degrau acima de tudo". Percebi o que isso significava, ela não era nenhuma mulher em que ele encontrasse pedaços do passado, memórias, relações antigas, hábitos que já conhecesse. Era tudo novo. Tudo demasiado novo na vida dele. Exactamente aquilo que pode matar um homem. Até ela era mais nova.

Filipe pensava exactamente nisso, enquanto sorvia, em pequenos goles, o vinho branco que o outro lhe tinha oferecido. A primeira vez, como ele sabia, nem sempre corre bem. Despe a blusa dela, ela despe a tua camisa, encosta os teus dedos, os da mão direita, à pele mais lisa, a dos seios, ou entre as pernas, em cima, até tocar-lhe o sexo, beija-la uma vez, pensas em tudo o que de repente vem dar a este lugar ou a outro qualquer, como uma ventania, uma tempestade que afasta toda e qualquer hipótese de tranquilidade e de concentração, até. O amor deve precisar de concentração. À medida que a vais conhecendo vais encontrando outros sinais, minúsculos sinais no corpo dela, tocas-lhe, encontras caminhos que antes ignoravas, sabes qual o lugar exacto que deves tocar, onde a cabeça se agita e ela diz "sim" e tu pensas, pensas, pensas muito até ser impossível pensares mais naquilo que estás a fazer, que é, afinal, tudo o que sonhaste durante meses inteiros, quando a vias junto de outras pessoas. Não usaste nenhum truque especial. Tudo se conjugou para que fosse possível estares aqui com ela, numa cama larga e macia, a noite é tão escura nesta altura, em breve virá a lua cheia, *lua cheia, uma nuvem de tempos a tempos*, e quando a lua cheia vier tudo será melhor, tudo será de outra maneira, talvez ela não fuja entretanto e, se ela não fugir, sabes que talvez isto se prolongue por muitos anos, toda a vida, muitos anos de ti estão em jogo nesta noite, nos minutos em que ela te abraça e sentes o prazer de sentir os seus braços rodearem-te o pescoço, tudo está suspenso em pleno céu, em plenas noites de Verão, estamos em Agosto, nessa altura estaríamos em Junho, então, o orvalho, se existe, seca de repente e, de manhã, apenas se pressente a primeira frescura que depressa se transforma em calor, em mais humidade, a humidade que vai ficando assinalada por neblina ao longo do pequeno risco de mar. Será sempre assim, o amor?, um risco de mar, qualquer coisa que atrapalha a vida que se leva até ele aparecer e transformar tudo o resto em mentira? Numa noite pode falhar tudo, disse ele. É uma noite essencial, ficará para sempre ignorada, em segredo, até que um dia o corpo de uma mulher aparece numa praia, numa ilha onde ninguém estava preparado para o encontrar, tão desconhecido ele era, tão frio ao levantar da escuridão. Então, perante este corpo, começam as conjecturas. Apenas um corpo que deu à praia. Um náufrago desaparecido de bordo de um navio antigo que cruzava os mares sem direcção definida, sem vislumbrar nenhum porto. Notava-se apenas, recordava ele, uma pequena fenda por entre a muralha que separava o limite da aldeia do limite do mar e, depois, sobre a areia, um corpo branco, as roupas enroladas em volta daquilo que teria sido um corpo belo e que agora era só um corpo entregue aos maus cuidados do tempo e da escuridão. Da grande escuridão de depois da morte.

— Ele desapareceu logo de seguida?

— Não logo de seguida, veja os factos, as datas. Dois meses ou três depois, não sei agora, mas você poderá ver pelas datas, se as encontrar ainda, se isso não passou tudo de uma aventura forte de mais. Saiu de avião. Madrid. Pensei em Paris, de comboio, e no Trans-Europ-Express para Bruxelas. Por causa dos voos. E avião depois, mas isso já se sabe que era complicado. Podia ser Roma a seguir, e Nairobi, Maputo, Nairobi outra vez, ainda pensei nas Seychelles, mas ele talvez preferisse Abidjan. É um belo sítio, os europeus embebedam-se lá, o Intercontinental de Abidjan, muito mais que o de Kinshasa ou de Nairobi, é propenso a isso mesmo. Casino ao lado, europeus, sobretudo europeias, francesas, italianas, suecas. Se se ficar alojado no décimo quinto andar vê-se o mar, o pequeno-almoço vem num tabuleiro enorme. Estive lá. E ele também, a tratar de um contrato para nós. Estou a ver o jardim que dá para a piscina, as escadas que aparecem junto às palmeiras que tapam as janelas do bar. É um belo sítio para se morrer, se quer saber, e sempre pensei que ele quisesse morrer lá. Não, foi morrer onde sabemos, nas condições que o senhor sabe. O senhor sabe, eu lamento que ele tenha morrido, lamento-o porque éramos muito amigos, mas acho que ele escolheu uma boa altura para morrer. Acha isto triste? Muito triste?

— Nem por isso. Surpreende-me, mas não acho triste que as coisas me surpreendam.

— O senhor é um polícia estranho. O que é certo é que ele morreu.

— Ele não morreu. Foi morto.

— Pois sim, foi morto, eu sei, e acho que devem apanhar o assassino. É assim que se diz?, assassino?

— Assassino.

— Pois acho que o devem apanhar. Deixe-me dizer-lhe uma coisa, inspector. Os homens como nós sofrem em silêncio onde quer que possam estar. Temos medo, muito medo, medo da noite, do escuro, da solidão, mas não falamos disso. Não porque sejam coisas sagradas, mas porque há uma certa dignidade na vida de cada um, na vida que conservamos em silêncio, longe de tudo e sobretudo longe de gente que pode fazer-nos mal. Amamos, até, se for preciso, e se vier a propósito, mas conservando esse resto de dignidade que existe no silêncio de cada sentimento. Podemos ter medo, podemos até decidir desaparecer, como o fez o meu amigo, que se refugiou numa aldeia distante, na Galiza, mas fazemos tudo isso em silêncio. Em total silêncio. Não há nada que pague isso nem nada que possa tirar-nos o grande prazer de nos conservarmos de pé, talvez de copo na mão, como estamos aqui, agora, mas de pé, sempre de pé, de modo que os outros não suspeitem senão levemente dessa solidão. Não é bom estar só, claro. Mas não há espectáculo pior do que esse, aviltante, de nos oferecermos como vítimas daquilo que se ama mais, a própria vida. Talvez ele tenha morrido porque se misturou, algum dia, alguma vez, com quem não devia. Talvez, é uma hipótese. Mas não acredito. Ele retirou-se para que o não matassem aqui, disso tenho a certeza. E foi morrer convencido de que não morreria, de que estava a salvo. Não pense que ele era um espião, um espião a sério. Não. Não há espiões de pequena potência, se quer que lhe diga. Os espiões trabalham sempre para grandes potências, no final de contas. E ele não tinha nada de Kim Philby, se me faço entender, não tinha nada a perder nem nada a ganhar. É isso que me faz pena, sabe?, o ar desprendido com que ele se foi embora e se libertou sem saber, afinal, de quase tudo o que nos mete medo a nós. A nós, os da nossa geração. O senhor é mais novo, a idade deixa marcas.

— Cada um com as suas.

— Cada um com as suas, é verdade. Mas há noites em claro que você ainda não passou. Não noites por causa de uma mulher, de um caso de amor. Não. Noites em que as dúvidas se sobrepõem a todas as certezas e, afinal, em que são as certezas, e não as dúvidas, que nos tiram o sono.

— Não estou em condições de discutir as minhas noites consigo — disse Filipe Castanheira.

Não porque não queira, pensou Filipe Castanheira, mas porque durmo invariavelmente mal. Acordo a meio da noite com dúvidas a mais, não com dúvidas sobre o dinheiro que me falta ou sobre o dinheiro que tenho a mais, porque não tenho nenhum, nunca. O seu caso é diferente, preocupa-se com a sua agenda, a sua família. Eu não tenho família. Não tenho nada que me faça perder o sono e, no entanto, durmo mal. Acordo a meio da noite com pressentimentos. Vejo um corpo caído num lugar muito distante, e outro que apareceu caído num lugar ainda mais distante. É isso que me incomoda.

— É um detective a sério, talvez seja isso.

— Não, talvez não seja um detective a sério. Preocupo-me demais. Incomoda-me que as pessoas morram.

— A mim não. Morre-se. Morre-se sempre. Lamento apenas que morram aqueles que fui conhecendo, pessoas de quem gostei.

— Tenho pena de não saber mais nada sobre aquela noite. A noite em que eles se encontraram pela primeira vez.

— Todos gostamos de uma primeira vez — disse o outro, sorrindo e levantando-se.

— Ela era completamente estranha, para si?

— Não, já lhe disse, embora a conhecesse só de vista.

— Lembra-se de alguém relativamente próximo dela? Ou muito próximo?

— Rui Pedro. Mas não muito, no fundo, como se viu.

— Só mais uma pergunta. Foi o senhor que enviou aquela carta para a família dele?

— Sim. Fui eu. Ele veio ter comigo e perguntou-me se eu ia ao estrangeiro. Ia. Sabe como é, estes negócios de exportação e importação e a trapalhada das confederações, a CEE, Bruxelas. Pois eu ia a Bruxelas. Recebi uma carta dele, com um cartão simples, alguns dias depois. O cartão pedia para eu enviar uma carta para a família. Para a enviar de Bruxelas ou de onde eu quisesse. Mandei-a de Paris.

— E essa carta? Como a obteve?

— Estava dentro do envelope com a minha. Era só selar e enviar. Já estava endereçada. Mandei-a de Paris, de Orly. A família deve ter pensado que ele estava lá.

— Mas não estava.

— Pois não. Às vezes é bom que pensem que estamos num lado e nós estamos sempre noutro. Desde há muito tempo que ele estava sempre noutro lado.

18 de Agosto de 1991, 14.30 horas

HAVIA, POR DETRÁS DOS CORTINADOS CREME, DE pano cru, que ele reconhecera de memória a partir das fotografias que ainda trazia no bolso, uma visão da tarde inteira sobre a cidade. Notou os declives desta colina, e os daquela, mais ao longe, um fio de árvores que invadia um retrato de cimento, a preto e branco, e algumas manchas avermelhadas de velhos telhados onde o musgo crescera por hábito e com licença da humidade sazonal. O Sol ressequira a paisagem, uma mancha de calor invadira a tarde daquelas ruas deixando-as praticamente desertas, entregues ao seu destino de becos soalheiros onde as sobrelojas eram pequenos armazéns retirados ao olhar de quem passava. Filipe Castanheira afastou-os, aos cortinados, e não pôde deixar de sentir a vaguíssima impressão e a imagem de uma ausência e, também, de um calendário a que vão faltando as folhas. Nenhuma ansiedade podia, agora, voltar folha sobre folha desse calendário que só existia na sua imaginação e que, por isso, era mais real do que se o tivesse diante dos olhos. E, existindo aí, na sua imaginação, era como se existisse apenas aí, isoladamente, como uma música de fundo, repetitiva e monótona, agradável e tranquila, mas perturbante.

O pai de Rita Calado Gomes sentou-se na sala e murmurou, "é esta a casa dela, ainda não tocámos em nada". Sorriu, e Filipe sorriu-lhe também, a retribuir uma tristeza sem sabor nem remédio.

— A verdade é que não sabíamos que o senhor vinha. Agora, vai querer mexer em tudo. Não sei se isso é correcto. Além do mais, não percebo se a polícia está a tratar ou não do caso, não disseram nada. Já passaram quase vinte dias.

— Digamos que, mais ou menos pessoalmente, me interesso pelo caso. Gostava de não o incomodar, de dar tudo por encerrado, mas gostava também de tirar algumas dúvidas. Depois talvez me vá embora de vez mas, primeiro, queria ver a casa, talvez algumas fotografias. É bom que saiba que faço isto sem ordem de ninguém. O caso está fechado, entreguei um relatório onde se dizia, preto no branco, que a sua filha morreu acidentalmente no mar, não havendo crime. É isso que se diz sempre, refiro-me à linguagem.

— O que procura então?

— Nada. Nada de especial. Saber mais qualquer coisa, não só para eu ficar descansado mas para que o senhor fique também descansado. Estou praticamente em férias, de passagem por Lisboa. Vou de viagem quase a seguir.

— Para mim o caso está arrumado. Também está arrumado. A Rita morreu. O senhor não parece muito velho.

— Trinta e cinco.

— A minha filha tinha trinta e um. O pior já passou, aquela viagem para lá, saber que ela tinha morrido mesmo. Saber que acabou tudo.

— Quando a viu pela última vez?

— Dois dias antes de ela partir para os Açores foi lá a casa despedir-se. No dia seguinte não ia ter tempo. Levou algumas coisas que tinha deixado lá, roupas. Coisas dela e da mãe, coisas de mulheres. Saiu quando tinha vinte e seis, mas vivia nas duas casas, praticamente. Agora não vive em nenhuma delas. Vamos ter de devolver esta, que é alugada. Pagava cinquenta contos por mês. É muito dinheiro.

— Tinha um namorado, a sua filha?

— Conheci-lhe vários, há muito tempo. Ultimamente, era coisa de que se não falava, salvo se ela e alguma amiga iam lá jantar. Nesse caso, à mesa, diziam piadas sobre este e aquele. É o normal, não é? Este e aquele. E depois outro. É uma sorte se acertam e se casam e se arrumam e têm filhos, uma grande sorte. A Rita era muito independente, talvez viesse a fazer feliz um homem, mas um pai não pensa nisso, não deve falar disso. É como estar a entregar a filha. E, se há uma coisa esquisita no meio disto tudo, eu não sei o que é. O senhor sabe?

— Não.

O homem continuou sentado e, de vez em quando, passava a mão pelos cabelos. Não em gestos soltos e ocasionais — havia neles uma firmeza de funcionário público perto da idade da reforma, talvez mesmo já reformado, uma vida atrás das costas subitamente interrompida pela morte da filha. Filipe Castanheira desviou o olhar, passou-o sobre a mesa da sala-de-estar, uma mesa redonda de madeira onde alguns livros estavam alinhados junto a um candeeiro de *abat-jour* azul. Passou também uma vista de olhos pelos livros: ficção, romances, literatura. Filipe tinha lido um deles e recordou-o como uma lembrança da mais recente Primavera.

— Visite a casa. Veja o que quiser — disse o homem, na sua voz de lamento, olhando à volta, esperando confirmação. — Mas não mexa em muitas coisas. Não é que tenha importância, porque vamos ter de embalar isso tudo, de recolher as coisas e de levá-las para nossa casa. Em caixotes, naturalmente. Algumas vamos dá-las a alguém. Livros, roupas, bugigangas. Mas a maior parte das coisas vai ficar conosco, claro. A minha filha tinha uma casa muito bonita.

— Muito bonita.

— Ela tinha bom gosto. Sempre teve. Vê-se.

Filipe lembrou-se então da roupa que Rita Calado Gomes tinha deixado no quarto do Hotel Bahia, roupa delicada, de Verão, ele sabia que era boa roupa de Verão, acessórios pessoais indicados para alguém de bom-gosto, e isso deu-lhe a ideia de que Rita Calado Gomes não esperava a morte, naquela noite, sob o luar de um céu suspenso sobre a ilha. Ninguém espera a morte, salvo se se arrisca a esse encontro, um encontro mais ou menos marcado, e isso pressente-se uma vez, duas vezes, tantas vezes. Mas não daquela vez. Ao recordar o quarto de hotel, Filipe reteve a imagem de uma tranquilidade banhada pelo sol da manhã, dessa manhã que entrava para tingir de claro as paredes, ignorando os cortinados leves que suportavam aquela imagem, e isso contrariava a ideia da morte, de toda a morte, de qualquer morte que viria como um lamento, depois, crucificar um instante como aquele, observando a fila de livros do quarto de Rita Calado Gomes. O que faz uma mulher aos trinta e um anos? O que faz dela um corpo abandonado numa praia, um objecto perdido entre objectos familiares como estes, uma lima de unhas num cinzeiro, uma fotografia na parede, exibindo um sorriso alegre? Filipe nota agora os seus dentes alinhados no sorriso, os olhos, a franja de cabelo arruivado caindo-lhe sobre a testa, fina e lisa, e nota também um livro sobre a mesa de cabeceira, um marcador no meio do livro, uma gaveta entreaberta, uma caixa de madeira escura a que retirou a tampa para verificar que o seu conteúdo era conforme o esperado, brincos, anéis, uma pulseira, depois fechou-a cuidadosamente para não alertar o homem que continuava sentado na sala enquanto ele espiava o quarto de dormir da filha e abria as portas do roupeiro e passava a mão pelos vestidos pendurados, e por pedaços de tecido que pertenciam a camisas, calças, casacos alinhados e pendurados em cabides e tudo aquilo lhe parecia suspenso de um sonho e não de um roupeiro, um sonho que se esquecia ao acordar e que fazia crescer uma pergunta, "como era este sonho?, quem entrava nele?, quem morria nele, se alguém morria?", caminhou ao longo do quarto, verificou que tudo estava no seu lugar, ainda que nunca tivesse visto o quarto senão em fotografias, mas suspeitando que era assim que devia estar, reteve por instantes um perfume delicado e voltou à sala.

— Obrigado — disse o homem. — Tudo isto dói muito. Podemos ir embora?

— Vamos embora, eu é que lhe agradeço — murmurou Filipe Castanheira, envergonhado.

18 de Agosto de 1991, 16.00 horas

O GABINETE DE TRABALHO DA PSICÓLOGA ERA UMA sala bem arrumada e Filipe Castanheira notou que, de qualquer modo, de um modo absolutamente desconhecido para si, pelo menos até àquele momento, aquela arrumação contrastava com o aspecto branco e vazio das paredes. Sentou-se então numa das extremidades de um banco almofadado, sem costas, só de assento, onde qualquer um deveria sentir a incomodidade daquela posição.

— Rita não era um modelo de virtudes — começou ela.

— Ninguém é.

— Não me refiro a defeitos. Refiro-me a virtudes, quero dizer, a opções que ela tomou. Mas não percebi por que razão se interessa tanto por ela. Não há sinais de haver crime, pelo menos por agora. Ou há?

— Nunca se sabe.

— O senhor veio dos Açores para fazer essas perguntas?

— Mais ou menos. Digamos que estou nas minhas férias, e que me interessei pelo caso da sua amiga. Era uma pessoa complicada?

— Complicada?

— Se tinha problemas.

— Todos temos.

— Por que motivo foi sozinha para os Açores?

— Às vezes temos de ir para algum lado, os Açores são um lugar tão simpático como qualquer outro para se passar uma semana ou duas. Não mais, só uma semana ou duas. Refiro-me a descansar, dormir, ir à praia. Suponho que ela estava num hotel junto da praia. O ruído do mar é uma cura, por vezes. Monótono, repetitivo, como uma música de fundo.

— Há alguma razão para ela ter ido sozinha para os Açores? Para uma cura?

— Suponho que sim, deve ter havido. O senhor disse que vivia lá, deve ter alguma razão para não viver cá. Imagine que ela queria ir viver para os Açores.

— Não. Não posso imaginar a sua amiga a viver lá, nos Açores. E eu já vivi aqui, em Lisboa. Trabalhava neste bairro, há alguns anos. Cansei-me do bairro, decidi ir viver para os Açores.

— Alguma razão especial?

— Ainda não sei. Já foi há algum tempo, mas ainda não sei bem porquê. Eram muito amigas?

— Desde há muitos anos, quando andávamos juntas no liceu. Digamos que ela era mais inteligente que eu, mas menos disciplinada. Podia ter sido outra coisa, mas não quis, preferiu um emprego mais ou menos certo, uma vida normal.

— Uma vida normal?

— Uma vida normal — confirmou a psicóloga, depois de olhar para a janela. — Uma vida simples, mais ou menos. Uma casa, um emprego, talvez casamento um dia destes, não um muito bom casamento, mas um casamento, um homem como todos os homens, com quem talvez chegasse a ser feliz. Medianamente feliz. Já não vai ser nada disso. Nos últimos dias tenho pensado nela e na vida que ela levava, pareceu-me sempre uma vida normal.

— Disse medianamente feliz. Há uma escala?

— Certamente — respondeu ela. — Uma escala quase invisível onde podemos situar as derrotas e as vitórias, o que ganhamos e o que perdemos, as vezes em que caímos e todas as vezes que conseguimos levantar-nos. Raras vezes o admitimos mas é necessário fazê-lo um dia, pensar nesta escala.

— Mesmo nos amores de cada um?

— Sobretudo aí. Há uma tendência muito forte para compararmos as histórias, o que nos vai acontecendo na vida com este ou com aquele. Acha complicado?

— Nem complicado nem simples, é uma coisa que não me preocupa. Já deixei de comparar fosse o que fosse com qualquer coisa que me tivesse acontecido. Digamos que sou um homem de fé, confio no futuro e espero pouco dele. O suficiente, talvez. Espero o suficiente da vida, não muito mais — uma reforma daqui a vinte anos, nenhuma doença grave, que não morra de acidente e que não morra devagar, também, como se estivesse a desaparecer todos os dias um pouco.

— E que o governo governe — ela, irónica, sorrindo.

— E que o governo governe, exactamente, que não haja tempestades em Ponta Delgada e que os meus pais não morram cedo. Digamos que sou conformista. Como era o homem que andava com a sua amiga?

— Um homem normal. São todos, mas este é absolutamente normal, mais normal que os outros. Conheço-o mal, muito mal, jantei com eles uma vez no início do Verão, aqui em Lisboa. É um homem mais velho que a Rita, direi mais maduro, até, se quiser. Um advogado, nunca soube que casos tratava, Rita disse-me que ele era advogado e que pagava as contas dos restaurantes, o que era bom. Não sei mais nada.

A psicóloga olhou para o relógio. "A minha consulta não acabou. Ainda agora começou", pensou Filipe Castanheira. Luísa Salles percebeu-o ao vê-lo sentado, depois de passar em revista as paredes da sala. Eram paredes brancas onde apenas um quadro cortava o rigor frio do ambiente, conciliado com o mobiliário de madeira e de linhas precisas, como se tudo ali fosse inflexível e incapaz de se transformar, mesmo se Filipe Castanheira fosse até à janela e olhasse a sala de outro ângulo. O chão era brilhante, de madeira, e a secretária de Luísa Salles tinha um tampo imaculado onde tinham pousado por milagre algumas folhas de papel, uma caneta, um candeeiro e um cinzeiro — ela sentava-se por detrás da secretária e fitava-o com prazer, talvez porque esse era o seu hábito, o de fitar os outros com algum prazer e até com alguma compaixão, se uma psicóloga tivesse necessidade de a sentir, embora nunca devesse mostrá-la. Os pacientes, como ela lhes chamaria, se fosse levada a isso, sentar-se-iam no sofá, talvez no sofá, e falariam dos problemas que é usual levarem-se a Luísa Salles. Matrimoniais, muitas vezes, como se o mundo fosse comandado por um gigantesco mecanismo accionado por energias sexuais conjugais, afectivas. Eu venho e sento-me: a minha mulher não me dá ponta. Não me excita convenientemente. A minha filha confunde-me com o namorado. O meu marido provoca-me vómitos quando se põe em cima de mim. Recebo telefonemas obscenos ao domingo de manhã, a princípio irritavam-me mas, depois, à quarta ou quinta semana, a partir daí, passei a aguardá-los com curiosidade, expectativa e prazer, e excitavam-me, sobretudo quando a voz do outro lado do telefone, que era a de um homem provavelmente rude, me pedia para fazer coisas, para lhe fazer coisas. Que coisas? Coisas, e então eu masturbava-me na sala de estar e pensava que a essa hora as famílias iam a missa, ou saíam da missa e iam almoçar, e então passei a querer um homem que fizesse porcarias comigo. A minha mulher pediu-me para eu lhe bater enquanto fazíamos amor, que a prendesse à cama, e fiquei surpreendido. O meu pai não me deixa entrar em casa depois das duas da manhã ao fim de semana, trata-me como a uma criança, tenho trinta e dois anos. Luísa Salles ouviria todas as queixas, o rumor de todas as aflições, venha na próxima semana, sentar-se-á aí, continuará a falar-me de si, o problema está em si próprio. Voltei a excitar-me ao telefone, neste domingo, ouvi a voz daquele homem a pedir-me para lhe segurar na coisa, eu estendi os dedos e parecia que estava mesmo a agarrar-lha, havia um primo que me apalpava às escondidas da família, sempre tive medo dele, e detestava o cheiro dos homens, uma mistura de tabaco e de pouco banho. A minha mulher voltou ao mesmo, já não é a mulher com quem eu me casei, nessa altura falava-me de termos cinco filhos e de uma casa de férias numa praia dos arredores de Lisboa, visitas aos pais e deveres domésticos, depois foi-se transformando lentamente, um dia quis fazer sexo no carro, exactamente no carro, eu próprio fiquei confundido, pois se tínhamos uma boa cama. Luísa Salles fitá-los-ia a todos com prazer porque aquele desfile de indignidades, humilhações, pequenas alegrias, perturbações, indecisões, surpresas, fraquezas, verdades absolutas e misteriosas, lhe davam um determinado poder, não sobre o destino dos seus pacientes, mas sobre o destino daquilo que os seus pacientes representavam, e que era mais forte, muito mais forte que eles, que cada um deles, isoladamente ou no seu conjunto. Luísa Salles trataria dos sentimentos dos outros, guiá-los-ia seguramente, poderia transformá-los, se quisesse, ou, simplesmente, como os outros julgariam que era seu dever, ajudaria, indicaria um caminho. O problema está em si próprio, diria Luísa Salles sorrindo, compreensiva, maternal, matreira. É imenso o domínio das perversões, explicaria ela, mas aquilo que julgamos perversões são só ilusões, problemas menores, temos de encontrar uma solução para eles, uma solução que está em si próprio, porque o ideal é sermos todos saudáveis, termos uma relação saudável com o sexo, que é sempre o sexo dos outros.

— Os problemas sexuais nunca me interessaram muito.

— Mas são os mais importantes. Meio mundo é movido por problemas sexuais.

— Não duvido. E a senhora, interessa-se por crimes? Lê as páginas de crimes nos jornais? Compra os jornais de crimes?

— Não. Não tenho ideias macabras.

— Não são ideias macabras. De resto, todos temos ideias macabras. São ideias, só. Ideias, não digo propriamente, porque um crime é só um crime. Um crime é um crime. Há alguém que mata, alguém que morre, nada de interessante, realmente, se quer saber. Como se cada um tivesse de cumprir a sua função, desempenhar o seu papel. Mas tem sido a minha vida, e ultimamente não se mata muito por razões sexuais.

— Há sempre qualquer coisa que tem a ver com o sexo.

— Acredito. Quero dizer, há com certeza. Mas não é para aqui chamado, para o meu trabalho. Penso nisso, claro que penso nisso, mas os problemas sexuais não me aguçam a imaginação.

Luísa Salles sorria, agora. Filipe percebeu que ela estava contente porque sabia que tinha tocado num ponto forte, o seu ponto, bastar-lhe-ia descobrir agora a forma como podia fugir a toda e qualquer conversa sobre aquilo de que, justamente, Filipe gostaria de falar.

— Haverá algum motivo sexual na morte da sua amiga? — perguntou então.

— Talvez. Não digo que não — respondeu ela, sorrindo.

— Um homem. Ou uma mulher.

— Ela não chegaria a isso, se quer saber. A Rita era uma pessoa conservadora, no fundo. Começou a ser, a partir de certa altura, a partir dos vinte e oito anos, já lhe disse.

— Que aconteceu quando ela tinha vinte e oito anos?

— Nada de especial. O que acontece a uma série de mulheres aos vinte e oito anos. Ou à maior parte. O senhor sabe, as mulheres estão mais indefesas, têm de lutar por mais coisas na vida, pela liberdade, pela autonomia numa vida a dois. Por direitos que os homens têm já adquiridos. É um percurso que custa muito tempo, muitas energias. E muitas asneiras.

— Não acho que as mulheres sejam mais ou menos indefesas que os homens.

— Nem poderia achar isso, claro, mas é assim, o senhor lá sabe.

— Quer dizer que ela tinha dormido com muitos homens até aos vinte e oito anos e que depois se cansou disso?

Luísa Salles não deve ter achado graça à sugestão. Ficou parada por instantes e levantou-se. Era pequena, realmente pequena, pensou Filipe Castanheira. E ninguém diria. A psicóloga olhou através da janela e pousou os óculos na secretária, quando se virou para ele, de novo.

— Bom, pondo as coisas nesses termos, acho que acertou.

— Com muitos homens?

— Com aqueles que ela julgava ser necessário estar. Dormiu com muitas mulheres?

— Eu? Nem por isso. Ao longo da vida, talvez umas quatro ou cinco. Prefiro dormir sozinho quando não tem de ser de outro modo.

— É um homem conservador.

— Tento. Tentamos todos. Veja a sua amiga: a partir dos vinte e oito anos tornou-se conservadora.

— O conservadorismo dela não era uma coisa de cama. Uma mulher tem de lutar contra outras coisas. Naquela altura. Bom, a todo o momento, mas naquela altura havia outros problemas, a Rita vem de uma família modesta onde a educação sexual não era propriamente um ponto de honra, uma família que era católica e que gostaria de a ver casada, e talvez feliz daquela maneira que os nossos pais querem que seja a repetição da felicidade deles. E da nossa, depois. Mas a Rita não casou, arranjou um emprego, trabalhou, tinha uma casa, era uma mulher independente. Ir para a cama seja com quem for não tinha importância. De qualquer modo, ela não era uma mulher dos anos sessenta que tivesse de provar que era uma mulher libertada, livre de preconceitos sexuais e sociais, culturais, por aí fora. Tudo o que o senhor e eu sabemos. Agora, que está morta, penso nela mais vezes. Éramos amigas e eu tinha uma certa inveja dela, acredite. Inveja porque ela tinha descoberto um caminho. Demora-se uma vida inteira, muitas vezes, uma vida que nunca sabemos onde começa ou onde acaba, ou se tem princípio, até. Mas uma vida, um sentido. Qualquer coisa que satisfaz as pessoas e que, na maior parte das vezes, as impede de recorrer a substituições. A vir até um consultório como este. Sexo. Drogas. Política. Dinheiro. Substituições, simples substituições, maneiras mais ou menos fáceis de encontrar uma substituição para limitações de ordens muito diversas.

— Tinha inveja de quê?

— Tinha inveja de uma descoberta, já lhe disse. É disso que geralmente se tem inveja, de uma descoberta que alguém faz e que nós não fizemos. Uma descoberta que deixa alguém feliz. E por isso nós sentimos que não somos tão felizes como essa pessoa. A Rita tinha descoberto a forma de estar satisfeita. Encontrou um homem. Creio que gostavam um do outro. Encontrou um ritmo certo de fazer as coisas. Não sei muito mais o que lhe diga. Se se tratasse de um estranho talvez eu analisasse mais o problema, mas a Rita era próxima, demasiado próxima para ser julgada de forma impessoal, fria. Ou com algum rigor, com algum método. Vi-a poucos dias antes de ela ir para os Açores, e pareceu-me bem. Parecem-nos sempre bem as pessoas que vão morrer. Talvez porque a morte seja mais ou menos inesperada e seja também um estado de contraste com a vida que essa pessoa mostrou antes. As pessoas mostram-nos a sua vida a toda hora.

— A morte não é um estado de contraste. É o contraste com tudo o que ficou antes.

— Ou isso.

— Ela poderia ter sido assassinada?

— Não. Rita era uma mulher sem dramas na sua vida. Antes, todos cometemos erros, asneiras. Uma coisa é eu explicar-lhe que a vida é como é, e a outra é dizer-lhe o que penso sobre a minha vida ou sobre a vida de Rita. Quando tinha vinte e oito anos decidiu mudar a vida dela, mudá-la mesmo, e estava na altura de conseguir uma relação mais ou menos harmoniosa com um homem. Há mulheres que podem casar para serem felizes, e acho que a Rita era uma delas. Um homem como aquele talvez fosse o mais indicado, até.

— Como se chamava ele?

— Rui. Rui, penso eu. Rui Pedro Luz, um nome assim. Um homem com dinheiro, casa, uma vida normal. Muitas vezes ficamos surpreendidos com a vida dos outros e chamamos-lhe normal, uma vida normal. Pelo menos enquanto não descobrimos que por detrás dessa vida normal há surpresas que podem ser aterradoras. Talvez seja o caso dele, nunca percebi. A verdade é que a Rita foi para os Açores uns dias depois de ele ter partido para o Porto, onde vivia. Passava pequenas temporadas em Lisboa, de resto vivia nos arredores do Porto. Dois ou três dias depois, a Rita telefona-me e disse que ia passar uma semana aos Açores, de férias, e que talvez ele fosse ter com ela, se tivesse tempo. Acho que não foi, mas a verdade é que ninguém sabe dele, o que não quer dizer nada, porque ninguém tem o contacto dele. Ninguém do nosso grupo. Ninguém foi ao funeral.

— Não se lembra de ele ter deixado algum contacto?

— Não a mim. Em casa da Rita deve existir.

Filipe Castanheira olhou mais uma vez para as paredes brancas do consultório de Luísa Salles. Um dia, Rita

Calado Gomes entrara ali, sentara-se e dissera "tenho um namorado, um homem", "tenho trinta e um anos de idade". Talvez isso se tivesse passado há três ou quatro meses, quando os choupos que se encostam aos muros de pedra da estrada de São Vicente Ferreira, em São Miguel, começaram a florir, e ele próprio e Isabel passeavam de carro pela ilha e nenhum deles suspeitava ainda das tempestades que iriam chegar em Julho, quando os aviões despejavam turistas no aeroporto, como uma maré de sede e de insatisfação. O Verão acabaria por trazer uma e depois outra e ainda outra vaga de calor e com elas viria a humidade, e Isabel diria, "não ando bem", ele respondeu "eu sei", Isabel desapareceu mais tarde, algumas semanas mais tarde, em pleno mês de Agosto, quando o cadáver de Rita Calado Gomes tinha já sido encontrado e abandonado depois. Nessa altura, ao fim da tarde, como acontecia em todos os meses de Verão, a pista do aeroporto de Ponta Delgada ficava húmida e o ar irrespirável e, do interior da terra, consumindo-a em silêncio, viria um fogo devorador, transformando em neblina aquilo que deveria ser apenas a finíssima linha do horizonte observada de qualquer ponto da ilha, vista de qualquer ângulo, de qualquer baía onde o mar se refugiava e se encostava, cúmplice e sobrevivente, ao dorso da terra, quente e isolada diante do céu. Luísa Salles entenderia isto, talvez entendesse mais que isso, mesmo que não saísse destas quatro paredes brancas, limpas, impecavelmente brancas, e ali não chegasse o ruído dos pequenos animais nocturnos que teriam assistido à morte de Rita Calado Gomes, trinta e um anos de idade, cabelo ruivo ou a isso semelhante, amiga sua.

— Tenho comigo alguns nomes e hei-de conhecê-los — disse Filipe Castanheira. — São os nomes de homens que de algum modo se relacionaram com a sua amiga. Foram todos estudados cautelosamente, excepto um. Todos estavam em Lisboa, no Algarve, em Itália, à excepção de um. Nenhum deles era muito importante, se virmos bem — continuou ele a explicar, pausadamente, enquanto Luísa Salles procurava um cigarro numa das gavetas da secretária e Filipe lhe estendia um dos seus *Além-Mar*, que ela aceitou. — Os *Além-Mar* não são cigarros por aí além, o tabaco é tratado ainda meio verde, segundo julgo, e não tem misturas senão as que há nas ilhas. Mas há-de servir. Volto ao que estava a dizer: nenhum deles era um homem a sério. Dois eram casados e, penso eu, mantiveram com a sua amiga uma relação mais ou menos clandestina, o costume, quartos de hotel, se calhar, a casa da sua amiga, ou a sua, jantares uma vez por semana.

— Geralmente menos, e não ficavam em minha casa.

— Geralmente menos — confirmou Filipe Castanheira.

— Hoje em dia ninguém quer muitos compromissos, muita intensidade.

— A doutora o diz. Outros dois são aquilo que poderemos designar por homens sem importância nenhuma. Vitor Henriques Pinto, por um lado. Fale-me dele.

— É isso mesmo, sem importância nenhuma. Conhecido nos bares de Lisboa, em todos os bares de Lisboa, advogado, trinta e seis anos, um carro todos os anos. Os pais pagam-lhe a casa, o carro, as viagens para Itália, como sabe, se sabe quase tudo. Veste muito bem. Digamos que é um homem muito vistoso, bom para uma mulher se gabar de o ter adquirido.

— Adquirido?

— Um homem pode adquirir-se. Como amante, quero dizer. Adquire-se um homem que sirva para determinadas funções. Rita teve uma relação mais ou menos longa com ele, para o género de coisa que devia ser: dois meses, nem tanto. Só conseguia ter relações sexuais uma vez por outra.

— Ela?

— Não. Ele. Um chato, se quer saber. Rita fugiu dele muito depressa, e durante esses dois meses devem ter dormido juntos umas três ou quatro vezes. O género de rapaz que vai sempre aos mesmos bares todas as noites, é cumprimentado à porta e lá dentro, conhece quase toda a gente de todos os meios. De todos os meios em que nunca fez nada. Do cinema, por exemplo: dá-se com um ou dois realizadores, com gente da produção de filmes. Mas não faz filmes, ouve as conversas, repete-as depois, sério e até com o ar de quem sabe. Mas não sabe nada. Ninguém sabe nada.

— Sobretudo de cinema.

— Como quiser. E de pintores. Conhece todos, vê-os, cumprimenta, é cumprimentado, compra algumas coisas, é verdade, mas só por ter ouvido falar. E tem muitas angústias. Sobretudo sobre o passado.

Sobretudo sobre o passado.

— Luís da Costa Aboim.

— Insignificante. Arquitecto, loiro, olhos azuis. Todos eles eram, mais ou menos, homens da moda. Cresceram a ler os jornais da moda e a beber encostados a um balcão. Conhecem todas as marcas de roupa e os restaurantes do Bairro Alto e de Belém.

— De Belém?

— Ultimamente há uma série de restaurantes perto de Belém ou em Belém, onde se vai uma vez por semana.

— Come-se bem, lá?

— Não. Penso que não. Não gosto muito de comer fora de casa, ou pelo menos de comer o que se come nos restaurantes. A minha mãe faz comida à portuguesa, umas tias do Norte cozinham dobrada e cabrito no forno. Cozido à portuguesa. Nos restaurantes como o indispensável. Além do mais, é caro. Filetes de pescada com arroz de tomate.

— Saudável.

— E monótono, eu sei. Luís Aboim, isso mesmo. Creio que era um homem demasiado elegante para ser verdadeiro. Fazia ginástica dia sim, dia não, fumava cigarros ingleses, *John Player*, frequentava meios comuns aos de Rita. Por diletância, creio eu. Nunca falava de arquitectura. E quando queria dizer "casa", falava do "projecto de um espaço determinado". E sentia-se mal no meio das outras pessoas, quando não lhe davam muita importância. Nunca vai resolver esse problema. Tem uma pose de artista francês.

— Gosta de franceses?

— Não especialmente. Ninguém gosta muito, é esse o problema dele.

— A sua amiga revelou alguma vez tendências para o suicídio? Alguma vez falou disso?

— Várias vezes, mas há muito tempo, antes dos vinte e oito anos, quando estes ou outros homens lhe telefonavam e a vida dela era muito agitada. Não depois.

— Falou consigo sobre isso?

— Claro.

— E que lhe disse?

— Que se suicidasse. Mas não aqui. Está a ver, o género de conversa sobre o sangue na alcatifa, ter de levar o corpo dela, morto, deitado de lado, deselegante. Um suicida, na generalidade, não costuma falar muito sobre o suicídio. Mas a verdade é que nenhum destes homens foi muito importante na vida dela, a partir de certa altura. Limpou-os da memória.

— Facilmente?

— Sei lá. Um dia acordou e abriu as janelas e deve ter dito “acabou-se”. Acabou-se isto tudo que faz mal, as noitadas, este e aquele.

— Falta um: Rui Pedro Martim da Luz.

— Não sei muito dele, já lhe disse há pouco.

— Nem vale a pena — disse Filipe Castanheira dobrando o papel onde recolhera algumas notas e metendo-o no bolso do casaco. — Há aqui uma estranha coincidência. Nem por isso muito sedutora. Quando descobri o nome de Rui Pedro Martim da Luz, através de algumas fotografias e de um bilhete encontrado num hotel dos Açores, há quinze dias, mais ou menos, bom, logo a seguir à morte dela, pensei que talvez estivéssemos a entrar num caminho complicado porque até aí não havia um indício de crime. Um único. Ninguém poderia dizer que a sua amiga, Rita Calado Gomes, tinha sido assassinada, e hoje não há ainda certeza nenhuma sobre o assunto, é verdade. Tratámos de ver onde estaria Martim da Luz nesses dias, e a senhora disse-me que tinha ouvido uma frase curiosa à sua amiga: que ele talvez fosse ter com ela aos Açores. Descobrimos uma coisa interessante: não estava com ele desde há um mês, porque, justamente, Martim da Luz desapareceu há cerca de dois meses, talvez mais, agora não tenho aqui as datas correctas. Mas podemos dizer com quase toda a certeza que ele desapareceu da circulação vinte e cinco ou vinte e seis dias antes de a sua amiga aparecer morta em São Miguel. Digo-lhe que não foi agradável, para mim, vê-la morta, porque a água do mar, mesmo em pleno Verão, é fria, sobretudo naquele ponto da ilha, sujeito a correntes, e onde não há areia na costa. São umas falésias negras e impossíveis de nos fazerem pensar que Rita Calado Gomes foi lá para dar um mergulho a meio da noite. Veja esta fotografia: Rui Pedro Martim da Luz está sentado num sofá.

— É a casa da Rita.

— É. Ele está a sorrir e não parece preocupado. A doutora é psicóloga e percebe disso mais do que eu, que sou polícia, mas ele não parece preocupado. Esta fotografia foi revelada só depois da morte da sua amiga porque estava num rolo que tinha ainda mais fotografias para tirar. Encontrei-o entre as coisas da sua amiga. A minha dificuldade era dizer a data em que as fotografias, esta incluída, tinham sido tiradas, e comecei a imaginar que podia ter sido durante um fim-de-semana. Pensemos num sábado de manhã.

— Ou num domingo.

— Não num domingo. Um sábado de manhã com mais probabilidade. Veja. Imagine que se tinham levantado, e que tinham ido comprar os jornais do dia. Era costume dela fazer isso, comprar os jornais de sábado?

— Sim. Há um quiosque no rés-do-chão do prédio.

— Eu vi. E sabe que jornais ela compra?

— Os normais. *Expresso*, *Semanário*, mais por causa da *Olá!*, *Público*. Ou *Diário de Notícias*.

— Os que as pessoas compram. Eu juntava-lhe *A Bola*, mas ao sábado, eu sei, é o que as pessoas compram. Veja agora esta fotografia. O mesmo sofá, a mesma mesa, suponho que a mesma casa, portanto. E a mesma manhã, porque o maço de *Marlboro* que está no sofá é o mesmo, em princípio, que aparece na outra fotografia. Está na mesma posição, o isqueiro também. A sua amiga fuma *Marlboro*?

— Não.

— Talvez seja ele. No chão estão os jornais do fim-de-semana. Vendo bem, à lupa se possível, estão aí os títulos dos jornais, o deste sobretudo, que está mais visível. Estão lá todos os que disse, ainda frescos, sem terem sido abertos. E estes jornais foram publicados num sábado, decorei a data, seis de Julho. Poderiam comprá-los num domingo, claro, mas o *Diário de Notícias* é de sábado, e o *Diário de Notícias* de sábado só vale para esse dia, suponho eu.

— Nunca leio.

— Eu leio o *Açoriano Oriental* e o *Correio dos Açores*. Vejamos: a sua amiga apareceu morta em São Miguel vinte e seis dias depois, exactamente vinte e seis dias depois desse sábado. A um de Agosto, uma quinta-feira que não vou esquecer tão cedo. As informações sobre Rui Pedro Martim da Luz são vagas, ele desapareceu a nove de Julho segundo a família, mas nós soubemos mais: apanhou um avião para Madrid a sete de Julho, um dia depois desse sábado. O mesmo sábado em que regressou ao Porto, ao fim da tarde. A última informação que temos dele é mais ou menos desconcertante, e é a de ele ter chegado ao Porto, de novo, dois dias depois da morte da sua amiga em São Miguel.

— Desconfiam dele?

— Não. Rui Pedro Martim da Luz foi assassinado no dia um de Agosto, pelas seis e meia da madrugada, junto a uma praia, e o que chegou dele ao Porto foi só o cadáver, numa urna de circunstância.

— Ao mesmo tempo.

— Exactamente ao mesmo tempo em que o corpo da sua amiga foi encontrado.

— Ele foi morto onde?

— Longe, muito longe, muito longe daqui. Num lugar a que nenhum de nós sonharia ir. Em Espanha, na Galiza. Numa praia isolada, uma aldeia isolada. E um bonito nome: Finisterra. Onde tudo acaba.

18 de Agosto de 1991, 19.00 horas

O HOMEM AFASTOU UMA PILHA DE PAPÉIS ANTES DE começar a falar. Filipe tinha chegado há cerca de quinze minutos e aguardara que ele viesse. Tinha telefonado antes a avisá-lo de que viria. "Apareça às sete", dissera ele. "O Verão é um tempo chato, não há cá ninguém, mas a verdade é que não acontece nada. Apareça às sete. Sabe onde é?"

— Rui Pedro Martim da Luz, sim senhor. Lembro-me dele, porque era um rapaz novo que não queria escrever nos jornais embora andasse à nossa volta. Sabe que toda a gente quer escrever nos jornais, não sabe?

— Eu não quero escrever nos jornais — disse Filipe Castanheira.

— Então é defeito seu, com a sua idade.

— Pode arranjar-me dados sobre ele?

— Não há dados, propriamente — murmurou o outro, encolhendo os ombros e apontando para a sala que se via ao fundo daquela onde estavam sentados. — Já não há arquivistas como deve ser nos jornais. Antigamente a gente queria uma coisa e pedia ao arquivo. Estava lá tudo. Com o andar dos anos, evidentemente, cada um tem de fazer o seu arquivo, tirar as suas notas. Não acho mal, mas não me venham com essas coisas dos computadores para arquivar dados. Tesoura e papel, e pastas para guardar esse material, isso sim.

Assoou-se então, e, ao mesmo tempo, abriu uma gaveta da secretária metálica.

— Tenho aqui dois recortes que lhe podem interessar. Leve-os, são fotocópias.

— Há quanto tempo não o vê?

— Ao Luz? Há dois anos, mais ou menos. Ele era bastante novo quando o conheci. Íamos ali ao lado, ao Gamba d'Ouro, encontrava-se lá toda a gente e, claro, eu sabia que ele andava no negócio da política. Sabia um pouco de tudo, não era mau tipo. Rodeado de mulheres. Tinha muitas mulheres. E amigos esquisitos, que eu me lembre. Não amigos definidos, porque ele se dava com gente de todo o lado, de todas as cores. Comunistas e gente de direita, mesmo na altura em que todos eram de direita. Eu almocei sempre com as mesmas pessoas.

— A quem é que ele passava informações?

— A quem é normal passarem-se informações, sobretudo aos militares. Mas queria avisá-lo de que ele não era nada de especial nessa matéria. Era um informador secundário. Já não havia guerras em nenhum lado, nessa altura. Só havia americanos e russos por aí, com um negócio mal montado, muito mal montado. Quem andava no PC e quem não andava, por exemplo. Onde é que vivia o Álvaro Cunhal. Quem é que ia lá a casa. Com quem é que se reuniam ao jantar os graúdos da política. Eu conheci o Luz por acaso, porque me interessei sempre pela noite, pela gente que andava aí. O rapaz era advogado, não sei se era bom advogado, mas era advogado. Almoçávamos algumas vezes e o que ele queria era saber mexericos daqui de dentro, do jornal. Não acredite nisso da espionagem, meu amigo. São conversas para se terem ao balcão do bar, ou aqui, entre nós os dois. Os únicos recortes que tenho sobre o Rui Pedro Luz são estes. Apareceu numa das fotografias, ao lado de gente do partido, do PSD, na altura era PPD. E participou numa comissão qualquer. A vida política do Luz ficou por aqui. Ninguém imagina como estas coisas se tecem. A vida das pessoas que andam à nossa volta, digo eu. Envelhece-se muito depressa nos jornais, e não é de prazer, é de contar as histórias que já ninguém quer saber. É por aí que se vê a idade de cada um. À medida que as pessoas já não se interessam pelas histórias que a gente conta, vamo-nos dando conta de que envelhecemos, ficamos fora do mundo, presos a ele pelo telex. Agora por essas coisas modernas, o fax, a televisão americana. Veja as secretárias dessa malta aí, estão limpas, só os cinzeiros conservam um hábito que vem do nosso tempo. De resto nada: nem papéis nem lápis, nem canetas. Computadores. Escreve-se a notícia no computador, a notícia aparece no computador directamente da agência, tudo no computador. Mandam recados uns aos outros pelo computador, tomam notas no computador, lembram-se da agenda no computador. Antes, não. Havia papel, é disso que se fazem as notícias. Com papel e imaginação. Não agora, mas o senhor não sabe nada disso. Ninguém sabe, aliás. São jornalistas por ouvir dizer. Havia um tipo na redacção do *República*, antigamente, um tipo que envelheceu mais depressa do que nós, e que era da chefia, e um dia deixou de ser. Da noite para o dia deixou de ser, tinha atingido o limite de idade, mas mantiveram-lhe uma secretária, com telefone, máquina de escrever, papel, tudo. E deixavam-lhe os jornais em cima da mesa dele, e recados, e era convidado sempre para jantar ou almoçar. E, sabe?, o velho continuava a viver como se ainda fosse chefe. Telefonava. A meio da tarde, quando o jornal estava nas calmas, a edição já tinha saído, havia só alguns maçaricos a escrever necrologias, a fazer o cartaz, farmácias de serviço, coisas assim, e ouvia-se o tipo a gritar ao telefone, "se não entrega o artigo até quinta-feira está despedido, ouviu?, é a última vez que lho peço, é o último aviso, ouviu?, só até à próxima quinta-feira", por aí fora, ou "quantas vezes é que já lhe pedi o artigo?, quantas?", a malta mais nova olhava para ele com respeito, e eu um dia perguntei à telefonista, "ó Dona Júlia, para quem é que ele telefona?", e ela encolheu os ombros, riu, claro, e disse, "para ninguém, coitado, não fala para ninguém, finge que marca números de telefone, mas não fala para ninguém, sonha que ainda é chefe de secção", e era assim, o tipo morreu a seguir ao vinte e cinco de Abril, morreu velho, vamos morrer todos velhos, e eu tenho saudades do tempo em que fazia a última página, sabe?, um assassínio na rua tal antigamente havia jornalistas para casos de polícia, a mulher que se suicida, o marido que lhe dá um arraial de porrada, e assim era a vida, feita de notícias que interessavam à malta. Agora todos querem ser jornalistas parlamentares, mas o jornalismo acabou. Aqui há tempos todos queriam ser jornalistas de economia. Depois, passou de moda a economia, e todos queriam ser jornalistas do internacional.

— O senhor é de que secção?

— De quase nenhuma, ando por aí. Já não há jornalistas, há só gente que dá opinião. Gente que vai aos bares de jornalistas, e tira o cartão lá, a emprenhar pelos ouvidos. Há poucos, digo-lho eu. Agora já não há repórteres. Só grandes repórteres, malta com uma folha de despesas a sério, jantares a sério, hotéis a sério. Veja o meu caso, por exemplo. Não gosto de Lisboa, estou preso aqui porque tenho mulher e filhos, não é propriamente uma vida desgraçada, como se imagina, não, não é, porque há alegrias nesta vida que nada pode pagar. Como se alguma coisa pudesse pagar a felicidade, eu sei, pareço-lhe um velho e não é verdade que seja novo, mas a grande, grande verdade é que eu não sou daqui de Lisboa, vim para cá por um acaso, gostava de escrever, gostava desse mundo que uma vez espreitei em Braga, numa tipografia da Igreja, o mundo das tintas, das provas, do chumbo de cada linha impressa em papel, o mundo das notícias, dos jornais, dos cigarros esmagados no cinzeiro às três da madrugada. Sonhava fazer uma reportagem, a reportagem da minha vida, a reportagem sobre a vida e morte das pessoas. Não de pessoas especiais, mas de pessoas, de gente mortal, por isso era vida e morte, não sei se me está a entender, vida e morte a sério. Uma reportagem que fosse lembrada depois, a gente pensa sempre que escreve para os outros e, depois, que escreve para a eternidade, para os outros que vêm depois, é isso a eternidade, os outros que vêm depois. E não foi nada disso. Ao fim de alguns anos, depois de escrever notícias sobre um funeral e uma inauguração em que estava sempre um ministro, e não era ministro que a gente devia escrever, mas senhor ministro, ao fim de alguns anos, dizia eu, estava pronto para a minha reportagem, escrevi várias, senti que eram boas, boas a sério, boas como a vida que eu gostava de ter, sobre futebol, a igreja que ardeu, o barco que se afundou, o marido da própria amante que matou a mulher porque a apanhou na cama com o marido, o sangue na arena, o sangue na estrada, o sangue em todo o lado, porque eu acreditava que a vida estava toda aí, no sangue, sobretudo no sangue dos outros, depois disso tudo, dizia eu, depois disso apareceram os génios. Não tenho inveja nenhuma deles. Apareceram com a revolução, com a política e, sinceramente, digo-lhe que isso não é jornalismo, é intriga, passam a vida a intrigar, a inventar notícias sobre os outros, notícias que são, afinal, sobre eles, que têm secretárias que lhes fazem o trabalhinho todo, e é como eu lhe dizia, atrás já não há repórteres, só há grandes repórteres, chateiam-se se a administração não lhes paga logo as despesas. Escrever? Pouco, muito pouco, hoje querem é muitas fotografias, fotografias grandes, fotografias, imagem. Escrever o mínimo, mas a verdade é que as notícias já não vêm nos jornais, antes disso já toda a gente as sabe pela rádio, pela televisão. Pela televisão, exactamente. Sabem as notícias e depois querem ver qualquer coisa nos jornais, qualquer coisa que lhes conte a história verdadeira, que é sempre a história imaginada, e a história imaginada é que é a história verdadeira. Julga que há jornalistas na televisão? Jornalistas a sério?, jornalistas que inventam uma história, que escrevem uma história como deve ser? Está enganado. Há gente que compra imagens a esta e àquela televisão lá de fora, depois pronto, está tudo feito, as declarações do ministro, do político que toda a gente sabe que é um cornudo e que bate na mulher, mas o que interessa é a imagem, um tipo desses preocupa-se mais com o que veste do que com o que diz. Escrever? Não sabem, dão erros, erros de ortografia. Felizmente que a minha mulher não dá erros de ortografia, senão já me tinha separado dela, era uma vergonha, a gente deve escrever bem. Por isso é que somos jornalistas. Isto pensava eu. Mas conto-lhe isto porque são sete da tarde, é muito tarde, vou daqui para casa, e era como eu lhe dizia, veja o meu caso, por exemplo, não gosto de Lisboa, tudo isto começou em Braga num jornal da Igreja, e eu depois apaixonei-me, acho que foi uma das grandes paixões da minha vida, os jornais, mas hoje o que eu tenho mais é saudades, saudades das vinhas da minha terra, da matança do porco, das couves plantadas em riscos direitos, das cebolas que nascem lá para a Primavera em regos, e do sol, do cheiro do estrume, do sabor dos grelos cozidos, do tamanho das abóboras, grandes e amarelas, das dálias que eu haveria de pôr num jardim pequeno, e da flor da batateira. Quando vier o Outono e, depois, o Inverno, terei mais saudades ainda, porque vêm as primeiras chuvas e o cheiro da terra entra pelo nariz dentro e desentope-o, não sei se esta mistura é boa, mas para mim é, até apetece a gente viver outra vez, cortar a lenha, rachar madeira para a lareira, ouvir as galinhas na capoeira, os coelhos que morrem sempre com as maleitas do Verão, tudo, tudo. É disso que eu tenho saudades, parece-lhe mal?, parece-lhe mal que um velho tenha saudades? A minha mulher é mais nova que eu, aí uns seis anos, já nem sei, e eu digo-lhe, "Adélia, cada mês que estou aqui a mais parecem-me vinte anos, estou com quinhentos ou seiscentos anos de vida já estragada", e é verdade, cada ano que passa são menos anos da minha vida que eu passo depois da reforma, em Braga, na minha terra, onde há vinhas verdes e árvores altas, e um rio.

19 de Agosto de 1991, 3.30 horas

RECONHEÇO, COMO SE FOSSEM MEUS, ESSES MOmentos, a humidade dos lençóis, a tepidez do ar de um quarto mais ou menos fechado. A cama está desfeita, um lençol sobre o outro não se distingue, havia um cinzeiro vazio ao lado da cama, alguns livros espalhados no chão, uma revista de leitura ocasional, mas, sobretudo, o odor, a transpiração acumulada de uma noite, dois corpos em pleno Verão. Outra vez: a humidade dos lençóis, diz Filipe Castanheira em voz baixa. De novo: reconheço um lugar como se fosse meu, é o único truque, a única forma de passar da dúvida à incerteza, um passo gigantesco, afinal. Como teria sido esse encontro, a ter sido como eu o imagino? Rui Pedro Martim da Luz e Rita Calado Gomes. E Marta? Esquece Marta, nesta história há histórias a mais, corpos que vêm de outros lugares, objectos de outras procedências. Há coisas que só sei imaginar, pensou de novo. Coisas que atravessam de um lado a outro toda a minha vida, como se fosse um destino, qualquer coisa que se colasse à minha pele e a minha pele, por sua vez, se colasse aos odores que a contaminam.

Agradam-me estas imagens que só existem na minha cabeça sem que os outros as imaginem ao mesmo tempo. E, depois, sei que todos os outros as imaginam também, embora receiem mostrá-las a si mesmos. Uma cama desfeita. O que se teria passado nesses dias, há meses? Naquele instante, o instante mais perfeito de todos, ele olhou-a uma vez mais nos olhos e reparou num brilho rápido no seu rosto, uma imagem que, soube naquele instante, nunca mais iria ver. Como é um desgosto de amor? O que é um desgosto de amor, anos e anos de uma vida atravessados por suspeitas, terrores, esperanças? Numa vida inteira, homens inteiros, mulheres inteiras, corpos inteiros, não recusados a nenhum esforço. Tens um desgosto de amor? Já não há. Já ninguém tem. O que é um desgosto de amor?, como reconheces um, assim de repente? Pensa em ti próprio, Isabel não veio jantar, numa noite, há dias, um mês, já não te recordas bem, tudo estava tão perfeito, tão perfeito quanto se pode esperar de um momento preparado até à exaustão para oferecer a alguém. Por exemplo: pega numa parcela de tempo, num instante que retiras à tua própria vida, ao teu tempo. Agora vais oferecer esse instante a alguém que amas, ou talvez nem ames, mas a verdade é que te apetece oferecer isso mesmo a essa mulher e dizes que isso é amor, porque o amor ganha formas que de repente aparecem à tua frente desta ou daquela forma. Estás a pensar muito depressa, talvez não seja bom pensares, lembra-te do que diz o médico, "drasticamente", ele disse "drasticamente", fumar menos, beber menos, não tens tanta paciência para os outros, o corpo é tão miserável e tão difícil, tão próximo do fim. Mas Isabel não veio, descobriste isso mesmo quando olhaste para aquilo que poderia ser aquele instante, um resíduo de futuro, tudo tão perfeito e tão contido, nada de exageros, de exuberância, tudo como deve ser no paraíso, isso mesmo, imaginaste um piquenique no paraíso com ela, poderia ser com outra pessoa mas foi com ela, exactamente porque num dos poucos instantes de lucidez que tiveste na vida te pareceu que devia ser com ela que esse piquenique poderia acontecer e ser estendido pelo campo verde de um sonho como pela eternidade. Os sonhos. Os sonhos fazem mal, tens tido tantos, um dia sonhaste com uma casa, era uma casa branca, estavas lá, quieto, exactamente quieto, ignoras se estavas sozinho.

Seja como for, o que é um desgosto de amor?, compara os dos outros com os teus, quantos tiveste?, o mundo é demasiado igual.

Teria sido exactamente assim ou apenas se trata de imaginação, imaginação delirante? Será algum dia exactamente assim que as coisas se passam? Imagina os lençóis dobrados sobre o corpo dela, sob o corpo dela, ele levanta-se, olha para ela de novo, tudo tão perfeito, tão novo, tão radical, tudo tão pronto para um começo e para uma continuação do mundo, ele deixa-lhe um recado na cama, junto à camisa que ficara amarrotada no fundo da cama, viste esse recado, sorriste quando o viste, não foi?, lembrou-te alguma coisa, "às vezes é difícil olhar para ti, porque te aproximas muito do céu, como um pássaro", tão ridículo, os recados são assim, como são os teus?, coisas simples, se tivesses deixado recados assim a Isabel teria ela faltado a esse jantar?, ela teria ido jantar, provavelmente, dormirias com ela, ela estenderia os braços, tu sabes como é bom quando ela estende os braços e te prende o pescoço, e tu desces com a boca até aos seios, chamas-lhes maminhas, seja o que for, não digas agora, ficas tão ridículo aí, de pé, a imaginar, devias ser mais duro, não fiques no meio-termo, é aí que ela te prende o pescoço de novo, mas com as pernas, gostas daquele cheiro, davas tudo por aquele cheiro agora, sempre, na hora da tua morte, como numa oração que dizes na igreja, e então ela prende-te o pescoço entre as pernas, é isso mesmo que tu querias, porque é ela que não deixa que tu a abandones, decerto que não a abandonas nesse instante, a tua língua toca com pressa o sexo que não te liberta, Isabel desce sobre ti, nenhum dos dois larga a sua presa, agarra-te com violência, tu sabes, tu sabes que gostas, como poderias não gostar?, é a boca dela que tu esperas agora, lentamente, cada vez mais veloz a partir de certa altura, os seus lábios mal se vêem agora mas tu tentas ver, queres ver-te a ti próprio submetido a um espectáculo que prolonga o teu papel nesse jogo, és tão tímido, mas ela sabe como és tímido, e como gostas de ver esse gesto em que ela te envolve o sexo com a boca, ela sabe, levanta a perna para que tu vejas, é por um triângulo aberto pelas pernas dela que tu vês, ela sabe, olha para ti nesse instante porque quer ser ela a ver, agora, e tu fechas os olhos, tens de fechar, e depois retomam-se um ao outro, rosto contra rosto, onde está o meu rosto mergulhado no teu?, onde está a tua língua tão longe da minha?, onde está a tua língua que me lambeu o sexo há instantes?, sinto ainda o meu próprio sabor na tua língua que antes tinha outro sabor, outra textura, e a minha língua tem o sabor que às vezes recordo, não sei bem como é esse sabor, fecho os olhos tantas vezes a meio da noite para recordar esse sabor, e então, lentamente, experimentas entrar nela, ela entra em ti, é isso, foste tantas vezes penetrado por ela como ela por ti, segredos de amor intenso, de amor tenso, perfeito e seguro, e depois é como se estivesses entre duas águas que se agitam no mesmo mar, as duas águas do mar, correntes que alastram e te envolvem, e sacodem o teu corpo e o tornam frágil e sensível, e absurdo, eis o corpo, tão frágil e tão descuidado, vais de uma água a outra, pressionas o teu ventre e logo a seguir retomas os lábios dela, que se abrem repentinamente, tudo te aguarda, tudo tão frágil naqueles instantes, havia uma janela, tu recordas, uma janela que dá para um jardim vizinho onde há palmeiras que se agitam durante toda a noite enquanto não chega a madrugada, tão azul e fria, cortante como uma fotografia a lembrar a existência da vida que está fora e dentro de ti ao mesmo tempo, e é nessa altura que tudo termina para recomeçar logo a seguir de outra maneira, os braços dela em volta do teu pescoço, tão frágil a vida, tão frágil. Ou nem isso, mas só a impressão de que alguma coisa acaba onde começa esta recordação, todas as recordações de que fores capaz, a de Isabel, há um mês, a manhã começava a crescer, ela levantou-se da cama, vestiu o roupão branco, olhou para trás quando atravessou o corredor, olhou exactamente para ti dobrado na cama, entre os lençóis, fingias dormir mas querias vê-la levantar-se, olhá-la enquanto ela estava nua e vestia o roupão e puxava o cabelo para trás, e afinal viste um clarão rápido de tristeza quando ela olhou para ti e pisou o chão com cuidado e com a ponta dos dedos dos pés, para não te acordar, mas tu estavas acordado, vigiava-la, esperaste alguns minutos, foste encontrá-la na cozinha, sentada, a tomar café e a fumar um cigarro, há um mês, exactamente há um mês, ela pôs os braços à volta do teu pescoço, reconheces ainda o calor dos braços, o último, o mais intenso perfume da noite?, chamas perfume a isso?, é mais um cheiro, um cheiro animal e inquieto, o cheiro vadio de uma noite e de todas as outras que estão antes e estão depois, se estiverem. Volta atrás, os dois estão na cama, ela diz-te "não importa muito o que os outros dizem, o que os outros te disseram, o que os outros me disseram", e, depois, muito depois, "ando mal, não ando bem", por isso agora davas tudo por aquele cheiro de novo, por aquele desenho de sexo na carne, pelo instante em que tu e ela estão presos por um minuto que se prolonga por muito tempo, é o mais longo minuto, a invasão de um pelo outro, e entretanto ela desapareceu da tua vida, ou quase, não foi bem, mas desapareceu, sabes onde ela está?, são duas da manhã, telefona-lhe, será próprio?, és tão delicado, telefonas-lhe, vais ter com ela, deves ser duro, um homem deve ser duro algumas vezes mesmo se não é duro no resto da vida, mas nesses instantes deve ter uma certa autoridade, tu sabes, e sabes que não telefonas, esperas sempre uma ajuda do destino, e o que te inquietará mais, muito mais, será a recordação daquele cheiro e não saberes exactamente de onde vem, de que cheiro se trata exactamente, procuras na tua memória, não sabes onde ele te incomoda mais, como é exactamente o cheiro que procuras, um dia vais esquecer-te completamente dessa recordação ou daquilo que agora é só recordação, tudo desaparece, desaparece tão facilmente, tão rapidamente, mesmo agora não sabes de que milhares de partículas se compõe exactamente esse cheiro, mas imagina-lo, um dia não conseguirás nem imaginá-lo, nem perceber que um dia te lembraste dele com outra intensidade, toda a intensidade, e não poderás dizer-lhe "tenho saudades da tua voz, lembro-me dela tantas vezes, lembro-me dela quando acordo a meio da noite, se não é ela a acordar-me, e fica presa a mim como um sonho e outro e outro ainda, tenho saudades da tua voz."

19 de Agosto de 1991, 14.00 horas

— ÀS VEZES, O CAMINHO PARA O CORAÇÃO PASSA pelo estômago — disse Luísa Salles. — Isso estuda-se frequentemente para analisar as relações entre os dois sexos, embora nunca seja determinante. Lembro-me das minhas tias, ontem falei-lhe delas, sobretudo da tia Emília, que vive ainda em Arganil, bem perto de Arganil, e lembro-me dela por causa da comida.

— Se eu tivesse armazenado toda a comida que recusei em criança estava agora alimentado para muitos anos. As sopas da avó. É uma imagem de infância, creio eu, de quase toda a gente. Acha que é importante?

— Para mim?

— Como psicóloga, claro.

— Se recordarmos coisas saborosas é porque a memória talvez o seja, e ao invés. Tem de haver uma relação. Lembro-me dos cozidos à portuguesa em Arganil e da família aos domingos e aos sábados, em fim-de-semana prolongado, na casa da tia Emília. Mas não sou grande cozinheira, infelizmente. Você cozinha.

— O indispensável. O que é preciso cozinhar para viver. A cozinha começou a desaparecer da nossa cultura quando ela se transformou em cultura urbana e quando o negócio dos restaurantes frutificou. Hoje em dia toda a gente fala dos pratos que come, mas não do que cozinha ou sabe fazer, de modo que nos habituámos a ter um prato cozinhado e ficámos dispensados de conhecer o processo utilizado para chegar até ali. Veja este: sabe como se chegou a esta carne? Não propriamente à carne, mas à textura da carne, porque isso é o que nós comemos, texturas, sabores, odores, fragmentos de coisas que já foram. É uma arte, o estufado, a que vulgarmente chamam assado. Carne assada. O que é importante é a lentidão, o tempo que demora a cozinhar tudo isto, lentamente, quase sem mexer no interior. Conhece o *estouffat*? É um prato francês, não bem francês mas da Occitânia, nada de primores, só o feijão, que tem de ser branco e limpo, e fresco, alhos, cebola, tomate, toucinho, e mais nada. Há o *estouffat* de perdiz, de Auvergne, claro, mas o da Occitânia é o verdadeiro e é a base de um sabor antigo, muito antigo, uma espécie de gramática da cozinha do Sul, se conjugado com os outros dois ingredientes que faltam, a farinha e o sal. Veja este prato: não se mexeu uma única vez, provavelmente, desde que se colocou o tacho ao lume até que se desligou o fogo, os ingredientes misturaram-se por eles, absorveram as qualidades uns dos outros, e mesmo os defeitos, a acidez do tomate passou para o doce da carne, tudo se conjugou. É o oposto da cozinha barroca, é verdade, o oposto da festa de cores, de sabores, da exuberância, mas repare na textura da carne conforme a tem aqui, exactamente como a tem aqui. Há uma suavidade que raramente se encontra na cozinha barroca.

— Fala de maneira diferente quando fala de comida. Um erudito.

— Por engano.

— Não. Verdade. Fala de comida de uma maneira diferente, parece um crítico a comentar um livro, um filme.

— Cada um de nós devia falar só do que sabe — disse Filipe Castanheira servindo mais vinho. — Não falarei deste vinho, que é bom. Sei que é um vinho bom mas não sei mais nada. Há coisas que devemos provar e ignorar de seguida. Há outras que devemos provar e querer conhecer, mas falar delas é diferente, exige tempo, esforço, preguiça. Há coisas que só se obtêm com preguiça.

— Como sabe?

— Porque às vezes preguiço. Só se obtêm algumas coisas com preguiça.

O restaurante era uma velha casa conhecida de Filipe Castanheira, emoldurada por uma hera à entrada e azulejos brancos e frios na sala de comer. Conservara o aspecto de um restaurante familiar de meados do século, onde os empregados circulavam em silêncio vestindo de branco e preto, e servindo os pratos também em silêncio. Convidara Luísa Salles para almoçar, um almoço tardio e descomprometido, antes de tomar o seu comboio para o Porto, de onde apanharia mais tarde o voo de regresso a São Miguel.

— Vou um pouco derrotado. Regresso aos Açores depois de amanhã.

— Sabe como é a amizade entre duas mulheres?

— Ignoro. Deve ser cúmplice, como toda a amizade.

— Sim, toda a amizade é cúmplice, mas a amizade entre duas mulheres também implica a traição, uma pequena dose de traição, de egoísmo. Nenhuma mulher consegue ser amiga de outra se nessa relação uma delas não for mais importante que a outra. Digamos que a coisa é flutuante, umas vezes uma, outras vezes outra. Mas há sempre alguém por cima. No nosso caso, fui quase sempre eu a estar por cima, é a pior posição, a mais aborrecida. Eu era diferente da Rita. Digamos que era, fui sempre, a imagem de sensatez que a Rita não teve nunca nos seus anos dourados, nos anos em que ela era completamente diferente daquilo que era agora, antes de morrer.

— Gostava dela?

— Muitas vezes. Quero dizer, muitas vezes gostava dela, porque se calhar só se gosta de uma pessoa de vez em quando. Eu gostava dela muitas vezes, tinha inveja dela muitas vezes, ela invejava-me outras.

— De que é que ela tinha inveja?

— De ninharias. De a vida me correr mais ou menos bem, mas eu tinha ciúmes de coisas que lhe aconteciam, de aventuras que ela vivia com homens, de entusiasmos, e até de uma relativa infantilidade. Rita era um pouco infantil, até nas opiniões políticas, nas conversas que tinha. Dizia coisas absurdas e defendia-as com insegurança, mas defendia-as sempre. Uma mulher muda radicalmente, se quiser mudar. Mais do que um homem, muito mais. Uma mulher tem mais força, uma força que a faz ser heroína, corajosa, não heroína de um romance, mas heroína de uma parte da sua vida, porque essa força lhe vem da bondade e da maldade, do desejo de traição e da vontade de ser fiel a coisas que ama ou odeia. Alguns homens fizeram-lhe mal, mas ela era forte, muito forte. E tinha sorte, apesar de tudo, uma sorte que a fazia levantar-se quando todos esperávamos que ela continuasse presa ao chão. Por isso não sei se acredite ou não que ela morreu, ou que foi morta.

— Nenhum de nós sabe.

— O senhor tem dúvidas.

— Tenho sempre dúvidas — disse Filipe Castanheira. — Mas uma dúvida é só uma dúvida, não se deve tomá-la como ponto de partida, é uma espécie de estilo de vida, ter dúvidas. Algum homem, nesses que falamos, poderia tê-la morto.

— Não. Não creio.

— Uma mulher. Uma amiga invejosa.

— Uma brincadeira de crianças, uma zanga, uma coisa infantil? A morte para castigar alguém, uma recordação de infância. Leu Freud alguma vez?

— Não seria capaz. Escreveu em alemão.

— Está traduzido.

— Mas os casos dele são demasiado austríacos. Generais, raparigas frágeis, mães demasiado protectoras, mulheres casadas e com problemas pouco sérios.

— Está a ser irónico?

— Não. Nunca li.

— Pode fazer falta.

— A uma psicóloga, não a mim.

— Nunca teve problemas desses? Desses de que falava Freud?

— Nunca li Freud, não sei de que problemas ele falava, mas creio que já os tive, sim. Mas resolvi-os à medida que o tempo passava.

— Recalcava-os?

— Se era preciso, sim. Pensava noutras coisas, voltava ao assunto, dava-lhe uma volta por cima, depois comprei uma cana de pesca, um boné irlandês e um aparelho de vídeo. Em Ponta Delgada também há clubes de vídeo. Não muitos bons, mas há alguns. Ao fim da tarde passo por um deles e alugo um filme ou outro, para ver à noite.

— Gosta de cinema?

— Todos gostamos, no fim de contas. É lá que se explicam muitas coisas, sonhos, coisas que gostávamos de viver e nunca vamos poder viver, como ter uma casa grande, com piscina, uma mulher que trata do jardim, faz compotas e sorri.

Cinema. Reconstituições sobre reconstituições. Fragmentos sobre fragmentos, imagens recortadas como um frio súbito a descer do céu. Luísa Salles encostou a chávena do café ao canto da mesa e sorriu:

— Trouxe-lhe um livro de que Rita e eu gostávamos muito. Não é muito especial. John Le Carré, conhece?

— Parece que é um dever, mesmo para um polícia.

— *Um Espião Perfeito*. Os dias finais de Magnus Pym. Magnus Pym vai para uma aldeia e recorda a vida toda, todos pensam que ele desapareceu, mas não é isso que acontece, na realidade. A verdade é que não me lembro se ele quer regressar ou não a Londres, ou se quer mesmo desaparecer. Uma coisa que acontece. Leu?

— Muito grande. Tem-no consigo?

Luísa Salles puxou então de um livro que colocou em cima da mesa com a capa voltada para baixo. Filipe abriu-o cuidadosamente, percorreu algumas páginas que desfolharam com a pressão dos dedos.

— Leve-o e leia. A Rita gostava muito desse livro, talvez o ajude.

Filipe Castanheira agradeceu, "obrigado", pagou a conta e saíram ambos para a rua, ensolarada e quente.

19 de Agosto de 1991, 21.00 horas

ACREDITAR NA FORÇA DO DESTINO, NO LUGAR QUE ocupamos, nas evidências, no curso dos rios. Acreditar que as histórias são relativamente infinitas e se cruzam umas nas outras até formarem uma teia onde fica presa só a memória, não mais do que isso, apenas a memória. Uma história de amor, a tentativa mais ou menos desesperada de dar um sentido aos objectos dispersos que se reunem antes de abandonar uma casa para que se possa encontrar a memória como um arquivo organizado, como um murmúrio de vozes que não nos larga. Rui Pedro Martim da Luz com Rita Calado Gomes, um homem mais velho, diz Luísa Salles. "Um livro de que Rita e eu gostávamos muito."

A janela está aberta para que se vislumbre o princípio da noite, tudo se passa num ecrã onde se reflectem fragmentos de imagens. Filipe Castanheira organiza-os um por um, fragmento a fragmento para que a noite venha em seu auxílio. Normalmente vem, normalmente a noite arrasta-se como o baloiçar do pêndulo dos relógios, o calor amadurece as casas, invade-as, faz suspeitar odores que ardem como labaredas, como folhas de papel consumidas uma a uma. Quando chega o Verão, o Verão profundo e intenso, levantamo-nos a meio da noite, olha-se o céu, contam-se os minutos um a um, como se se tratasse da agitação do próprio corpo, vaga sobre vaga, noite sobre noite. Somos sentinelas, vozes sonâmbulas adormecidas com esforço. O sentimento de derrota é mais forte agora, porque a solução de ambos os casos depende de um exercício vago de imaginação e de crueldade, será preciso destruir as imagens que se encostam a nós e substituí-las por outras, iluminadas pela luz de um dia que se refugia em recantos obscuros, nas sendas dos bosques, à beira dos caminhos mas nunca no meio dos caminhos, aguardando-nos.

Uma volta entre os lençóis, se estamos já deitados. O corpo adere a eles. A insónia vai desaparecer apenas no fim deste alarido de hipóteses que consome página a página o pequeno bloco-notas onde Filipe Castanheira escreveu frases ao acaso, passos minúsculos de uma investigação cruzada com outra, irmanada com outra. Depois, ao lado, há folhas brancas de papel almaço onde escreve nomes, riscos, nomes ligados uns aos outros por cumplicidades que Filipe vai fazendo nascer ao acaso, mas não por acaso, não à sorte do tempo. Há uma ordem. Primeiro este com este. Depois, este com aquele. O mais longínquo liga-se ao outro e sempre assim, até que dentro da cabeça dancem nomes nunca antes escritos por si, fórmulas de identificação forçada, sinais que só ele pode compreender.

— Tudo se resolveria se pudéssemos falar com essa rapariga Marta que conheceste em Espanha. Ou se o Alberico Nuñez o pudesse fazer, porque nós estamos limitados a uma espécie de cooperação velada com as outras polícias. Mas nunca é a mesma coisa se for ele a fazê-lo — conferiu Jaime Ramos enquanto Filipe arrumava a sua roupa na mala de viagem. — Vais para os Açores a meio. Não gosto disto.

— Tens o material que trouxeste de casa dele?

— Sim, o normal, as fotografias, alguns papéis. Tudo se resolvia com uma conversa, talvez peça para ir a Espanha.

— Não estou interessado em nenhum dos casos. Em nenhum — respondeu Filipe Castanheira pegando no embrulho de documentos recolhidos por Jaime Ramos e Isaltino de Jesus em casa de Rui Pedro Martim da Luz. Abriu-o e começou por considerar a quantidade de papel onde julgamos que se pode arrumar a memória de um homem. Mas, depois, só depois, passou a mão pelas fotografias, verificou os lugares onde cada uma fora tirada até chegar às de Finisterra. A casa de pedra com portadas encarnadas, a baía, Rui Pedro Martim da Luz encostado ao carro, sorrindo. Os mortos sorriem mais, muito mais do que o costume, pelo menos parece, e o seu sorriso é mais forte e esquece-se devagar.

— Julga-se um necrófilo? — perguntaram-lhe.

— Não. Nem por isso. Respeito os mortos pela vida que poderiam ter.

O que faria Rui Pedro Martim da Luz nas semanas seguintes? No dia a seguir? Ficaria no Porto, visitaria a família? Iria aos Açores, como Rita Calado Gomes disse a Luísa Salles que ele iria, em princípio? Passeariam os dois ao longo da ilha? Dormiriam no quarto que Rita Calado Gomes reservou em seu nome naquele hotel? Ou viria só tratar de pormenores, dinheiro, papéis, coisas legais? O que faria um morto se não tivesse morrido? É um princípio básico em qualquer investigação: o que impediu a morte que este homem fizesse?

Longos dias através do silêncio, longos dias, as paisagens desérticas que rodeiam o Cabo, aí se escuta o frio do Inverno que caminha lentamente através das estradas que vigiam a baía. Longos dias.

Subitamente, tudo fica reduzido a uma fotografia, "é essa Marta", diz Jaime Ramos, "essa Marta incomoda-me", Filipe pega na fotografia, Jaime Ramos tinha-a recolhido cuidadosamente.

— O que notaste no olhar dela?

— Uma voz que eu não oiço — disse Jaime Ramos. — Ela está a falar, diz qualquer coisa para o homem, do género "não tires agora", vê tu a mão dela, estendida. Mas não somos especialistas na matéria, não temos nada a ver com isso.

Filipe pega na fotografia, já se disse, atrás da mulher o muro de uma casa chama a sua atenção, depois do rosto que domina todo o rectângulo e que, iluminando o rectângulo, irá afinal dominar o trabalho de Filipe Castanheira. Estivera com Marta Rodríguez Cano em Finisterra, vira-a primeiro num restaurante acompanhada dos primos, falara com ela na praia, ao abrigo dos olhares da aldeia, na praia mais afastada, imaginara-a deitada com Rui Pedro Martim da Luz numa varanda que dava para a baía e para o céu onde um homem a ensinara a percorrer com os olhos os caminhos invariáveis das estrelas, ali a Ursa Maior, vê tu esse brilho de minúsculas constelações, de encadeamentos de luzes em pleno céu, a aurora boreal dançará no meio da escuridão, se daqui ela fosse visível, parece um arco-íris no céu, um arco-íris no meio da escuridão, mas aqui, em Finisterra, ouvem-se ainda os ruídos da noite que se intrometem para acompanhar o calor, os grilos, os pássaros nocturnos que chegam até ao bosque e que se pressentem a partir desta varanda, ouve-os, o piar de um mocho invisível entre a folhagem dos castanheiros, os seus olhos observam-nos, essa era a Marta que ele vira num restaurante junto do mar e através dela suspeitava-se de um Sol húmido e de uma tensão que sucedera ao abandono.

— Eu próprio disse à Marta para vir cá acima tirar as coisas dela, não fosse haver problemas — dissera Alberico Nuñez.

E este rosto, o rosto da fotografia, fazia imaginar uma voz, talvez a voz suspeitada por Jaime Ramos, ou até outra que iludisse o movimento da mão em direcção à objectiva, os óculos de sol sobre o cabelo, seguros como é habitual segurarem-se na cabeça, ou sobre a testa, a camisa azul demasiado clara para não se confundir com o céu que havia por detrás, demasiado céu. Foi nesse rosto que Filipe Castanheira reconheceu uma voz obscura e grave, exactamente um e outra pertencendo a uma mesma pessoa, mas não a Marta Rodríguez Cano. Marta Rodríguez

Cano aconteceria depois na vida de Rui Pedro Martim da Luz. O rosto e a voz, ambos, e o corpo, e a pequena estatura do corpo da mulher — neles reconheceu Filipe Castanheira a imagem misteriosa de outra mulher, uma mulher aparentemente distante. Os últimos dias de Magnus Pym.

9 de Agosto de 1991, 23.30 horas

— NÃO ME SURPREENDE NADA, MINHA SENHORA. A esta hora admito que já tenha sono, mas a questão é que nós gostaríamos de saber se conhecia Rui Pedro Martim da Luz. Lamento dizer o nome completo, mas é por hábito.

— Já respondi a isso — disse Luísa Salles.

— Eu também me repito muitas vezes. Volto sempre à mesma frase, ao mesmo parágrafo, digo muitas vezes a mesma palavra numa frase. Mas é assim. Conhecia Rui Pedro Martim da Luz?

— Já lhe disse. Conhecia. Tínhamos jantado, eu e a Rita, com ele, no início deste Verão. Duas vezes. Isso mesmo, duas vezes.

— Nunca mais o viu, desde então?

— Não. Nunca mais o vi. Até que o seu colega me disse que ele tinha morrido.

— Que ele tinha sido assassinado.

— Ou isso.

— Não é a mesma coisa.

— De qualquer modo, não o vi mais, senhor...

— Jaime Ramos, minha senhora. Inspector da Polícia Judiciária. E quanto a Rita Calado Gomes, quando é que a viu pela última vez?

— Digamos que nos últimos dias de Julho, na última semana de Julho, quando ela apareceu aqui e me disse que ia aos Açores passar férias. E que o Rui Pedro iria lá ter com ela, provavelmente.

— Não foi.

— Não.

— De facto — considerou Jaime Ramos, mantendo apagado o charuto entre os dedos. — Posso? Não a incomoda o cheiro do charuto?

— Não.

— O meu colega — Jaime Ramos apontou para Filipe Castanheira, sentado numa cadeira ao fundo da sala, uma sala onde se pressentiam todas as linhas de todos os móveis ali estacionados, lisa, perfeita nos seus contornos, branca, chão imaculado — esteve em Finisterra há poucos dias, veio de lá um pouco incomodado com o que viu. Rui Pedro Martim da Luz, garanto-lhe que me aborrece pronunciar o nome completo, mas terá de ser, tinha uma casa lá, uma casa bonita. E uma namorada espanhola. Sabia dela?

— Como poderia saber?

— Ora. A senhora é psicóloga, podia ter detectado alguma coisa. Não digo que soubesse exactamente o nome dela, evidentemente, mas podia saber que existia uma mulher para além da sua amiga.

— Não sabia. Vi o Rui Pedro duas vezes.

Jaime Ramos suspirou. Olhou para Luísa Salles e abanou a cabeça. Depois suspirou novamente e tirou um sobrescrito do blusão de cabedal.

— No nosso passado há sempre coisas que nos incomodam, coisas que nos ultrapassam como uma ferida. São lembranças que não queremos ter, eu sei. Mas a senhora mente. Não devia ser eu a fazer estas perguntas, quero que saiba, mas o meu colega. Ele procura sinais onde eu vejo coisas normais, indicações quase passageiras, fugazes. A senhora diz que não esteve nunca mais com Rui Pedro Martim da Luz e nós sabemos que talvez isso seja verdade, porque conseguimos determinar, quase hora a hora, os seus passos desde que esteve pela última vez em Lisboa. Saiu de Lisboa em dado dia de Julho, a sete de Julho, isso sabemos, e desde essa altura até ao dia um de Agosto esteve numa aldeia espanhola onde tinha uma casa, uma segunda mulher, porque vamos decidir que a sua amiga seria a primeira, e talvez outras coisas que nós desconhecemos. Até ao dia um de Agosto ninguém soube dele. Só duas pessoas, provavelmente, sabiam que ele tinha uma casa em Finisterra. A sua amiga sabia?

— Não. Creio que não.

— É estranho. Mas há duas pessoas que o sabiam. Uma delas é um amigo dele, com quem já falámos mais ou menos demoradamente. Sabia de quase tudo. Bom, falou com o meu colega. Outra dessas pessoas é a senhora.

— Não diga disparates.

Filipe Castanheira levantou-se finalmente e dirigiu-se para a estante da sala, percorreu com os olhos o espaço das prateleiras preenchido por livros.

— Todos estes livros não lhe ensinaram o essencial — disse então. — Que uma parte de nós está sempre escondida num sítio de que não suspeitamos. Um sítio que ignoramos. Eu estou catalogado em diversos sítios. A senhora também. Estamos todos. Há um registo mental e desinteressante dos nossos movimentos, mesmo dos mais banais. Alguém nos viu em algum lado. Deixámos um perfume, uma palavra suspensa.

— E sobretudo aquilo que não queremos deixar — acrescentou Jaime Ramos. — A senhora esteve em Finisterra com Rui Pedro Martim da Luz em Abril de mil novecentos e oitenta e nove. Há dois anos, soubemo-lo rapidamente. Através desta fotografia.

A psicóloga olhou a fotografia com desinteresse, como se lhe pegasse com a ponta dos dedos. Mas Jaime Ramos não deixou que ela lhe tocasse.

— Talvez ele a amasse — sugeriu então.

— Estive com ele em Finisterra. Daí não vem nenhum mal ao mundo.

— Não — disse Filipe Castanheira. — O mal vem de outros lados, vem do que há no fundo do coração.

— Não me conte histórias.

Filipe continuou:

— O mal vem de uma brincadeira fugaz. A senhora foi a única mulher que ele levou a Finisterra. A única. Nenhuma outra pisou o chão da casa que está aí, na fotografia, em

Finisterra. Nenhuma outra conhecia o esconderijo desse homem. Um esconderijo bonito. Estive lá. Não lhe disse, outro dia, mas estive lá. É um lugar tranquilo. A senhora falou-me de recalcamentos, hoje de tarde e, na viagem que eu fiz de comboio para o Porto, pensei nisso e pensei que talvez Rui Pedro Martim da Luz precisasse de esconder coisas, e, se precisava, escondia-as em Finisterra, numa casa que poucas pessoas conheciam. De lá vê-se o mar, vê-se o céu, não sei o que se vê mais porque a vida não é muito simples e cada um vê o que quer. A senhora esteve lá, de qualquer modo.

— Estive. Estive lá. Conclui alguma coisa?

— Que nos mentiu. Que mentiu ao meu colega.

— Ignorei um facto, não sabia que era muito importante.

— Desde há quanto tempo conhecia Rui Pedro Martim da Luz?

— Três anos, talvez mais um pouco, não tenho bem a certeza.

— Foram amantes?

— Amantes?

— Se se deram. Se foi a Finisterra porque o amava, há dois anos.

— Durante um tempo, sim.

— E depois? Passou-o à sua amiga?

Luísa Salles riu e acendeu um cigarro.

— Essas coisas não se passam assim. Com os senhores, talvez. Não connosco.

— Convosco? — Jaime Ramos acendeu finalmente o charuto e suspirou de novo. — Convosco?

— Com gente que não vê as relações entre as pessoas como passagem. Passar de uns para os outros. Entre nós já tudo tinha acabado, não achei mal que ele se metesse com a Rita. Nem mal nem bem, tanto me fazia.

— Combinou com ele essas coisas? — insistiu Jaime Ramos.

— Rimo-nos. Mas pegou. Rita apaixonou-se por ele, saí do caminho, era com os dois.

— Realmente. A senhora não se importava, então? O homem de que a senhora tinha gostado ao ponto de passar um fim-de-semana com ele numa aldeia no fim do mundo, anda com a sua melhor amiga. A senhora não se importa? Não tem uma ponta de ciúmes?

— Nós não temos ciúmes. A vida é o que é. Andamos todos na guerra. Se ele e a Rita se entendiam, era com eles. Não interferi.

"Tinha inveja de uma descoberta, uma descoberta que deixa alguém feliz, é disso que se tem inveja", lembrou Filipe Castanheira que ela lhe dissera. "Um livro de que Rita e eu gostávamos muito." Mas Jaime Ramos continuava:

— Riram-se. Riram-se das coincidências? A senhora falou-lhe dela? Disse-lhe "podes comer aquela"? Era o género dele. Temos uma grande lista de mulheres que andaram com ele, uma grande lista. Minha senhora, estamos em tempo de Aids, lembrou-mo o meu colega ontem ou anteontem, e eu concordo, não é tempo para brincadeiras.

— A senhora invejava a Rita — interrompeu Filipe Castanheira. — Disse-mo ontem. Que ela tinha descoberto qualquer coisa de que a senhora tinha inveja. Não mo disse no sentido em que eu estou a pensar, mas disse-mo noutro qualquer que eu desconheço, o que não faz mal, porque qualquer um pode descobrir o que quiser na vida. Só que não se limitou a deixar que a história deles evoluísse. A senhora interferiu.

"Se calhar parecem-nos sempre bem aqueles que vão morrer", não foi isso que ela disse ontem?

— Como?

— Facilmente. Temos boa memória, nós. Um arquivo como não há melhor. Falou-me de Freud hoje ao almoço, não foi? Falou-me de recalcamentos, de coisas que mantemos na memória. Acredito nisso, claro. Mas demo-nos ao cuidado de consultar a nossa memória, a da polícia, que é uma memória antipática. E há dados a que temos acesso. Foi essa a razão por que fizemos esta pequena viagem do Porto a Lisboa a esta hora da noite, só para falar consigo. Se a senhora conhecia aquele homem, se tinham sido namorados, noivos, ou se só tinham passado um fim-de-semana noutro lugar, como bons amigos, não nos interessava. Só nos interessamos por perversões, como a senhora doutora. O homem que trabalha comigo nos Açores chama-se João Dionísio, o que não lhe deve interessar, mas eu confio nele, sobretudo para descobrir dados. Veja a fotografia outra vez. Há um par de óculos aqui. Veja-os bem. Descobrimo-los muito longe, a mais de dois mil quilómetros, dentro de um carro. O carro tinha sido alugado em nome de Rita Calado Gomes e era pequeno, branco, foi encontrado a cerca de dois quilómetros do lugar onde ela foi encontrada morta. Explica isso dos óculos?

— Claro. Ofereci-lhos há algum tempo. Uma prenda.

— Uma prenda? Estes são óculos graduados. Não sei o que a senhora fazia com eles à noite, mas estava com eles, porque os óculos de sol da sua amiga estavam no hotel em que ela se tinha alojado. Não eram graduados. A senhora usa óculos, podemos conferir a graduação, evidentemente. E há outro pormenor. Esse homem que trabalha comigo nos Açores descobriu que a senhora era uma das passageiras do voo que chega a São Miguel todos os dias às oito da noite. A Ponta Delgada. Do voo de dia trinta e um de Julho. Não, não tinha esquecido Rui Pedro Martim da Luz, evidentemente. Ninguém o esquece.

20 de Agosto de 1991, 19.00 horas

ELE SABIA, OU IMAGINAVA, O QUE PARA SI ERA QUASE a mesma coisa, que esse homem a tinha amado, que talvez ela o tivesse amado e que, provavelmente, isso tinha sido a causa da sua morte. Não era bem uma certeza, como julgara a princípio, porque, no seu caso, já deixara de as ter ou, pelo menos, deixara de pensar nessas ideias como certezas, princípios, valores ou regras. Deixara há muito, mas não por culpa sua. E hoje, que relembrava passo a passo, minuto a minuto, os acontecimentos dos últimos tempos, mais fiel era esse desenho de circunstâncias e de acasos que não o abandonava em nenhum momento, fosse para onde fosse, estivesse onde estivesse ou com quem estivesse. Tratava-se, sim, de um desenho, de imagens sobrepostas sobre uma folha branca onde as formas eram a princípio distorcidas e cinzentas e onde, afinal, tudo acabara por ganhar contornos mais precisos nos últimos dias, talvez mesmo uma cor ténue e leve, transformando-o, ao desenho, numa obsessão de que não conseguia libertar-se, por mais esforços que fizesse.

Enumerando essas circunstâncias, esses acasos, talvez mesmo antecedentes, se os encontrasse, e decerto que os encontraria, chegava sempre a uma conclusão de que não gostava — e que tentava afastar. Os vários nomes juntavam-se na folha de papel almaço, branca e desalinhada como se tivesse sido cortada e aparada por um canivete mal afiado. Nomes que escrevera ao fim de muitas hesitações em que passearam pela memória as preocupações de toda a sua vida e de tudo aquilo que se lembrava que poderia existir de uma forma límpida, organizada, correcta, sem abreviaturas a dificultar a compreensão, fosse para quem fosse. Nomes que, afinal, pelo facto de terem sido escritos naquela folha (não de modo inocente, nem leviano, pensava ele), estavam irremediavelmente ligados a um facto estranho que chamara a sua atenção há semanas, quando o Verão se começava a cansar e, apesar de tudo, como se lembrava agora, os primeiros botões de azália só então adquiriam volume e cor nos vasos da varanda.

Não fora isso, e provavelmente tudo seria até esquecido, condenado ao esquecimento e a um catálogo de acontecimentos ocasionais que ninguém vê interesse em explicar. Na generalidade, como fora obrigado a confessar a si próprio, o principal problema não era a sua dificuldade em acreditar nas coisas que aconteciam e que serviam para provar que já não existem surpresas que possam modificar a vida, alterá-la, dar-lhe um rumo muito diferente. O principal problema, vira ele depois, era o facto de essas coisas acontecerem e ele ter dificuldade em explicá-las aos outros, talvez porque elas só existiam depois de serem explicadas aos outros. Enquanto acontecimentos não valiam de grande coisa, não serviam para ordenar o sentido da vida, os segredos de uma vida, os acontecimentos mais ou menos banais a que era preciso dar uma ordem e um sentido — só depois, muito depois, quando as estações do ano passassem umas sobre as outras e o tempo deixasse sobre a mesa da sala, sobre o pequeno sofá onde se sentava ao fim da tarde (para ver as plantas da varanda agitadas pelo rumor do vento ou apenas, mais prosaicamente, para ver televisão), sobre as ruas que cercavam o seu bairro, um minúsculo sentimento de passagem e de derrota, uma derrota que era, afinal, e somente isso, a verificação de que o tempo não perdoa (como a idade, pensara ele), e de que tudo se gasta em pequenas coisas sem importância ou a que, pelo menos, não damos muita importância imediatamente. Seja como for, pensou ele então, num dia de que mal se lembrava, ela morreu e o seu corpo foi encontrado como são encontrados os corpos que em vida fascinaram, atraíram e provocaram paixões, quase sempre passageiras: com surpresa e espanto.

Lamentava ter de se expressar assim, como um escritor demasiado correcto que não se engana nas frases, embora sem recorrer a demasiados floreados ou manias de estilo. Mas não teria outro remédio. O mundo é assim, apesar de tudo, se se aprende a escrever de uma maneira acabamos por falar mais ou menos dessa maneira, e, também, a pensar dessa maneira.

Lembrava-se, de qualquer modo, de ter visto esse corpo à sua frente, devolvido pelos médicos que o tinham observado e que não tinham encontrado nada de especial senão arranhões, feridas de pedras aguçadas, além de ligeiras marcas que o tempo (sempre o tempo, cá está) deixara para testemunhar a sua presença e a sua indiferença. Fora um acaso, tudo. Um acaso que não sabia, mesmo hoje, receber e perceber senão como uma dádiva do destino e uma surpresa das suas investigações. E, para contar a si próprio essa história, necessitava, também ele, de tempo. Sempre mais tempo. Não só para se refazer da surpresa mas, também, para poder dar-se ao luxo de ignorar que tudo aquilo tinha acontecido na vida real, na vida que ele chamaria real, que todos chamariam real. Não era grande coisa esta conclusão, mas bastaria para resumir alguns anos de vida consagrada a investigar a vida dos outros, a interessar-se por ninharias e inconveniências que, noutras circunstâncias, lhe provocariam algum riso e um tranquilizador e honesto encolher de ombros. Mas nada disso tinha acontecido. Primeiro, como já se sabia, tinha sido a surpresa. O espanto. Depois, uma interrogação delicada e mais ou menos afectada. E, finalmente, aquilo que ele se lembrava melhor — um segundo momento de espanto, de incredulidade e, também, de um secreto sentimento de solidariedade que é sempre mais fácil de manifestar em relação aos mortos do que que em relação aos vivos, como é da nossa natureza. Conhecera outras vidas. Outros destinos, se se pudesse dizer assim. Conhecera coisas parecidas. Mesmo em relação a si próprio, quando precisava de falar de si, precisava de recorrer sempre à segunda pessoa do singular, como se ele fosse outro. Não por ter vergonha do que fizera, do que lhe acontecera, do que vivera. Apenas porque é sempre melhor verificar em qualquer outra pessoa o testemunho de uma singularidade e de uma aventura (se fosse o caso) de excepção.

Pressentiu, na verdade, que ela fora amada por aquele homem. Que talvez tivesse amado alguns, pelo menos um ou dois, ou talvez três, dessa lista que tinha à sua frente. Sabia que as histórias em seu redor se acumulariam, se fossem puxadas como um fio de uma peça de renda, um fio luminoso e incandescente que bastaria para iluminar umas quantas vidas, e talvez mesmo a sua. Pelo menos iluminá-las de imaginação, de uma imaginação que não se importava que fosse delirante. Mas, e isso não era uma certeza, apenas um pressentimento, talvez tivesse sido tudo isso a causar a morte dessa mulher. Uma morte pressentida em silêncio, como o termo de uma espiral, de um redemoinho sem fim. Ou, pelo menos, cujo fim tivesse de ser, necessariamente, a morte.

Uma morte de que ele não suspeitava agora, incapaz de adormecer a meio de uma viagem de duas horas no avião que tomara quando Jaime Ramos o deixara no aeroporto, de onde também ele partiria para Espanha, em busca de Marta Rodríguez Cano, desaparecida de Finisterra há dois dias, como declarara Alberico Nuñez ao telefone.

— *A lo mejor se fue a Gijón. Hay algo sobre ella? Se lo haremos aquí, las perguntas, si las tienes.*

— Há perguntas que só eu sei fazer — respondera Jaime Ramos.

Filipe sabia-o. Não em relação a Jaime Ramos, mas em relação a todas as perguntas, palavras que se pareciam com o rosto do mar, se visto da minúscula janela deste avião. Fazes uma e depois outra. Por exemplo: por que razão Luísa Salles se negara desde o início a admitir que conhecia Rui Pedro Martim da Luz?

— Porque foi um jogo com a outra. Uma brincadeira. Em podendo, as mulheres fazem o que lhes apetece. Nos papéis do tipo havia referência a várias mulheres. Ele guardava as agendas de um ano para o outro, há lá nomes engraçados, advogados, políticos, mulheres. Nunca o nome dela. E Isabel?

— Pressinto. O que vou dizer-lhe? Se estivesses no meu lugar.

— Não estou.

— Mas imagina.

— Não sei. Uma mulher é um caso. Cada mulher é um, bem vistas as coisas. Se eu estivesse apaixonado por ela dizia-lhe que devíamos jogar um jogo que não nos matasse. Não tenho muito jeito para mulheres, tu sabes. Cansam-me. Cansam-me cada vez mais. E estou preocupado em relação ao sexo, muito preocupado. Não em relação ao sexo em geral, mas em relação a mim. Eu dizia-lhe que voltasse, se quisesse. Que tomavas conta dela, que a protegias, que lhe tratavas dos impostos, que a levavas ao cinema uma vez por semana, que lhe tiravas fotografias quando ela engravidasse. É para isso que elas querem um homem.

— As mulheres querem mais que isso.

— Todos nós, mas há riscos. De qualquer modo, que os procurem noutro lado. Mas de preferência em nós.

Isso ele dir-lhe-ia. E talvez lhe dissesse como estava azul o céu visto daqui. E se tu gostasses que eu fosse toureiro, eu seria toureiro e enfrentaria a morte para que isto não acabasse nunca e para que os teus dedos se aproximassem dos meus na altura da morte, e eu morresse contigo. E talvez gostasses que eu fosse artista de circo, e eu, então, seria artista de circo, e serei dançarino se tu quiseres ou se eu vir que tu queres que eu seja dançarino, aprenderei o mambo e talvez rock'n roll, e poderia escrever sonetos, se tu quisesses que eu escrevesse sonetos, e eu dou graças a Deus por tu não quereres que eu escreva sonetos, mas escrevê-los-ia na mesma, se essa fosse a tua vontade. E abrias-me a porta para que não chovesse sobre mim, e para que pudéssemos ver os relâmpagos do interior da casa, afastando os cortinados, porque a casa teria cortinados, e talvez houvesse outra forma de vida e muitas vidas a viver, e a nossa talvez se preenchesse de outras coisas, mas de uma forma simples, ainda que, por ti, eu atravessasse os mares, ilhas desertas, cruzei o mar diante desta ilha para te vir buscar, estarei aqui até acordares, até que a Lua apareça junto àquela encosta, velarei pelo teu sonho porque vejo que te agitas e deves estar a sonhar, e então estarias pronta para abrir-me a porta, porque chove na rua, os plátanos dos parques estão molhados de toda a chuva que conheci até hoje, escorre por eles a água da chuva, de toda a chuva, viajaremos de barco, tocarei bandolim nos barcos que vão de ilha em ilha, beberemos vinho junto dos livros que amas e mesmo junto daqueles que eu não amo, terei paciência, serei velho muito mais tarde, posso adiar isso, e se tu gostasses que eu fosse outra coisa qualquer, então talvez eu fosse outra coisa qualquer, e se pudesse dançar à tua frente talvez o fizesse, embora sempre tenha dito que é ridículo pôr-se um homem a dançar.

21 de Agosto de 1991, 18.30 horas

FILIPE LEVOU O AUTOMÓVEL PELA ESTRADA QUE acompanha o litoral da ilha atravessando com lentidão os rectângulos verdes que fazem fronteira com as falésias e as baías antes de Vila Franca do Campo. O Hotel Bahia Palace continuava erguido como um fantasma de mármore e vidro respeitando o brilho acinzentado da praia, chamando turistas, casais em férias ou em lua-de-mel, empresários em visita, hóspedes desconhecidos que continuariam a abrir as portas que davam para as varandas da baía de Água d'Alto e que daí respirariam os últimos instantes de cada dia, a cadência prolongada e doce de cada crepúsculo. A ilha continuaria a prender-se à pele, à memória do que houvesse para recordar de cada crepúsculo, e os carros continuariam a passar na estrada que perfura curva atrás de curva, rondando o litoral, visitando o rosto do mar.

O céu pode ser um instrumento de salvação, se o olhamos daqui, para onde descem das nuvens os filamentos de luz que sobram de um dia azul, limpo, tranquilo. Mas o manto de calor mantém-se desde há semanas ininterruptamente, envolve a ilha, mantém-se sobre ela, transfigura-a como um corpo que se imobiliza no meio do mar, das águas do mar. De qualquer modo, a última imagem, a derradeira imagem a que se recorre quando se chega à ilha no voo das oito da noite é a da morte. Sobretudo quando estamos em pleno Verão e a luz é suave, tão suave que Luísa Salles dispensa os óculos de sol, que puxou o cabelo. Em relação a isto, bastou confirmar datas, a lista de embarque de passageiros em Lisboa com destino a Ponta Delgada. Luísa Salles tomou o avião das 18.30 e chegou a São Miguel às 20.00. Telefonou para Rita Calado Gomes às 22.30, aproximadamente. Teve tempo para alugar um carro, pagando-o adiantadamente, há tanta gente que aluga um carro só por um dia, por uma noite, uma manhã. Mas não. Ela preferiu outro meio transporte: um dos últimos autocarros para o Nordeste chega aí um pouco depois das nove da noite, e o primeiro parte cerca das seis da manhã.

Este é o lugar, diz Filipe Castanheira para José Silveira Enes, quando se avista o farol que domina a Ponta do Arnel.

— Como é que ela chegou aqui?

— De autocarro. E telefonou a Rita Calado Gomes para o hotel.

— Daqui?

— Não daqui. De um café na vila, no Nordeste, onde comeu qualquer coisa, comprou tabaco e esperou. Esteve uma hora, mais ou menos, a percorrer o muro das piscinas, lá em baixo. Quando a outra chegou, foram passear para os lados da Ponta da Madrugada.

— Como é que não vimos isso?

— É fácil. No Verão, ninguém estranha que haja desconhecidos a viajar de autocarro de um lado para o outro. O autocarro para o Nordeste sai de Ponta Delgada com muita gente que vai descendo pelo caminho. E ela saiu no que ia só para a Ribeira Grande, ao que sabemos. Quinze minutos depois passava outro para o Nordeste, o mesmo que serve a Maia, por exemplo. Meteu-se nesse que chega lá por volta das nove e meia. Não quis correr o risco de ficar num hotel só por uma noite e de dar o nome para o registo. Nós verificámos isso tudo. Nem quis correr, também, o risco de alugar um carro. Voltou para Ponta Delgada no autocarro das seis da manhã, e apanhou o voo das oito. Tudo marcado como se tivesse treinado. O bilhete de vinda foi passado por uma agência, o de ida vendido por outra. Ninguém imaginaria que um assassino viajava de autocarro.

— E o carro? Como é que o carro aparece ali, nas piscinas, e não na Ponta do Arnel?

— Um crime à antiga. Para despistar ou porque se cansou e preferiu ir de carro em vez de ir a pé. Podia ser vista se fosse a pé, além do mais. Os autocarros partem do largo da vila, ao pé da Guarda, mas há uma paragem mais acima, junto dos bombeiros. Àquela hora a viagem é rápida, ela só precisava de não adormecer, para não causar suspeitas, até chegar ao avião que sai para Lisboa. Logo a seguir saía um para o Porto, um voo especial. Digamos que estive no aeroporto a essa hora.

— Chegou bem, lá?

— Ela? Suponho que sim. Deve ter chegado porque às onze e meia estava no consultório.

— Portanto, é um crime à antiga. Luvas para conduzir o automóvel, autocarro, tudo bem planeado. Inacreditável. Já ninguém pensa em tudo, hoje em dia.

— Ela era psicóloga.

— Bom.

Um bando de cagarras rondava o pequeno porto, na base do farol, acompanhando o crepúsculo com uma dança estonteante e barulhenta, e José Silveira Enes meneou a cabeça.

— O trabalho que nos dão — comentou. — Matam-se uns aos outros, umas às outras. E porquê? Uma noite mal dormida, uma noite bem dormida, uma noite com outro ou com outra, segundo suponho. Tudo se reduz a isso, à noite.

— E os sonhos que vêm de noite — murmurou Felipe Castanheira.

Mas o outro não pareceu ouvi-lo e continuou a caminhar na direcção do muro do miradouro.

— As pessoas deviam ajustar contas de outra maneira. Não sei qual, mas deviam descobrir, se há contas a ajustar. Todos sabemos que a partir de certa altura não há palavras que cheguem, mas devia haver outras maneiras. Quantos anos tinha esta mulher? A que morreu?

— Trinta e um.

— Ela esperava que o outro homem viesse cá ter?

— Penso que sim. Ele tinha-lhe deixado um bilhete.

— Um bilhete. E o que fariam a seguir? O costume. Casariam? Talvez casassem e viessem a ter filhos. E que diriam aos filhos, mais tarde? Que se portassem bem e que não fizessem como eles tinham feito as coisas. Sou um homem de fé, sabe? Vou à missa, tenho família, vou ao restaurante uma vez por semana com a mulher, sei que são hábitos mesquinhos e que ninguém vai vencer na vida por este caminho. Mas não é preciso vencer na vida para se suspeitar que se morrre desta maneira estúpida se não temos cuidado.

— É — disse Filipe Castanheira. — Mais ou menos isso.

Enes voltou-se para o carro e, de seguida, disse que era melhor regressarem. Também aí Filipe concordou, com um aceno. Voltariam a percorrer a mesma estrada, as colinas do Nordeste repetir-se-iam ao longe, como visão de calendário, quando eles subissem na direcção das Furnas através da serra da Tronqueira e avistassem os picos mais altos da ilha erguendo-se rente ao céu que escureceria muito devagar como se se afastasse com pudor. Fizeram o caminho de regresso em silêncio e Enes interrompeu-o apenas para se despedir com um até amanhã dolente e neutro.

Filipe rondou então a praça onde se anichava a velha igreja, mesmo no centro de Ponta Delgada, seguiu ao longo da marginal brevíssima de onde já tinham partido os autocarros que seguiam para os arredores da cidade e, nessa altura, recordou o caso de assassínio que lhe fora entregue quase antes de partir para o Porto. Ciúme. A mulher que mata o marido, a frieza de uma pistola nas mãos, direita ao coração, todas as ideias que podem assaltar a imaginação de alguém nesse momento exacto. Luísa Salles empurrando Rita Calado Gomes para a parte mais profunda da falésia da Ponta do Arnel. Ciúme. Inveja de uma descoberta que deixa alguém feliz.

Sentiu então vontade de uma bebida, uma bebida simples que adocicasse a respiração e acalmasse o estômago, que também pretendia atenção. Parou junto da Tabacaria Açoreana para comprar um jornal do continente, um maço de cigarros e uma caixa de recargas para a sua caneta de tinta permanente. No último instante, quando o homem se preparava para lhe entregar o troco, cresceu nele uma saudade mais ou menos aguda e dolorosa, o desejo de uma companhia, uma companhia certa e quase sincera de uma voz e de um tom de voz, talvez o tom de voz de Jaime Ramos, um tom de voz cansado, arrastando as sílabas em cada frase e cada frase em cada minuto de conversa. E pediu charutos.

— *Beldina*?

— Talvez. Que mais há?

— *Don Paco*, fabricados aqui e depois vendidos a partir das Canárias. E cigarrilhas. *Cogivas*, *Ilhéus*, *Princesas*, *Girafas*. E ainda há rapé inglês, para quem sabe.

— Rapé?

— Rapé. São as últimas embalagens. Os da Micaelense já disseram que deixavam a produção por este ano. São coisas que já não se vendem, já ninguém toma rapé. Que charutos quer?

— *Beldina*, uma caixa. Não, duas. E *Princesas*. Vou mandar uma de *Beldina* como presente.

— Leve. E leve mais porque um dia acabam com estes.

— E dê-me um maço desses cigarros. E daqueles também. Esses também. E esses.

— E destes?

— Um de cada, isso mesmo. Um de cada. É para mandar a um amigo.

— E guarde para si.

Pagou e saiu para a rua com um embrulho onde levava vários maços de cigarros de outras tantas marcas. Não sabia para quê, e continuava a não ter destino certo para tantos cigarros açorianos mesmo quando, vinte minutos mais tarde, se sentou a uma mesa do Chez Shamine, à saída de Ponta Delgada, no Pópulo, e pediu um *gimlet*. John, o inglês proprietário do bar, sabia que Filipe associava a bebida a uma memória mais ou menos literária, arrancada a *The Long Goodbye* de Raymond Chandler, quando Philip Marlowe se encontra com Terry Lennox. O bar chamava-se Victor's e, da primeira vez que lá entrou, Marlowe bebeu três gimlets.

John trouxe a bebida. "*Do you feel blue*?" Nem por isso, respondeu Filipe Castanheira, é só uma voz a incomodar. "*Shut up and drink.*"

Abriu então o embrulho e deixou cair sobre a mesa os maços de cigarros, *Alvo, Apolo 20, Casino, Curdos, Além-Mar, Boa-Viagem, Santa Justa, Bingo*, e as duas embalagens de *Rapé Inglez*. É um mundo que acaba.

Um mundo que acaba, disse para si próprio. Um mundo que acaba silenciosamente, longe do tumulto. Um dia acabará a cerveja *Mello Abreu*, e Deus te oiça para que isso não venha a acontecer para já. E depois os *Curdos*, os *Além-Mar* e a sua imagem central, uma caravela em fundo branco, as riscas azuis dos maços do *Boa-Viagem*, os *Santa Justa*, *Bingo*, *Casino*, *Alvo*, os cigarros que não se fumam senão aqui na ilha. Um mundo que acaba, como os velhos *Volkswagen*, as canções que podiam ouvir desta varanda que abre o bar para o areal silencioso da praia, os velhos *Mercedes 200*, os gimlets irão também desaparecer, a sua transparência delicada e melodiosa de lima açoriana, açúcar, gin de contrabando, e irá acabar a visão que se tem do mundo quando se chega ao miradouro de Santa Iria e se vê a água do mar diante dos canaviais de Porto Formoso. O mundo é dos que sabem mudar. Dos vencedores, portanto. Acordarás algum dia com esta impressão do vencedor? O mundo é dos vencedores, dos actores de cinema, dos accionistas de todas as empresas, dos modelos masculinos de moda, dos ministros recém-nomeados, dos arquitectos que vão enriquecendo a vender os desenhos de casas onde já ninguém se sente bem. Não gostaria de ser arquitecto. Nem actor de cinema. E dás graças por isso, porque agora estás sozinho a esta mesa do bar, John olha-te de vez em quando à espera da ordem para te trazer o segundo gimlet, talvez mesmo o terceiro, se for preciso, e subirás as escadas para a rua com o andar demasiado lento para que John não saiba que estás um pouco tocado pelo álcool. Não deves beber demais, o médico to disse, repetiu, tu juraste comedimento, meio-termo, um meio-termo que não te embriague nem te distraia da vista do voo da última garça sobre a colina, mais além as estacas do estendal do milho tremem ao vento, as folhas dos plátanos ao longo da estrada também tremem ao vento, e se fores agora à varanda receberás esse gesto comedido da brisa que arrasta sal e areia miúda que, por sua vez, poisará no chão, nas mesas brancas de tampo de vidro, sobretudo poderás sentir que o dia acaba, mas não cessará essa interrogação tão minúscula a arder por dentro de ti próprio. Como é possível matar assim? Luísa Salles saiu do avião, segues-lhe os passos mentalmente, não mais que mentalmente porque, se te aproximas, poderás ferir-te, mas segue mentalmente os seus passos que são rápidos, velozes até, decididos, vencedores. Um táxi para o centro da cidade, um autocarro, depois outro, chama Rita, estou aqui, ela vai ter com Luísa Salles, um passeio ao longo da estrada, há problemas com esse Rui Pedro, teria sido assim?, depois de muitas frases é fácil descer as escadas do farol, é de noite, muito de noite, há ainda pedaços frios de lua no céu a iluminar os degraus toscos que dão para o areão da enseada, um empurrão a meio, talvez a meio, sorte o corpo de Rita Calado Gomes não se ter despedaçado contra a escarpa, mas Luísa Salles fica à escuta, nenhum ruído senão o do mar que se associa ao murmúrio da morte, que é tenso e infinito. O relatório de autópsia detectara algum álcool no sangue de Rita Calado Gomes, arranhões, um ferimento de pedra, um frio grande e prolongado que tu próprio assinalaste ao tocar naquela pele há cerca de três semanas, quando a Ponta do Arnel era ainda um local tranquilo na tua geografia da ilha e a morte desta mulher apenas um caso de afogamento, acidental, como foste obrigado a escrever no teu relatório.

Há um mundo que acaba, dás-te conta disso porque as frases dos outros, muitas vezes, na maior parte das vezes, não têm sentido. Nem as tuas, ainda que não tenhas uma ideia a defender, uma única sequer, queres viver a tua vida, não queres ser vencedor, empresário, actor de cinema, detestarias não ter esta imagem diante dos olhos, quando John limpa as mesas da varanda, sacode o pano que recolhe areia das mesas de vidro, há um mundo que acaba, em qualquer lugar há um mundo que acaba, e então deixará de haver gimlets, deixará de haver estes cigarros que tu próprio nunca fumaste mas que enviarás a Jaime Ramos. E tratarás das plantas de casa, e dos livros arrumados nas estantes, lerás *Um Espião Perfeito* finalmente, e tratarás das recordações, das fotografias que, com o tempo, foram ganhado colorações sépia, e numa delas estás sentado com a tua mãe no meio de um campo cultivado de trigo, recordas essa imagem?, há um vento quente a bater nas vidraças do bar, um vento de ilha, não tens outra imagem para te despedir, porque sabes que há um mundo a acabar, em seu lugar vêm restos de naufrágios como aqueles que impressionaram Rui Pedro Martim da Luz na sua casa de Finisterra, e os vencedores, que ainda não sabem que terminarão vencidos, terão um rosto que cresce desde o vazio. Vive a tua vida, despede-te do Verão, as árvores tremem ao vento, o céu escurece.

21 de Agosto de 1991, 23.30 horas

JAIME RAMOS CHEGARA A GIJÓN NO DIA ANTERIOR AO princípio da noite. Uma coincidência feliz fez com que houvesse um voo a transportá-lo de Santiago para Gijón, embora ele preferisse viajar de automóvel. Mas a verdade é que não estava de férias. "Resolva isso rápido, inspector. Estamos com dias e dias de atraso", dissera-lhe, diante da necessidade de viajar para tão longe, o director.

— Já podia estar.

— Pois sim.

— Se é que estas coisas se resolvem, claro.

— Queria pedir-lhe que não falássemos muito do caso lá fora. Não que me incomode, estas coisas acabam por saber-se e o facto de eu ser amigo dele não tira nada. Mas seria bom que os jornais não soubessem, que nada disto saísse lá para fora.

— O facto de sermos amigos de determinada pessoa é mais importante que a verdade — respondera ele antes de sair do gabinete a que não gostaria de voltar tão cedo.

A chegada a Gijón é sempre fria, de qualquer modo, quer se faça de avião ou de automóvel, se bem que, por estrada, tivesse a oportunidade de descansar os olhos junto a Ribadeo, às suas varandas sobre o mar (e de almoçar, claro, num restaurante que constituía o último reduto da cozinha de carne na zona), antes de entrar nas Astúrias e de cumprimentar a placa verde e gigantesca que saúda aqueles que seguem pelo Principado dentro, junto à entrada do litoral.

O Hotel Begoña, a meio caminho entre o centro da cidade e as ruas que servem o porto, recebeu-o para um repouso de minutos antes de partir à descoberta de um restaurante onde saciar a fome. Encontrou vários, sobretudo na zona que dá por terminado o passeio público virado para a marina e para o Real Club Náutico de Gijón, na agora atravancada Avenida Cláudio Alvargonzález, decidindo-se hesitantemente por um deles onde havia ainda mesas livres antes da avalancha que se previa para a hora espanhola do jantar. A ementa era pobre, mas era pobre em todos os restaurantes da zona e ele não tinha tempo nem disposição para procurar uma casa que oferecesse mais do que sardinhas fritas, *paellas*, arrozes, peixes grelhados, caldeiradas de peixes de que desconfiaria só de vê-los, além do sabor agridoce da sidra que se bebia a todas as mesas. Sidra. Os bebedores de sidra serviam-na com cuidado, observando o rígido ritual. Vira na rua, encostados ao muro que subia da avenida para as calçadas íngremes da zona antiga, rapazes servindo-se de sidra, bebendo-a por copos que esvaziavam para a boca, sofregamente. O que sobrava no copo, depois de esgotado o fôlego, era atirado para o chão. O copo passava a outro que repetia o mesmo ritual de pegar na garrafa com a mão direita, apontá-la ao copo, erguê-la finalmente até que o fio de sidra seguisse caindo do gargalo ao copo da altura do ombro, o copo ao nível da cintura. No interior do restaurante o ritual perseguia-se com a mesma intensidade e rigor. Por isso, o chão estava coberto de serradura para absorver os restos de sidra que era vertida descontraidamente dos copos para os mosaicos frios que rodeavam as mesas. A certa altura, o chão dos restaurantes da zona estava por isso coberto de serradura e o odor da sidra crescia até aos limites do insuportável.

Depois do jantar percorreu as ruas interiores da área até dar com a Calle María Bandujo, o endereço que Alberico Nuñez lhe fornecera para se encontrar Marta Rodríguez Cano. O primeiro andar mostrava apenas os vidros das janelas e nenhuma luz. Bairro antigo, casas antigas viradas para o mar. Esperou durante uma hora, e depois entrou num táxi que o levou ao hotel, onde adormeceu de imediato. Teve ainda tempo de escutar o ranger acolhedor da cama, mas não mais que isso, nem um sonho o despertou até acordar mais tarde do que seria habitual.

Mas tudo isso fora no dia anterior, porque entretanto regressara à sua cidade. Um avião levou-o, ao princípio da tarde, de Gijón a Vigo e, depois, um outro transportou-o para o Porto, numa viagem quase interminável. Por sorte havia um voo. E teria de haver. Teria de haver porque queria chegar o mais depressa possível à sua casa e ser conquistado por um lugar que fosse seu e que reconhecesse como familiar, familiar nos seus odores, um lugar onde não se bebesse sidra, onde ninguém bebesse sidra nem vertesse o resto dos copos para o chão, e alguém cozinhasse para si ou ele pudesse cozinhar para Rosa e ela protestasse e falasse de calorias, de vitaminas, de dieta de emagrecimento, da necessidade de ele perder algum peso.

Rosa não estava em casa quando chegou, às sete da tarde, mas deixara um bilhete na caixa do correio. "Volto à meia-noite porque vou ao cinema. Quando chegar bato à porta."

Jaime Ramos aceitou o recado e foi verificar se as plantas na varanda tinham sobrevivido aos recentes dias de calor. Sobreviveram, pensou ele ao ver o vaso de tulipas. Sobreviveram.

Preparou um banho, então. Encheu a banheira com água quente, apesar do calor, porque sentiu necessidade de ser acolhido como num ventre a que ele podia moldar-se, encolhido, sem ninguém ver, sem ninguém suspeitar que um homem precisa desse momento. Despiu-se. Começou por barbear-se. Fê-lo cuidadosamente, levando a lâmina a procurar os dois sentidos, para cima, para baixo, até sentir que a pele se ia descontraindo e adquirindo uma frescura por que ansiava. Trouxe o telefone para a casa-de-banho e ligou para Filipe Castanheira. Conseguiu ouvir o som de um aparelho a responder, do outro lado do mar, só à segunda tentativa, o que considerou ser um milagre.

— Já cheguei.

— E então?

— Estou no banho. Não foi difícil — disse enquanto mergulhava na água já tépida que lhe descontraía os músculos do corpo numa massagem silenciosa, lenta e invisível. — A verdade é que cada um tem o que merece.

— Foi ela?

— Ela descobriu que o tipo se queria pirar. Bom, não lho ouviu, mas suspeitou, sabes como é, sexto ou sétimo sentido das mulheres, nunca percebi bem que sentido é que é, mas trata-se de um destes. Ela percebeu a meio do mês que ele se ia embora.

— Foi ela?

— Lembras-te das coisas dele? Cadernos, papéis, fotografias, coisas que procuraste em Finisterra? Ela descobriu isso tudo numa mala, pronta a trazer para Portugal. Foi aí que tudo começou, por assim dizer. A família trouxe isso tudo, claro, mas trouxe isso porque já estava embalado e preparado numa mala, dentro do carro. Tiveram uma discussão nessa altura, ele disse que não, que não vinha, mas o outro tipo, Ramón, também suspeitou, porque suspeitou, agora não sei bem porquê. E viu que ele andava ocupado a arrumar muitas coisas. Não percebi bem o grau de familiaridade que eles tinham, o tipo e este Ramón, mas devia ser alguma. Ela queixou-se ao Ramón. Falaram com ele no dia anterior, a bem, diz ela. Muito a bem, segundo me disse. Só no dia seguinte é que, como sabemos, a coisa aconteceu. Foi o Ramón. Ele tinha-lhe prometido o hotel, emprego no hotel, para ele e para a mãe. Gostava muito da mãe.

— E ela?

— Ela? Ela estava a ver. Eram dela as pegadas na areia. O terceiro grupo de pegadas. Um negócio a dois. Um dispara e o outro vê. Em querendo, as mulheres fazem o que lhes apetece. Fazem-nos pensar que tinha sido a secreta, que tinham andado a ser enganadas. Somos sempre nós os enganados, no fim de contas. Não se pode confiar em ninguém.

Só depois de desligar o telefone é que Jaime Ramos teve uma ideia. Correu à cozinha, deixando atrás de si um rasto de água, e regressou trazendo consigo uma garrafa vazia e um copo. Encheu a garrafa com água da torneira, sentando-se na banheira, os pés e as pernas mergulhados na água em que flutuavam pequenas ilhas de espuma. Inclinou a garrafa sobre o copo, verteu um pequeno fio de líquido e foi afastando um do outro até que a garrafa estava à altura do ombro e o copo descia até à cintura. Metade da água caiu na banheira, misturando-se à de seu banho. Tentou de novo. Tentou duas vezes mais e, à quarta, conseguiu que o copo apanhasse toda a água que saía da garrafa. Sentiu-se satisfeito, então, gabando a si próprio a habilidade que tinha observado em Gijón, aos bebedores de sidra.

Tentou de novo, mas já não foi capaz. Poisou os dois objectos no chão da casa de banho, deitou-se mais uma vez na banheira até o corpo ficar totalmente mergulhado em água. Tinha preparado um charuto para este momento. Acendeu-o. Nunca John Wayne fumou um charuto em filme algum, mas esta era uma cena que tinha aprendido em filmes, de certeza. Imitou-a infantilmente. Expirou o fumo e olhou com melancolia para o copo e para a garrafa que tinha trazido para a sua pequena experiência. No fundo, ele sabia, não apreciava sidra, embora tivesse sentido por várias vezes uma vontade estranha de reexaminar o sabor da bebida. Como uma experiência.

Rosa chegaria em breve, tinha-lhe comprado um presente numa loja de Gijón, depois de acompanhar Marta Rodríguez Cano à polícia local, de onde telefonaram para Alberico Nuñez. Um casaco de lã asturiana, da mesma lã, provavelmente, com que os pescadores do Cantábrico enfrentavam o mar em pleno Inverno. Rosa comentaria que só iria vesti-lo no Inverno, que era cedo para lãs. E ele diria que devemos estar sempre preparados para o Inverno.

22 de Agosto de 1991, 19.30 horas

— É AÍ, MAS DESDE HÁ DOIS DIAS, PRATICAMENTE, que não sai de casa. A princípio estranhámos bastante, mas sabíamos que havia gente lá dentro porque de noite as luzes estavam acesas. E acesas até tarde. Mas nenhum ruído. O senhor é de família?

— Sim. De família.

— Ou será namorado?

— Não, namorado não.

— Desde há dois dias que não sai de casa.

Filipe Castanheira agradeceu as informações e pôs em cima do balcão o dinheiro para pagar a cerveja, lamentando-se do seu egoísmo que o fez entrar no pequeno café e pedir uma *Mello Abreu*. Hesitou, mas compreendeu que teria de satisfazer a sede que se apoderara dele durante toda a viagem, evitando pensar que também tivera saudades daquela cerveja e do rumor vaguíssimo do líquido quando se verte para o copo.

— Há dois dias que não sai de casa — repetiu a mulher, contando o dinheiro. — Perguntámos se queria alguma coisa, se precisava de alguma coisa. Que não. Que estava tudo bem. Mas não estava, sabemos que não estava porque geralmente é sempre uma festa nessa casa, e ultimamente não. Ainda bem que o senhor é de família. Um primo?

— Sim. Um primo — mentiu Filipe. — De Ponta Delgada.

— Pois. De Ponta Delgada. Também chove por lá?

— Não. Estava céu azul hoje de tarde.

— Aqui é desde ontem a cair, sempre miudinha, a chuva, sempre a cair e sempre miudinha. Pois desde há dois dias que não sai de casa, vai gostar de o ver.

Por ele, só se deu conta de que chovia quando, depois de os primeiros passageiros terem descido para o chão escuro da pista, olhara para as cores da colina que, ao fundo do aeroporto, se sobrepõe ao mar e verificara que não se notava o contraste habitual entre o verde e o azul da ilha, mas antes uma continuidade trazida pelas bátegas finas de chuva que lhe caíam na roupa ou lhe molhavam o rosto. De qualquer modo, a chuva era quente e o ar continuava abafado como uma espécie de abóbada que mantinha a temperatura da ilha à maneira de uma estufa, e a protegia de um inimigo invisível e poderoso que não cessava de a incomodar.

Apesar de ser Agosto, conseguira facilmente alugar um carro por telefone, de Ponta Delgada. O homem da agência entregou-lhe as chaves, Filipe Castanheira dispensou as explicações e procurou-o no pequeno parque de estacionamento diante do aeroporto. Não trazia bagagem, à excepção de uma mochila que era costume acompanhá-lo quando ia à praia, mesmo em Finisterra, e onde, desta vez, meteu à pressa, em sua casa, algumas peças de roupa mal escolhidas. Com o asfalto molhado fez a viagem com alguma cautela, mas em quinze minutos estava já diante da baía de Porto Pim, deserta apesar da hora, ferida na sua dignidade estival pela chuva miúda que a impedia de se exibir defronte da cidade, de onde mal se distinguia o contorno da mancha negra da ilha do Pico, do outro lado do canal.

Teve de atravessá-la, à cidade, à hora que seria do crepúsculo, se o Sol iluminasse a encosta de Santa Bárbara. Depois, a estrada começou a subir na direcção da Ponta da Espalamaca e pôde finalmente ver a Horta, toda a cidade, debruçada para a marina semeada de barcos que daí se assemelhavam apenas a pontos brancos e ondulantes, recolhidas as velas que os coloriam. Uma neblina móvel cobria as colinas dos Cedros, mas Filipe Castanheira conduziu o carro por uma estrada que as contornava e que descia abruptamente para um pequeno vale junto da água do mar. Conhecia aquela água, a densidade azul daquela água em dias de claridade quando, da Espalamaca, eram visíveis as ilhas do Pico, de São Jorge e da Graciosa ao longe, envolta numa bruma permanente e incandescente que lhe lembrava as tardes silenciosas em Santa Cruz, a folhagem discreta das azálias e um sono tranquilo e afastado do mundo, das notícias do mundo.

Um pequeno largo onde estacionou o carro separava a aldeia, minúscula, da praia abandonada à chuva que descia como um manto suave sobre a areia e a escurecia. Foi então que viu o café e decidiu entrar nele para pedir uma cerveja. Uma cerveja fresca e sem preparação do estômago, uma cerveja que o libertasse de um ardor quase febril que se lhe comunicara a todo o corpo, como uma agitação, desde o princípio da tarde, quando telefonara para casa dos pais de Isabel.

— Está fora, noutra ilha.

Ouviu-se a si próprio a dizer "preciso de falar com ela". Depois de um silêncio breve, a mãe de Isabel falou então:

— Está no Faial. Mas a casa não tem telefone.

Filipe conhecia a ilha do Faial, conhecia a casa, uma velha casa de família, na Praia do Almoxarife, junto à Horta, do outro lado da Ponta da Espalamaca.

— O que resta da família está no Faial — dissera um dia Isabel. — Podemos ir lá passar uns dias.

— Há dois dias que não sai de casa — interrompeu-o então a mulher, novamente, já depois de ter guardado o dinheiro da cerveja.

A porta estava fechada apenas com o trinco mas Filipe bateu. Bateu com suavidade durante alguns minutos sem que ninguém respondesse de dentro. Abriu-a então e entrou por um corredor escurecido e onde a pouca luz chegava já transformada em penumbra. Isabel estava deitada na cama de um quarto ao fundo da casa, dormindo. Olhou-a com alguma pena de não a ter visto antes, antes deste dia e antes desta vida. Deixou o quarto sem fazer ruído e fechou a porta atrás de si, caminhando ao longo do corredor que o levava à cozinha abandonada. Aí, a luz entrava por uma vidraça na parte superior da porta de madeira. Abriu-a, um pequeno quintal recebia a chuva como uma dádiva que absorvera inteiramente até que se começaram a formar alguns lagos junto aos canteiros onde cresciam ervas ao acaso. Havia um limoeiro frondoso, a única árvore no pequeno triângulo murado onde se respirava o odor intenso da chuva incessante, miúda e permanente. Sentou-se então nos degraus que desciam para o quintal, protegidos por um beiral avançado, e acendeu um *Além-Mar*. Amarei estes cigarros. Livra-me da tentação. Livra-nos da tentação, protege-nos do mal, de todo o mal, dá-nos cigarros como estes e tardes de chuva em pleno Verão pelas quais se possa perceber que há uma grandeza conhecida e desconhecida, ao mesmo tempo, em instantes assim, embalados pelo gotejar constante de água sobre água, como a que cai no telhado no tanque de cimento onde se lavava a roupa antigamente. Sentiu então um outro ardor mais próximo como se a respiração de Isabel chegasse até si, caminhando devagar, muito devagar, através do corredor escuro e atravessasse a cozinha, e pensou que ela acordaria, provavelmente, à hora do jantar.

Ergueu-se e vagueou pela cozinha em demanda de ingredientes, abrindo este e aquele armário, esta e aquela gaveta, descobrindo batatas na despensa e um frigorífico abandonado a algumas fatias de presunto numa caixa de plástico, e ovos. Nada mais. O congelador estava vazio.

Ao desalento inicial sobrepôs-se então a imagem de Isabel dormindo no quarto, e procurou as batatas na despensa. Escolheu algumas, lavou-as, descascou-as e escolheu um tacho para as cozer. O fogão funcionava. Acendeu um dos bicos e colocou o recipiente ao lume. Entretanto, bateu os dois ovos que encontrara no frigorífico e cortou em quadrados minúsculos as fatias de presunto. Procurou uma frigideira; encontrou uma, apenas uma, de ferro, negra, e muito larga, onde depositou os quadrados de presunto, que levou ao lume até pressentir o aroma da carne grelhada na sua própria gordura, para onde picou miudamente um dente de alho. Acendeu o forno. Polvilhou o presunto, a que acrescentara manteiga, de farinha, até formar um bolo consistente sobre o qual verteu um fio de leite, diluindo a massa, mexendo sempre. Em breve conseguiu um molho espesso cujo granulado era constituído apenas pelos pedaços de presunto, retirando a frigideira do lume em seguida. As batatas estavam a meio da cozedura e era a altura de escorrer a água. Fê-lo com suavidade, para não ferir o corpo dos tubérculos, deixando-os arrefecer ao ar. Com uma faca, foi então desenhando concavidades nas batatas aproveitando as rodelas superiores. Quando obteve as dez batatas já preparadas, de tamanho médio, introduziu nelas o recheio de presunto, tapando-as com as rodelas que guardara. Depositou-as no tabuleiro de esmalte do próprio forno, mergulhando-as, antes, nos ovos batidos. Entregou-as depois ao lento cuidado do calor que as louraria e assaria enquanto ele ia ao quintal em busca de ervas que sobrassem ao abandono a que aquele estava votado. Encontrou salsa e dois pés de hortelã a que roubou as folhas sãs. Na mesma e única frigideira, então, depositou manteiga para derreter, picou outro alho e meia cebola, e permitiu que aloirassem, após o que deixou cair nesse refogado as folhas de hortelã cortadas pelos veios para que o sabor melhor se distribuísse. Quando, daí a pouco, sentiu que estava terminada a função do refogado, desligou o lume. Continuava a chover, chovia mansamente, em breve seria necessário acender as luzes. Em breve. Em breve, mas só depois de retirar as batatas do forno e de as colocar, uma a uma, na frigideira, onde couberam todas, talvez um pouco apertadas. Acendeu o lume do fogão, de novo, tinha visto uma garrafa de rum num dos armários, a bebida preferida de Isabel. Encheu um copo, que verteu em seguida sobre as batatas, que aloirariam depois de absorverem os sucos, e que secariam finalmente com o seu fundo tostado e estaladiço. Tudo isto seria muito lento, com a lentidão da chuva, uma lentidão que se escutava em toda a casa.

Foi de novo ao quarto e verificou que Isabel continuava a dormir. Olhou-a com alguma pena de não a ter visto antes, antes deste dia e antes desta vida. Olhou-a sem lhe tocar, olhou-a apenas e falou com ela em voz muito baixa, embora tivesse a certeza de que ela estava adormecida, que dormia profundamente, mais magra do que há um mês. Mesmo assim falou-lhe em voz baixa, tendo a certeza de que ela não o ouviria e de que ele próprio se esqueceria de todas as palavras, fossem elas quais fossem. Falou durante muito tempo até que começou a ouvir um ruído que finalmente se sobrepunha ao da voz murmurada em surdina apenas dentro da sua cabeça. Reconheceu-o passado algum tempo, identificando-o com o das águas do mar movendo-se na praia, no canal diante da ilha e também diante de outra ilha que estava em frente como uma sombra. E imaginou que outra água do mar viria em breve, mais tranquila, e que tudo aquilo, uma água e outra água, não seriam senão uma lembrança vaga, uma lembrança que se tem antes de adormecer.

Este livro foi composto na tipologia Arrus BT, em corpo 11/16, e impresso em papel off-white 80g/m², no Sistema Cameron da Divisão Gráfica da Distribuidora Record.